DANA VON SUFFRIN

NOCHMAL VON VORNE

DANA VON SUFFRIN

NOCHMAL VON VORNE

ROMAN

KIEPENHEUER & WITSCH

Für Zsuzsanna

Am 26. August 1940 trafen sich der deutsche, der ungarische, der rumänische und der italienische Außenminister in einem Wiener Schloss, um eine Übereinkunft bezüglich der rumänischen Gebiete zu treffen. Man diskutierte und diskutierte und diskutierte, und der blasierte deutsche Minister blickte mit seinen kalten Augen umher, als gehöre ihm nicht nur der Tisch, die Minister und die Landkarte, sondern das ganze Schloss, vielleicht auch noch mehr. Seltsam, dachte der Rumäne, die deutschen Männer sehen gleichzeitig aus wie Kinder und wie Greise, vor allem die blonden. Er schloss seine schönen braunen Augen und versuchte, sich auf die Akten zu konzentrieren, aber es fiel ihm schwer. Es ging ihm nicht gut in letzter Zeit. Der ungarische Minister zupfte nervös an den Enden seines Schnurrbarts, er war zwar blass und krank, und bald würde er sterben, aber nachgeben würde er nicht. Die Stirn auf die Hand gestützt, lautlos die Lippen bewegend, saß der Ungar da. Er stand auf und ging ein paar Schritte, er schüttelte den Kopf, aber er sagte nichts. Der italienische Minister, Schwiegersohn Mussolinis, musste ein bisschen lächeln. Was machte er hier bei diesem Schacher, nie hätte er sich träumen lassen, dass die Sphäre der Politik so dumm sein könnte. Wie lächerlich hier alle waren, wie sie in ihren schönen, steifen Uniformen schwitzten, wie schlecht der rumänische Außenminister rasiert war. Übrigens würde auch er bald tot sein, ein paar Jahre hatte er noch, dann würde der mächtige Schwiegervater ihn und seine kleine Revolte zum Schweigen bringen.

Alle in diesem Raum waren Tote. Sie wandelten noch einmal im Schlaf, aber bald würden sie alle verschwunden sein. Der Deutsche würde 1946 aufgeknüpft werden, er würde, bevor sie ihn zum Galgen führten, noch ein paar Monate in einem Paradeanzug in seiner Zelle sitzen, und keiner würde eine Veränderung in seinem Gesicht feststellen können, es würde noch immer dumm und störrisch aussehen. Der Rumäne würde im Gefängnis sterben, das ist nicht bemerkenswert; bemerkenswert ist, dass nicht er, sondern seine Leiche ein Jahr nach seinem Tod zu 15 Jahren Gefängnis und für weitere zehn Jahre zum Entzug der bürgerlichen Rechte verurteilt wurde. Seine Familie würde erst Jahre später erfahren, dass der Rumäne, als man ihn verurteilte, schon lange tot war, irgendwo verscharrt im Hof des Militärgefängnisses.

Aber noch lebte er. Der deutsche Minister hatte entschieden, und Hitler änderte ein paar Tage später nur ein paar Details, und dann nahm der Führer einen Stift, zielte auf die Karte, die man in seinem Obersalzberger Büro aufgerollt hatte, und zeichnete eine Grenze, vielleicht ganz willkürlich, sicherlich, ohne viel nachzudenken.

Später beklagte die beauftragte Kommission, dass Hitler es versäumt hatte, seinen Blaustift anzuspitzen. Er war stumpf, und eine viel zu dicke Linie wurde nun zur Grenze, im Maßstab der Karte war sie sechs Kilometer breit geraten. Der rumänische Außenminister konnte es nicht fassen, er führte Sachverständige herein und breitete noch einmal Pläne auf dem großen Eichentisch aus, und stundenlang redeten seine Kartografen und seine Ingenieure auf den ungarischen Minister ein. Der Rumäne war aufgebracht, er wurde laut und nach Art seines Volkes ein bisschen hysterisch. Es änderte nichts. Die Rumänen begriffen einfach nicht, dass alles schon entschieden war. Der Italiener musste lachen. Der ungarische Außenminister war gelangweilt, er fühlte sich belästigt, und er fand die Auseinandersetzung lächerlich.

Der Zweite Wiener Schiedsspruch wurde verkündet, und der arme rumänische Außenminister, der sich schon lange nicht gut gefühlt hatte, fasste sich an die Brust, er spürte einen stechenden Schmerz vom Brustbein bis in den Kiefer, es war natürlich ein Herzanfall, aber er musste trotzdem am Bankett teilnehmen, und er saß schweißüberströmt an seinem Platz, alles war gedeckt mit Meißener Porzellan, und die Bediensteten brachten ihm einen Gang nach dem anderen und räumten ungerührt die vollen Teller wieder ab, denn der Außenminister konnte nicht einmal mehr die Gabel zum Mund führen. Die anderen scherten sich nicht um ihn und sein Land, sie aßen und lachten. Nordsiebenbürgen gehörte jetzt zu Ungarn, und dort lebten: meine dicke, phlegmatische Großmutter Zsazsa, mein stets besorgter Großvater Tibor, und dann lebten dort noch ihre Geschwister und Cousinen, deren Söhne und Töchter, vielleicht noch eine Mutter und ein

Vater, anämische Neffen und Nichten, keiner kennt mehr einen dieser Namen, und heute wissen wir auch sonst überhaupt nichts von ihnen, außer dass die Grenze gar keine Grenze war, sondern eine Falle, ein Abgrund, eine Grube. Wir können uns diese Leute kaum vorstellen, wir sehen eine Masse und montieren Gesichter hinein, die wir irgendwo gesehen haben, damit wir überhaupt irgendetwas sehen, und wir erfinden Geschichten oder wiederholen, was uns irgendjemand erzählt hat. Ich weiß nicht, wer uns alle durch die Geschichte schmettert und uns an den blödesten Orten aufkommen lässt. Mein Großvater hätte gesagt: Der liebe Gott!, und er hätte sich nicht beschwert, denn Lewitas aus Jabne sagt: Sei sehr, sehr demütig, denn die Hoffnung des Menschen ist das Gewürm. Mein Vater hat sich solche Gedanken gar nicht gemacht, Schuld oder Unschuld, Ungerechtigkeit, Ungleichheit – für ihn waren das alles matte Floskeln, über die es sich nicht nachzudenken lohnte. Er fand, dass man das tun muss, was das Leben einem eben aufgibt, er glaubte also an eine Art Schicksal, aber nicht in einem metaphysischen Sinne, eher so wie ein Autofahrer, der stets einen Wagenheber und ein Ersatzrad dabeihat.

Und wir? Wir glaubten an gar nichts mehr, wir mussten auch nicht mehr richtig arbeiten, wir mussten nicht heiraten, und wir konnten als Teenager den ganzen Tag auf der Couch liegen, heimlich rauchen und fressen, vor uns ein voller Aschenbecher, den wir schnell verschwinden lassen würden, bevor unser Vater aus dem Labor nach Hause kam, Chips, Ritter Sport und getrocknete Feigen aus Palmyra. Doch auch das war schon lange her.

1

Mein Handy klingelt, und ohne auf die Nummer zu schauen, weiß ich sofort, um was es geht. Alles ist wie in einer Folge *Gute Zeiten, Schlechte Zeiten* aus den frühen Neunzigern: Jemand nimmt einen Anruf entgegen, und die Umgebung sieht plötzlich anders aus, nur ein bisschen verwandelt, ohne dass man sagen könnte, wie genau, die Weltkugel verheddert sich für einen Augenblick in ihrer Umlaufbahn, und meine Kollegen im Büro sehen mich fragend an, und dann werden auch sie zu einem Standbild, so als wären wir in einem Werbeprospekt für ergonomische Büromöbel, nur dass niemand lächelt (und dass unsere Bürostühle gar nicht ergonomisch sind, die Universität hat für solche Späße kein Geld), und während ich der russischen oder ukrainischen Frau aus dem Klinikum Harlaching verspreche, ihr gleich den Reisepass meines Vaters zu bringen (sie hat sich schon dreimal dafür entschuldigt, dass seine Unterlagen in der Patienteninformation einfach verschwunden sind, und ich habe schon dreimal gesagt, schon gut, Frau Doktor, obwohl die Krankenschwester oder Oberschwester oder Todesengelschwester sicher kein Doktor ist, und wenn doch, dann so einer wie mein

Vater, dessen Zertifikate und Zeugnisse und Urkunden nicht anerkannt wurden vom deutschen Staat). Ich sehe das Telefon an, als hätte es mir noch eine wichtige Mitteilung zu machen, und ich weiß, dass meine Kollegen mich anstarren. Wir alle hassen das Viererbüro, und ich könnte schwören, dass wir nur noch ein Drittel oder ein Viertel von dem arbeiten, was wir vorher erledigt haben in unseren Einzelbüros, denn bei niemandem von uns funktioniert soziale Kontrolle, wir sind auch Monate später noch empört, dass man uns hier eingesperrt hat wie Kinder auf Zimmerarrest, und Natascha isst aus Protest den ganzen Tag Puffreis, den sie in einer Schublade aufbewahrt und der bunte Schlieren auf ihrer grauen Tastatur hinterlässt, und Doktor Magen hat permanent irgendwelche Verabredungen, und Raphi kommt gar nicht mehr, wozu auch, und auch meine Tage hier sind gezählt. Ich halte den Hörer noch ein bisschen in der Hand, bevor ich auflege, denn ich habe überhaupt keine Lust auf die Fragen, die Natascha und Magen mir jetzt stellen werden, sobald sie aus ihrer Büromöbelkatalog-Starre erwachen. Nach ein paar Sekunden lege ich dann doch auf, gehe wortlos zu meinem halben Tisch, packe meine Sachen, überprüfe, ob in meiner Handtasche noch die Unterlagen meines Vaters sind, die ich seit Wochen mit mir herumtrage. Ich gehe zur Tür, und Natascha ruft mir noch wie ein Kind hinterher: Rosa, ist er tot?, ich laufe zur U-Bahn, und unten studiere ich dann die Werbeanzeigen sehr genau, Kieferorthopäden, Pizzerien und Brillengeschäfte, und all diese Werbeanzeigen werden von der einfahrenden U6 Richtung Großhadern eingesaugt wie bei einem großen Reinemachen, erst werden sie zu langen bunten Linien und dann zu einer flatternden Schwärze, denn ich blicke aus dem U-Bahn-Fenster, aus dem es wirklich nichts zu sehen gibt, aber ich benehme mich, als wäre ich auf dem Weg in die Sommerfrische nach Sils Maria, und erst später werde ich begreifen, dass ich in dem Zustand war, den ich mir immer gewünscht habe: an gar nichts denkend, vollkommen leer. Fünfzehn Minuten später in der Trambahn fällt mir ein, dass ich irgendwo gehört habe, dass es nicht ungewöhnlich ist, nach einem Schock in eine Art Unbeweglichkeit zu verfallen, und als ich das denke, ist die Starre natürlich schon vorbei, und ich bin sogar kurz erleichtert, weil die normalen Tricks, mit denen wir uns unsere Existenz zu erleichtern versuchen, bei mir nicht funktionieren oder eben nur ein oder zwei Minuten lang, und wenn das kein Beweis für meine Überlebensfähigkeit ist, dann weiß ich auch nicht.

Ich ziehe mein Handy aus der Tasche und suche Nadjas Nummer, abgespeichert unter »Nadja Jeruscher« sind genau sechs: drei deutsche, eine slowenische, eine israelische und sogar eine österreichische, und natürlich funktioniert keine einzige davon, und das ist typisch für Nadja, die das Telefonieren immer gehasst hat und sich von jeder Nachricht belästigt fühlt und die ihr Handy nur dazu braucht, um sich in unbekannten Städten zurechtzufinden. Nadja verachtet jedes unsinnige Gespräch, und unsinnig ist für sie alles, was keinen Informationsgehalt hat, und wenn ihr ein Anruf nicht interessant genug vorkommt, dann schweigt sie einfach lächelnd und wühlt in ihrer Jackentasche einhändig nach ihren Zigaretten. Sie ist auch eine dieser Personen, die nie fragen würden, wie es einem geht, denn sie wüsste selbst einfach keine Antwort darauf, und sie würde minutenlang nachdenken und schließlich seufzen, dass sie dazu leider nichts sagen könne, denn um zu wissen, wie es einem geht, muss man ihrer Meinung nach nicht nur die individuelle Stimmungslage und den gesundheitlichen Zustand berücksichtigen, sondern auch die eigene und die globale sozioökonomische Situation und weitere Parameter, die mir nicht einfallen wollen, und plötzlich werde ich fast wütend, weil ich denke, dass Nadja mich wieder einmal mit allem alleinlässt, denn während sie immer so tut, als würde alles, womit wir nichts zu tun haben, sie etwas angehen, zum Beispiel irgendwelche destabilisierten politischen Systeme in Südmittelamerika oder der Krieg zwischen Palästinensern und Israelis, den wirklich niemand begreifen kann; aber unser kleiner, grotesker, sicherlich einer Vielzahl psychoanalytischer Studien würdiger Familienkosmos hingegen, der aus nichts weiter als ein paar neurotischen, höchst bedürftigen Individuen bestand, ist für sie schon immer die größte Zumutung gewesen. Ich halte es nicht für ausgeschlossen, dass sie nicht einmal wusste, wie krank unser Vater wirklich war, und das bringt mich wirklich ein bisschen auf gegen sie, denn Nadja ist in der letzten Zeit nie auf die Idee gekommen, einmal bei mir anzurufen oder meinem Vater eine Frage zu stellen, und wenn man die ganze Sache aus dieser Perspektive betrachtet, dann war Nadja diejenige, die unsere Familie endgültig ruiniert hat, und wie immer schlägt meine Wut sofort in eine Art Schuldgefühl um, und ich fühle sogar etwas wie Mitleid, denn Nadja ist zwar verantwortungslos und irgendwie auch ein Arsch, aber komplett abgestumpft ist sie nicht, ganz im Gegenteil, und der Tod unseres Vaters wird sie so schwer treffen wie alle Ereignisse, mit denen wir rechnen, über die wir aber lieber nie nachdenken. Und weil Nadja eine so unberechenbare große Schwester ist und ich eine kleine Schwester, die immer auf ein Happy End hofft und deswegen allen ständig vergibt, habe ich nicht ein-, sondern dreimal den Kontakt zu ihr abgebrochen: vor sieben Jahren, als sie auf der Beerdigung unserer Mutter wie eine Psychopathin ganz in Dolce & Gabbana gekommen ist und mit niemandem sprechen wollte, dann ein weiteres Mal, als sie ein Jahr später plötzlich bei David und mir auftauchte, mich beleidigte (kritisierte, wie sie sagte) und nach drei oder vier Tagen wieder abrauschte, und schließlich nach unserem letzten Telefonat vor zwei Jahren, als sie gerade, wenn ich mich richtig erinnere, kiffend mit viel zu jungen Studenten aus der Bezalel-Akademie im Uganda stand, im Hintergrund der Verkehr und die Shabbat-Sirenen, und mir sagte, dass sie auf keinen Fall kommen könne, sie würde mir zwar gerne helfen, und die Krankheit unseres Vaters sei gewiss ernst, aber kommen könne sie wirklich unter keinen Umständen, und die Gründe würde sie mir noch erklären, und sie sei sicher, dass ich sie eines Tages verstehen würde, usw. usf. Sie war jedenfalls nicht ein einziges Mal auch nur in der Nähe, wenn ich versuchte, Arzttermine zu organisieren oder für meinen Vater Obst kaufte (das er gar nicht wollte und dann trotzdem aß) oder die streng arische Physiognomie seines Onkologen bewunderte oder mit meinem Vater die

Krankenhausabrechnungen kontrollierte, und erstaunlicherweise beschwerte er sich nie über das Verhalten seiner Erstgeborenen.

Im Krankenhaus laufe ich natürlich zuerst in den arischen Onkologen, der die Arme nach oben reißt, als würde er einen Angriff abwehren, dabei bin ich nur in Gedanken, ich will ihm nichts tun, obwohl er es verdient hätte. Er starrt mich an, aber es sieht nicht so aus, als würde er mich wiedererkennen, was schade ist, denn in meiner Gedankenwelt hat er in den letzten Monaten unverhältnismäßig viel Platz eingenommen, und sofort fällt mir ein, dass das nicht der richtige Zeitpunkt ist, an so etwas zu denken, und ich fühle mich gleich ein bisschen schuldig, denn immer, wenn etwas Schreckliches passiert, muss ich sofort an etwas Lustiges denken, ich lüpfe jedem Gespenst das Leintuch und entdecke darunter etwas unendlich Witziges, und es ist fast so wie bei meiner Mutter, die auch nie den Schrecken für sich stehen lassen konnte. Bei fast jedem Besuch habe ich heimlich ein Handybild von dem Onkologen gemacht und es dann an David nach Amerika geschickt, und obwohl (oder weil?) David Deutscher ist, fand er nichts lustiger als die Bilder des Doktors, und manchmal zoomten wir sogar in seine perfekten weißen Zähne oder einen sich unter dem gestärkten Arztkittel abzeichnenden Bizeps, während er meinen Vater über seine Metastasen aufklärte, und David photoshoppte gelegentlich Adler und Stahlhelme auf den verstellbaren Schreibtisch, und nur ganz selten schloss er eine besorgte Frage nach meinem Vater an, und mich ärgerte das natürlich, schließlich kannte David meinen Vater gut, denn in den

Jahren, in denen wir zusammen waren, waren wir mindestens alle zwei Wochen bei ihm zu Besuch gewesen.

Der Onkologe ist schon weitermarschiert, und ich klopfe an das Schwesternzimmer, die ukrainische Pflegerin kommt heraus, und ich gebe ihr die Papiere meines Vaters. Sind Sie ganz alleine, fragt sie und schaut ernst in meine geröteten Augen, ich überlege kurz und sage dann, ich glaube schon, und für einen Moment sieht sie aufrichtig traurig aus, so dass ich kurz davor bin, mich bei ihr zu entschuldigen dafür, dass sie jetzt wegen mir und wegen Mordi Jeruscher in dieser unbequemen Situation ist, aber sie unterbricht meinen Gedanken und sagt, es tut mir leid, und stockt, offenbar fällt ihr nichts weiter ein, also fragt sie, ob ich vielleicht mit einem Seelsorger sprechen möchte, und erst jetzt bemerke ich, dass sie ihre Hand auf meine Schulter gelegt hat, und ich komme mir gleich ein wenig elender vor. Ich frage, welche Konfession der Seelsorger hat, aber eher um mich abzulenken von der Situation, und sie zögert kurz, dann sagt sie, dass es ein katholisches Haus ist, und ich sage, nein danke, das hilft uns nicht. Sie nickt und erklärt mir etwas mit dem Totenschein, für den sie noch die Papiere benötigten, dann verschwindet sie Richtung Anmeldung oder Registratur, und ich setze mich rechts außen auf die Klappstuhlsitzreihe und warte darauf, was passiert.

Nach einer halben oder Dreiviertelstunde kommt die Schwester zurück. Sie übergibt mir den ausgefüllten Totenschein, ich sehe ihn gar nicht an und stecke ihn in meine Tasche. Sie nickt, und dann geht sie wieder in ihr

Zimmer, aber sie kommt sofort wieder heraus, kaum dass sie die Türe geschlossen hat. Eine Sache noch, sagt sie, das habe ich vergessen, es tut mir leid, ich kenne die Abläufe noch nicht gut, wollen Sie Ihren Vater noch einmal sehen? Ich antworte, dass ich nur gekommen bin, um die Papiere zu bringen und um seine Sachen abzuholen. Sind Sie sicher?, fragte die Krankenschwester, und dann erklärt sie mir, wie wichtig es sei, Abschied zu nehmen von den Toten, aber ich frage sie nur, ob in seinem Zimmer das Fenster geöffnet wurde, denn mir ist in diesem Augenblick eingefallen, dass ich vor Jahren im Radio einen Palliativmediziner habe sprechen hören, der mit trauriger, tiefer Stimme davon berichtete, dass man nach dem Tod eines Menschen das Fenster kippen würde, um die Seele entweichen zu lassen, aber sie sieht mich bloß irritiert an und sagt, nein, wieso, wir bringen ihn dann sowieso bald in die Kühlkammer, man riecht jetzt noch nichts, und dann sage ich gar nichts mehr, ich möchte ja nicht für eine Esoterikerin gehalten werden.

Auf dem Heimweg, in der U-Bahn, sehen alle aus wie immer, und es gibt keine Blitze und keinen Donner, der Tag, an dem Mordechai Jeruscher gestorben ist, ist ein ganz normaler Tag.

2

Die Hertzanostraße ist eine jener Straßen, auf denen Fußgänger gleich auffallen, sofort werden Gardinen zur Seite gezogen, damit neugierige Augenpaare sich vordrängeln können. Im Treppenhaus werde ich jedenfalls gleich von den Bewohnern der WG unter der Wohnung meines Vaters umringt, nacheinander kommen alle heraus. Wir stehen vor ihrer Wohnung in einem Haufen Adidas Gazelle. Die WG-Bewohner sind sehr jung und wissen nicht, wie sie sich verhalten sollen, und alle drei verlagern das Gewicht von einem Fuß auf den anderen und dann räuspern sie sich alle gleichzeitig, und ich bin unentschlossen, ob ich genervt oder gerührt sein soll. Sie kommen mir vor wie eine Laienschauspielgruppe, die zum Thema Fremdgehen improvisieren muss, alle wollen etwas sagen, aber wissen nicht wie, sie heben die Hände, sie setzen an zu sprechen und verstummen wieder, sie sehen auf den Boden. Hallo, Frau Jeruscher, hebt eines der beiden Mädchen endlich an, eine sehr große mit blonden Locken in einer Achtzigerjahrejacke, also, sagt sie, es tut uns sehr leid, was geschehen ist, wir haben Ihren Vater sehr gemocht, er fehlt uns. Das ist nett, sage ich, während ich mich frage, woher sie wissen, dass mein Vater tot ist, und die Studentin sieht mich an und errät, was ich denke, und dann erklärt sie mit einer für ihr Alter rührenden Ernsthaftigkeit, dass sie im vierten Semester Medizin studiert und mit meinem Vater im Treppenhaus manchmal gesprochen hat.

Er hat euch auch gemocht, sage ich schließlich und lüge damit ein bisschen, aber mein Vater hat zumindest nie etwas übermäßig Gemeines über diese Pädagogik- und Medizin- und Geschichtsstudenten gesagt, er fand sie etwas nervtötend, so wie die Alten junge Leute eben finden, aber nicht so störend wie den jungen Ingenieur aus dem dritten Stock, der am Wochenende von morgens bis abends schreckliche deutsche Popmusik gehört hat. Ja, sagt jetzt der Junge, er war ein sehr angenehmer Nachbar. Plötzlich fällt mir auf, dass die Studenten wirklich traurig sind, vielleicht sind sie das erste Mal mit dem Tod konfrontiert, und mit einem Mal fühle auch ich mich schrecklich, denn mir wird plötzlich klar, dass ich, anders, als ich immer denke, wenn ich junge Menschen sehe, gar nicht im Alter der Studenten bin, sondern bestimmt 15 oder vielleicht sogar 20 Jahre älter, und automatisch fällt mir ein, dass ich viel weniger Leben vor mir habe als sie, aber natürlich würde ich nicht sagen, dass ich sie beneide um all die schmerzhaften und demütigenden Erfahrungen, die sie noch vor sich haben, und sofort wird alles schlimmer, weil mir deutlich wird: Ich wurde, wenn ich es mir genau überlege, einfach allein zurückgelassen in diesem Nachkriegstreppenhaus von Vater, Schwester und auch Mutter und bin darauf angewiesen, dass mir Zwanzigjährige, die ich kaum dreimal beim Treppenhoch- oder -hinuntersteigen gesehen habe, ungelenk kondolieren, und ich beginne zu schluchzen, denn plötzlich kommt mir in den Sinn, wie endgültig alles ist, wenn die Toten wirklich tot sind, und der Junge holt mir eine angefangene Rolle Toilettenpapier, weil er keine Taschentücher hat, und ich versuche zu lächeln, und die drei stehen sprachlos um mich herum, und meine Tränen lösen das Toilettenpapier auf, und ich wische mir die rosa Papierwülste aus dem Gesicht. Er war wirklich nett, sagt jetzt die Dritte, und ich nicke, immer noch meine Tränen zurückhaltend, und dann ergänzt der Junge: Aber er hat uns auch ganz schön genervt, und dann machen sie seinen Akzent nach, und erst denke ich, ich verhöre mich, aber die anderen drei kichern schon, und ich muss auch lachen, obwohl ich natürlich beginne, sie zu hassen, aber egal, die Studenten verschwinden in ihre Wohnung, um ihren Studentendingen nachzugehen, und ich gehe ein Stockwerk höher und schließe die Tür auf.

Ich weiß nicht wieso, aber zuerst gehe ich in die Küche. Ich streiche mit der Handfläche über die Arbeitsplatte, dann öffne ich den Kühlschrank. Ganz oben liegen zwei Flaschen Wein, ich nehme sie heraus und betrachte die Etiketten. Ich kenne mich überhaupt nicht aus, aber die Logos sind nüchtern gestaltet, Goldfarbe auf schwarzem Papier, kein Hinweis auf junge, hippe Winzer aus der Pfalz. Mein Vater hat nie getrunken, für ihn war das eine schlechte Angewohnheit der Christen. Wer hat ihm nur zwei Flaschen Wein geschenkt? Eine Flasche Wein könnte ich mir erklären, zwei unterschiedliche Flaschen Wein wären vielleicht auch gerade noch verständlich, sie könnten von verschiedenen Nachbarn aus dem Mietshaus kommen, die an Heiligabend plötzlich Mitleid mit meinem Vater bekamen, aber nicht genug, um sich zu räuspern und ihn zu sich nach Hause zu einem Abendessen einzuladen (und zweifelsohne hätte er eine Einladung auch ausgeschlagen, er hätte verlegen irgendwelche Ausreden gemurmelt und hätte dann erleichtert ganz leise seine Wohnungstüre wieder geschlossen).

Mein Vater muss den Nachbarn als Sonderling gegolten haben, als alter, dürrer Typ, der kein »ch« aussprechen konnte (und der, wenn er in Wut geriet, ständig alle Buchstaben verwechselte, worüber wir früher in eine grenzenlose, unsinnige Heiterkeit verfallen waren) und der sich jeden Freitag höflich, aber pedantisch bei der WG unter sich beschwert hat, wahrscheinlich dachten die Studenten, er sei Syrer oder Türke oder Afghane, aber in Wahrheit wurde er in einem Land gezeugt, das man seiner Meinung nach besser gleich vergessen und vor niemandem erwähnen sollte, ein völlig unbedeutendes, ganz kleines, irgendwo am Rand auf irgendwelche Berge geklebtes Land, von Operettenhelden, Herzkranken und Schweinen regiert, und früher hatte er gesagt, nein, wir würden dort nie hinfahren, und er würde uns auch nie etwas zeigen oder erzählen. Er war der Nachbar, der sich im Treppenhaus mühevoll bückte, um ein fallen gelassenes Taschentuch aufzuheben, der Paranoiker, der seine Haustür immer zweimal abgeschlossen hat (nur zweimal, weil man sie nur zweimal abschließen konnte, hätte das Schloss es zugelassen, hätte er sie sicherlich nach Juden-in-der-Diaspora-Art fünf- oder sechsmal abgesperrt).

Die Hertzanostraße 42 wird ihn jedenfalls schnell vergessen haben, und der Vermieter wird froh sein, dass er die Wohnung nach fast dreißig Jahren ununterbrochener Präsenz der merkwürdigen Jeruschers nun endlich zum dreifachen Preis vermieten kann.

Er lebte wie ein Schatten: Am liebsten war unser Vater allein, und am zweitliebsten grübelte er, denn so arbeitete sein Kopf einfach, die traurigen Gedanken kamen viel schneller zu ihm als die guten, und er sagte, das sei eine jüdische Eigenschaft, und so hätten all seine Vorfahren gelebt, und das seien Viehhändler gewesen aus der Nähe von Iwano-Frankiwsk mit traurigen Holzhäusern und leeren Hosentaschen und schweren Herzen, und die deprimierenden Gedanken brannten sich sofort in seinen Kopf ein und verließen ihn nie wieder, aber dic guten Gedanken vergaß er sofort, und deshalb konnte er sich auch nicht daran erinnern, wie unsere Mutter, also seine Frau, ihm früher manchmal seine Knöchel oder die Wange gestreichelt hat oder wie Nadja und ich sogar ein- oder zweimal morgens in das Bett unserer Eltern gekommen sind, noch warm und träge vom Schlaf, aber schon übermütig wie Kätzchen, wahrscheinlich gerade, als die Sonne langsam und ungelenk wie eine alte Frau über die Dächer von Moosach purzelte und ihre Strahlen den Staub im Elternschlafzimmer herumwirbeln ließen, vielleicht auch öfter, aber das waren die Dinge, an die er sich wirklich nicht erinnern konnte, aber dafür sollte er nie vergessen, wie er nach dreißig Jahren Arbeit für die Stadtwerke nach seiner Pensionierung sofort ersetzt und dann vergessen wurde, oder, viel früher, wie seine Mutter sich tagelang gesträubt hatte, uns ein paar hundert Mark für den kaputten Anlasser zu überweisen, nachdem meine Mutter wegen Adolph Eichmann den Job verloren hatte (aber das ist eine andere Geschichte). Er erinnerte sich zuerst immer an das Traurige, das Lächerliche und das Schadhafte, und das ist etwas, was ich vielleicht geerbt habe, denn auch ich erinnere mich nur schwer an die guten Momente, sondern viel öfter an das Geschrei, wenn wieder etwas zu Bruch ging, an das hektische, vergebliche Aufsammeln und an die Scherben, die uns, als alles schon kaputt war, noch ins Fleisch schnitten; und an all dem Chaos war Nadja nicht ganz unschuldig, denn sie hatte mit ungefähr drei Jahren beschlossen, nur noch *ihr* Ding durchzuziehen. Als sie mit 18 auszog, waren wir anderen Jeruschers ihr schon längst so egal geworden, dass sie sich nicht einmal mehr von uns abwenden musste: Es war, als hätte es uns nie gegeben als Familie, als wären wir einfach Partybekanntschaften oder ehemalige Nachbarn, und entsprechend verhielt sie sich dann auch, wenn sie sich in den letzten zehn oder zwölf Jahren von mir belästigt gefühlt hat, weil ich anrief und meine Nachrichten für sie keinen relevanten Informationsgehalt hatten; etwa die Nachricht, dass Achim unsere Mutter in ein esoterisches Ressort unweit von Rottach-Egern entführt hatte, wo sie sich vielleicht sogar Tantrastunden geben ließen, oder dass unser Vater Blut spie und die an ihn adressierten Arztbriefe nicht recht verstand oder dass mich mein superneurotischer Freund David sitzen gelassen hatte, weil er in superinspirierender steriler Campusatmosphäre (sagte David) an der Ostküste die Wechselwirkung zwischen jüdischem und christlichem Messianismus erforschen wollte – immer, wenn ich Nadja etwas mitzuteilen hatte, sagte sie dazu gar nichts, sie lachte nicht einmal, nichts davon ging sie das Geringste an, und beim letzten Mal, als ich sie anrief (vor drei Jahren), hatte sie sogar nur: Hallo? gesagt, und ich antwortete: Nadja, ich bin's, und sie sagte: Wer?, und dann fragte sie noch einmal: Wer ist da?, und da wurde mir klar, dass Nadja nicht einmal meine Nummer eingespeichert hatte, aber sie redete sich auch noch heraus und sagte, es liege am schlechten Handyempfang in Berlin-Mitte oder Hamburg oder Frankfurt, denn keiner wusste so genau, wo Nadja eigentlich war, und vielleicht muss man ihr zugutehalten, dass es auch möglich war, dass ihr das selbst nicht ganz klar war, sie war wahrscheinlich an einem dieser interessanten Orte, wo man in Galerien ging, um über seine Bilder zu sprechen, und zu viele Drogen nahm, gelegentlich eine Kakerlake in der Dusche fand und nie an seine Familie dachte.

Ich lege die Flaschen wieder in den Kühlschrank. Sonst gibt es hier nicht viel: eine Plastikschachtel mit cholesterinsenkender Margarine, zwei offene Konfitüren, ein wenig Gemüse. Ich werfe alles in den schwarzen Plastikmüllsack, ich entscheide mich um und lege auch die Weinflaschen hinein, und plötzlich kommt es mir entsetzlich vor, dass mein Vater die letzten Jahre seines Lebens fast immer allein war (oder?), sich von Supermarktbrot mit Margarine ernährt und einfach darauf gewartet hat, dass die Zeit, die ihm noch verblieb, zusammenschrumpfte und schließlich nur noch aus einzelnen, zum letzten Mal verrichteten Handlungen zerfiel, denn ich weiß das aus eigener Erfahrung, nämlich, dass die Zeit, die zuerst aus unendlich langweiligen Abenden vor dem Fernseher bestand, dann etwas später aus tausend Schultagen und danach aus Millionen elenden Nachmittagen in meinem Zimmer, in denen ich mein Gesicht in Mamas Handspiegel betrachtet habe, bis ich weinen musste – diese Zeit ist plötzlich einfach nicht mehr da, und keiner erinnert uns je daran, wie kurz sie ist, und so haben wir nie Gelegenheit, kurz innezuhalten und sie als kostbar zu betrachten, schließlich sind wir ja beschäftigt damit, einander die Füße zu stellen, beleidigt zu sein oder Migräneanfälle zu haben.

Ich versuche, nicht weiter darüber nachzudenken, schließlich bin ich hierhergekommen, weil ich Nadjas Nummer immer noch nicht gefunden habe und darauf hoffe, dass mein Vater sie irgendwo notiert hat, und leider brauche ich auch etwas Geld, denn ich weiß ja, was eine Beerdigung kostet, und mein Vater hat wie alle ausländischen Väter, die weder Staaten noch Institutionen und auch Banken so recht vertrauen, irgendwo einen Stapel Hunderter versteckt, und ich bin mir fast sicher, dass er ihn mir einmal gezeigt hat, aber ich kann mich nicht erinnern, die Kinder der von Geld besessenen Väter haben nicht das geringste Interesse daran.

Ich kenne jeden Kratzer im 60er-Jahre-Stäbchenparkett, die meisten davon habe ich wahrscheinlich selbst verursacht. Einmal habe ich mit Filzstift irgendeinen Liedtext an die Wand in meinem Zimmer geschrieben, dafür wurde ich von meinem Vater erst ausgeschimpft (Idiotin, Missgeburt usw.) und dann zwei Tage mit Silent Treatment bestraft, was bedeutete, dass mein Vater nicht mehr mit mir sprechen wollte und nach dem Aufstehen nicht auf mein Guten Morgen antwortete und mich dann überhaupt den ganzen Tag ignorierte, aber auf eine hilflose, leidende Art, denn obwohl ich ein Kind war, wusste ich, dass ihm seine Erziehungsmethoden mehr wehtaten als mir, und schließlich begann ich sogar, ihn zu provozieren und ihm dumme Fragen zu stellen und ihn schließlich sogar ein wenig zu necken, und auf nichts davon durfte er antworten, und als wir am zweiten Abend alle gemeinsam auf dem Sofa saßen, um eine der dämlichen Krimiserien aus Rosenheim oder Norddeutschland zu sehen, begann auch meine Mutter, sich zu beschweren und ihn auszulachen, und mein Vater wusste sich nicht anders zu helfen, als am nächsten Morgen so zu tun, als hätte es die beiden stillen Tage nie gegeben. Das Sofa steht übrigens immer noch hier, und ich streiche mit meinen Fingern über den Polyesterstoff, der aus stachligen garstigen Fasern besteht, die sich in meine Haut bohren.

Es ist lange her, dass Nadja und ich auf diesem hässlichen grünen Ding lagen und heimlich geraucht haben, das heißt, eigentlich hat nur Nadja geraucht, denn jedes Mal, wenn es ihr gelungen war, mich zu überreden, an ihrer Camel zu ziehen (und ich war leicht zu überreden und behauptete außerdem, dass ich schon oft geraucht hätte), ist mir sofort schlecht geworden, und ich musste schrecklich husten, und Nadja hat mich minutenlang ausgelacht, und so saßen wir nebeneinander, ich keuchend, sie lachend, und Nadja ging mein Gehuste bald so auf die Nerven, dass sie MTV lauter stellte, und zwischen meinen Anfällen betrachtete ich das Soundgarden-Video, in dem

Barbiepuppen gegrillt werden und das aus irgendeinem Grund fast den ganzen Tag lief. Obwohl mir, wie gesagt, die meiste Zeit übel war, waren die Abende, an denen wir fernsahen, Süßigkeiten aßen, heimlich rauchten und dann eine halbe Stunde lang lüfteten und eine halbe Flasche chemischen Lufterfrischer versprühten, sobald wir die Rückkehr unseres Vaters aus seinem Labor erwarteten, vielleicht die schönsten meiner Jugend.

Mein Vater war Chemiker, noch in Israel ausgebildet, aber in Deutschland musste er als Laborant arbeiten. Nach Deutschland war er gekommen, um in Chemie zu promovieren, zumindest sagte er das seiner Mutter Zsazsa, die zuerst einen Nervenzusammenbruch bekam und dann, als sie sich langsam wieder erholte, sofort mit ihm Winterkleidung in der Nordaustraße kaufen ging, um ihn in eine der staubigen traurigen Boutiquen zu schleppen und ihn dort vor der gelangweilten Verkäuferin zu erniedrigen, indem sie ihm befahl, alles anzuprobieren, was ihre fetten, duftenden Hände durch den Umkleidekabinenvorhang reichten, und schließlich, ohne meinem Vater auch die geringste Mitsprache einzuräumen, drei oder vier Polyacryl-Woll-Gemisch-Pullover für ihn zu erstehen. Aber irgendetwas ging in Deutschland schief mit der Immatrikulation, und dann ging er zu den Stadtwerken, und das beichtete er seiner Mutter erst im Jahr 1992, in den Monaten nachdem unsere Mutter wegen Eichmann ihren Job verloren hatte und erst das Auto kaputtging und dann die Waschmaschine, und als mein Vater Zsazsa schließlich um ein paar tausend Mark bat, fragte sie erst höhnisch: Mark, Mark, was für Mark? Deutschmark? Reichsmark? Goldmark? Ostmark?, und mein Vater bekam schon wieder eine Migräne, das erkannte ich an seinen Augenbrauen, denn ich saß damals neben ihm auf den Boden, und er begann zu stöhnen und wollte schon fluchen und besann sich dann aber in letzter Sekunde doch, und sofort machte Zsazsa eine dramatische Pause und fragte, wieso ein deutscher Professor so schlecht verdiene, dass er nicht einmal einen neuen Anlasser kaufen könne, und dieses Wort sagte sie auf Hebräisch, was ich nicht verstand, und mein Vater musste es mir später übersetzen, und ich war erstaunt, dass eine alte Dame mit so großen Brüsten so viele technische Fachbegriffe kannte, aber mein Vater sagte, das sei ganz normal, jedenfalls sagte mein Vater zu seiner Mutter, dass er Laborant sei, La-bor-rant, und das sagte er zwei- oder dreimal auf Deutsch, und Zsazsa sagte dann gar nichts mehr, aber irgendwie muss sie zur Besinnung gekommen sein, denn ein paar Tage später kaufte meine Mutter sogar neue Kleider und machte Witze über die Wiedergutmachung, die Zsazsa auf das gemeinsame Konto meiner Eltern überwiesen hatte und die jetzt gewissermaßen gegen den Zeitgeist von Israel nach Deutschland floss. Man kann nicht sagen, dass mein Vater gerne Laborant war, die Arbeit machte ihm keine Freude, aber er nahm den Beruf sehr ernst, weil ihm keiner gesagt hatte, dass man in Deutschland den Job leicht wechseln kann und auch Geld bekommt, wenn man gekündigt wird, und wenn meine Mutter versuchte, ihn mit ihren revolutionären Uni-Thesen aufzuhetzen, setzte er alles daran, erst recht im Labor zu arbeiten und diese Arbeit sogar zu verteidigen. Vielleicht dachte er auch, er würde durch seine Arbeit irgendeinen wichtigen Beitrag leisten, und wahrscheinlich dachte er, ein anderer würde nicht so sorgfältig Proben entnehmen wie er, und so verbrachte unser Vater seine Tage damit, bei den Stadtwerken das Wasser aus der Kanalisation oder aus den städtischen Hallenbädern auf Rückstände zu untersuchen. Dabei trug er einen weißen Kittel und kniff die Augen zusammen, wenn er die Messröhrchen gegen das Licht hielt.

Wie auch immer, Nadja ist dann jedenfalls mit 18 ausgezogen, und das war nur zwei Monate vor dem Auszug unserer Mutter, und ich kann mich gut daran erinnern, wie ich plötzlich mit meinen Eltern allein am Tisch saß und wir uns erschrocken anblickten und wie ich noch wochenlang nachts aufwachte und erschrak, weil Nadja nicht da war, und sie manchmal im Halbschlaf noch in der Küche oder auf dem Balkon suchte (wohin sie früher, während meine Eltern schliefen, heimlich zum Rauchen gegangen war), und ein paar Tage nach ihrem Auszug, während meine Eltern im Wohnzimmer stritten, kam mir plötzlich die Erkenntnis, dass Nadja mich im Stich gelassen hatte. Meine Eltern waren sehr besorgt um sie, denn Nadja war in eine Studenten-WG in die Alte Heide gezogen, für die sie mindestens drei Jahre zu jung war, und keiner von uns wusste, woher sie diese Leute überhaupt kannte. Obwohl unsere Eltern sich Sorgen machten, waren sie so mit sich selbst beschäftigt (meine Mutter suchte heimlich schon eine neue Wohnung und ließ überall ausgeschnittene Zeitungsannoncen herumliegen, die mein Vater wütend zerrupfte), dass sie nur selten daran dachten, in Nadjas WG anzurufen. Wenn es ihnen doch einfiel, hob irgendjemand ab, der dann mit müder Stimme durch das ganze Haus rief, bis Nadja endlich an den Apparat kam und gelangweilt die Fragen unserer Eltern beantwortete, und wenn sie alle paar Wochen zum Abendessen vorbeikam, stocherte sie nur in ihrem Teller herum und streichelte gedankenverloren den Tibetterrier auf ihrem Schoß, und sie trug nur noch hässliche Kleidung, und egal, wie oft meine Eltern sie baten, ihre Wäsche mitzubringen, weigerte sie sich, darauf einzugehen, und so gesehen war es schon fast ein Wunder, dass meine Schwester sich überhaupt noch blicken ließ. Aber das Schlimmste war natürlich, dass Nadja überhaupt nicht bemerkte, dass ich sie hasserfüllt von meiner Seite des Tisches anstarrte. Ich weiß noch, dass ich mich wochenlang geweigert hatte, überhaupt mit ihr zu sprechen, egal, wie oft meine Mutter mich an das Telefon zu locken versuchte, so groß fühlte sich der Verrat an, und seit dieser Zeit ist nichts mehr geschehen, was uns einander wieder näher hätte bringen können, aber, wie gesagt, tausend kleine und große Dinge, die die Entfernung zwischen uns weiter vergrößerten.

Ich gehe in das Büro meines Vaters, das früher einmal Nadjas und mein Zimmer gewesen war und aus dem all der Mädchenzimmer-Ramsch längst verschwunden ist, und statt unseren bunten Kissen und Polstern gibt es hier nun Regale mit Aktenordnern, und statt meiner Kuscheltiere gibt es ein altes Faxgerät, und anstelle von Nadjas Truhe, in der ich heimlich immer herumgewühlt habe und all das gefunden und hervorgezogen und genau begutachtet habe, was ich selbst nie besitzen sollte, Briefe, Spitzenunterwäsche, Parfüms, solche Sachen; anstelle dieser Truhe gibt es im Büro einen Stuhl, auf dessen Sitzfläche mein Vater verschiedene Stifte, ein Geodreieck und eine Schere angeordnet hat. Ich weiß, dass der Gedanke idiotisch ist, aber ich fühle eine kurze Genugtuung, weil ich weiß, dass auch die Zeit dieser Gegenstände, die den Platz unserer Sachen eingenommen haben, abgelaufen ist. Ich fange an zu suchen, irgendwo wird Nadjas Nummer zu finden sein, irgendwo hat mein Vater sicher Geld versteckt.

3

Ich habe meine Schwester, wie gesagt, das letzte Mal vor ungefähr sechs Jahren gesehen, und das auch nur, weil mein Vater nicht richtig zugehört hatte, aber vielleicht war es ja auch Nadja selbst gewesen, denn die beiden hörten einander nie zu, und ihre seltenen, seltsamen Telefongespräche, die immer damit begannen, dass Nadja alle paar Monate aus irgendeiner Stadt abends auf dem Festnetz anrief (denn die Telefonnummern unserer Kindheit vergessen wir nie), und die, nachdem sie ein paar Sätze gewechselt hatten, in ein langes Schweigen mündeten. Irgendwann begann mein Vater dann, von den Fehlern der israelischen Außenpolitik zu erzählen, die er dank seines Internetradios täglich verfolgte, von Olmert und Abbas, oder, schlimmer noch, er begann Mutmaßungen über mich und mein leicht verunglücktes Soziologiestudium anzustellen, und das waren Dinge, die Nadja kein bisschen interessierten, weshalb sie dann den Hörer zur Seite legte und sich eine Zigarette anzündete oder sonst etwas tat, auf jeden Fall nicht zuhören; und bei einem dieser Telefonate muss er also Davids große Archivreise erwähnt und dabei die Monate Juni und Juli verwechselt haben (bei uns sagte niemand Juno und Julei), und auch daran merkt man sofort, dass bei uns keiner jemals richtig zuhört, und unsere Mutter hatte für diese Tatsache früher eine Theorie, zu unserem Vater hat sie jedenfalls gesagt, dass er nicht zuhöre, weil er glaube, es schlichtweg nicht nötig zu haben, schließlich lebe die Familie von seinem Einkommen und sei deswegen auf ihn angewiesen und nicht andersherum, aber ich weiß bis heute nicht, ob sie damit recht hatte und mein Vater sich nicht (zumindest am Anfang) wirklich Mühe gegeben hatte, bis er schließlich vor meiner giftigen, melancholischen Mutter und ihrer noch schädlicheren, noch traurigeren Gedankenwelt kapituliert hat.

Nadja muss also fälschlicherweise gehört haben, dass David seine große vom Deutschen Akademischen Austauschdienst finanzierte Archivreise für Juni geplant hatte, obwohl sie doch erst im Juli stattfinden sollte, und zu allem Übel gab er ihr auch noch unsere neue Adresse in der Klenzestraße, wo David und ich immerhin zweieinhalb Jahre gelebt hatten, zweieinhalb Jahre, in denen wir uns eingeredet haben, so ein smartes Akademikerpärchen zu sein – aber wie gesagt, ich selbst habe Nadja kein Wort davon erzählt, denn wir hatten nach dem Tod unserer Mutter keinen Kontakt, das heißt noch weniger als vorher.

Jedenfalls war das Ergebnis dieses halb absichtlichen Missverständnisses, dass Nadja zum blödesten Zeitpunkt, nämlich an einem ganz normalen Sonntag, zu uns kam. Es war natürlich David, der die Tür öffnete, und zwischen dem Türöffnen und dem Moment, in dem er mich rief, verging eine lange, schwirrende Irritation, an die ich mich noch gut erinnern kann und die sich wie eine Melodie in der ganzen Wohnung ausbreitete und die binnen einer Sekunde auch das Schlafzimmer erreichte, in das David mir einen kleinen Tisch und einen unbequemen Stuhl gestellt hatte, es war genau die Sorte Provisorium, die für immer bleibt, denn wenn wir den Provisorien nicht von Anfang an Einhalt gebieten, sind wir dazu verdammt, für immer mit ihnen zu leben; und an diesem Schreibtisch versuchte ich gerade verzweifelt, eine Tabelle mit irgendwelchen übrig gebliebenen Budgets für irgendwelche Reisekosten zu formatieren, die auf meinem viel zu kleinen Bildschirm abwechselnd verschwand und dann wieder adipöse Ausmaße annahm, und schon Monate oder Wochen hatte ich diese Tabelle aus meinem Leben verdrängt, und erst an diesem Sonntagmorgen hatte ich damit begonnen, sie in Form zu bringen, weil sie bis Montag fertig zu sein hatte, und fast noch schwieriger als die Arbeit war der Versuch, dabei nicht wahnsinnig zu werden, und ich saß also wie ein Mäuschen in der dunklen Schlafzimmerecke und versuchte nicht zu schreien, weil David es hasste, wenn ich wütend wurde, und er schob meine, wie er sagte, Furienhaftigkeit auf die Tatsache, dass ich mich in meiner Kindheit emotional nicht richtig hatte entwickeln können, und ich war überzeugt, dass er meine gelegentlichen Ausbrüche sogar schätzte, denn sie bewiesen ihm schließlich auch, wie normal er war, und wenn ich ehrlich bin, hatte ich sogar ein bisschen Ehrfurcht vor dieser Normalität, und sie war vielleicht der wahre Grund, warum ich David liebte: Ich wusste immer genau, was er als Nächstes tun würde, ich musste mich nie fürchten, jeder Moment und jede Reaktion war berechenbar, es war, als würde ich täglich nach dem exakt gleichen Rezept backen, und so schlief ich neben David so ruhig wie nie in meinem Leben. Wenn ich einen meiner Ausraster hatte und beispielsweise mein Telefon an die Wand warf oder meine Hand gegen die Tür schlug, weil irgendetwas nicht funktionierte, blieb er nur neben mir stehen und sah mich ruhig an und sagte gar nichts, und erst nach ein paar Minuten näherte er sich mir, um mich zu umarmen, und daraufhin zählte er meine Atemzüge, bis sie wieder ruhig wurden; und für ihn bestand der Sinn des Lebens darin, jeder Herausforderung mit festem Blick und Optimismus zu begegnen, warum auch nicht, seine Erfahrung hatte ihn gelehrt, vor nichts Angst haben zu müssen, und vielleicht hätte David eine kleine Ausnahme gemacht, wenn ich einem Kosaken begegnet oder von einer schweren Krankheit befallen gewesen wäre, aber ich wusste, dass er nie begreifen würde, wieso ich mich vor einer Excel-Tabelle fürchtete.

Rosa, es ist für dich, hatte David gerufen, und ich erwachte aus dem Reich der Zeilen, der Zellen und der Spalten, und ich lief barfuß in meinem Seidenkimono zur Tür, und David, der sich schon wieder ins Wohnzimmer zurückgezogen hatte, flüsterte mir zu, was will deine missratene Schwester hier, hast du die etwa eingeladen, aber ich achtete überhaupt nicht auf ihn, ich lief an ihm vorbei.

Ich musste lächeln: Nadja tropfte, und unter ihr hatte sich im Treppenhaus schon eine Pfütze gebildet, und ihre Haare hingen wie nasse Wäsche über ihre schmalen Schultern, doch ihre Augen funkelten vor Zorn, und Nadja begann wiederum, ohne mich zu begrüßen oder zu umarmen, sofort über David zu schimpfen, sie fragte, wieso

David überhaupt zu Hause sei, wenn sie das gewusst hätte, wäre sie nie im Leben zu mir gekommen, und dann fragte sie, wie dieser Typ dazu käme, sie wie einen Dienstboten im Treppenhaus warten zu lassen, und überhaupt sei es eine Unverschämtheit, einen Gast so zu begrüßen, und ich fragte vorsichtig, bist du ein Gast?, und Nadja sagte, sie sei meine Schwester, aber in einer solchen Situation eben auch ein Gast, denn sie komme ganz sicher nicht grundlos nach einer achtstündigen Busfahrt aus Ljubljana zu mir in die Klenzestraße, und außerdem habe sie das mit der missratenen Schwester gehört, und David brauche sich in seiner selbstverliebten, vollgefressenen, phlegmatischen und völlig uninspirierten Zufriedenheit gar nicht einbilden, Urteile über andere Leute zu fällen, und gerade in diesem Augenblick kam David mit zwei der großen weißen Handtüchern in der Hand (seit wir zusammenwohnten, gab es in unserem Haushalt nur noch multiplizierte Gegenstände: sechs identische Gabeln, sechs Teller, sechs weiße Handtücher, graue Bettwäsche), und Nadja und David sahen sich einen Moment wie die zwei Feinde, die sie ja auch waren, an, dann drückte David mir die Handtücher in den Arm und verschwand zurück in die Wohnung, und als ich schon mit Nadja über einer Tasse im Wohnzimmer saß und beobachtete, wie ihre Hände die Tasse so fest umklammert hielten, als wollten sie sie bersten lassen, hörte ich noch, wie er die Tür von außen vorsichtig schloss, nicht wütend, sondern rücksichtsvoll, so als würde er zwei Minister bei einer wichtigen Unterredung stören, und ich sah ihm nachdenklich nach, aber Nadja hieß mich schon mit der Hand, sitzen zu bleiben, und David verschwand wirklich für ein paar Tage zu seiner Mutter, während Nadja bei mir einzog.

Anstelle von David schlief nun sie neben mir im Bett, und ich erinnere mich, dass sie in diesen Nächten kein Auge zubekam, aber sie wollte mir nicht erzählen wieso, und je mehr ich sie bedrängte, desto abweisender wurde sie, und ich verstand nur, dass sie wieder fürchterlich litt und seit Wochen nicht malen konnte, denn das zumindest hatte sie mir gesagt, dass sie Tage und Wochen zaudernd vor ihren riesigen Leinwänden stand, ohne überhaupt den Pinsel in die Farbe zu tauchen, aber wieso, verstand ich nicht, und so wusste ich auch nicht, wieso sie jede Nacht mehrfach die Nachttischlampe anmachte, zwei Seiten Paustowski las, eines von Davids Büchern, das seit Monaten auf dem Nachtkästchen lag; die Lampe wieder ausknipste, Wasser holte, ins Bad ging, und mich manchmal sogar weckte, denn dann spürte ich ihren Atem ganz nah, und sie flüsterte, Rosa, ich werde nie wieder schlafen, und sie sagte dann, dass es ihr vorkäme, als sei jedes vorbeifahrende Auto und jede Trambahn nur zu dem Zweck auf den Straßen, ihr den Schlaf zu verwehren, und jedes Mal, wenn sie kurz davor sei, endlich die Augen zu schließen, kämen Scheinwerfer in unser Schlafzimmer, und während ihre Verzweiflung wuchs, schlief ich immer sofort wieder ein, nachdem sie sich neben mich gelegt hatte, und ich begriff, dass man, kaum dass man überlegte, ob man sich gut gebettet hatte, begann, jeden einzelnen Wirbel im Körper zu spüren und jede Verspannung in der Schulter, und natürlich begann man auch, den Gedanken nachzuhängen, die uns überrannten und piesackten, als würden wir in einem Ameisenhaufen liegen, und dass man, wenn man erst einmal über diese Dinge nachdachte, für immer wach bleiben müsste.

Einmal, in der dritten oder vierten Nacht, sagte Nadja, dass sie ihr Leben nicht mehr verstehe, dass die Zeit verrinne, ohne dass sie sich von ihr irgendwie nutzen ließ, dass alles, was sie könne, für alle anderen uninteressant, und alles, was die anderen interessiere, folglich für sie abstoßend sei, und ich wachte langsam auf, und versuchte, sie zu trösten, und zählte ihr die Dinge auf, die sie wirklich beherrschte, aber außer malen und streiten fiel mir nicht viel ein, und das machte sie nur wütend, und sie zischte, dass ich wie eine dieser idiotischen Mental-Health-Influencerinnen klinge und sie kein bisschen verstehe, und dann kramte sie aus ihrer Tasche Zigaretten hervor und begann, im Bett zu rauchen und in Davids ironische Kommissar-Rex-Tasse zu aschen, und ich drehte mich beleidigt zur Wand, und dann fragte Nadja mich mit ganz ruhiger Stimme, was das Ganze überhaupt solle, und ich fragte sie, was das Ganze ihrer Meinung nach sei, und sie kicherte und sagte, na, das ganze Theater mit David, der langweilige Job und die Stoffservietten und die Regale in exzentrischen, aber gleichzeitig unaufdringlichen Farben und die vielen schrecklichen deutschen Romane darin, und ich wurde auch wütend und antwortete Nadja, dass sie kein Recht habe, so mit mir zu reden, und sie bestand darauf, dass sie sehr wohl ein Recht habe, mit ihrer kleinen Schwester so zu sprechen, dafür sei sie schließlich da, sie betrachte sich als Art Korrektiv, und wenn Geschwister irgendeine Funktion haben sollten, dann diese, nämlich, ihre Geschwister ohne Umschweife und ohne falsche Höflichkeit zu kritisieren, und ich sagte, dass sie dafür ungefähr die letzten 20 Jahre Zeit gehabt, aber mich und den Rest der Jeruschers ja lieber geghostet hätte, um in irgendwelchen Galerien herumzustehen, und dann fragte ich sie, ob sie ernsthaft denke, dass das jetzt ein guter Zeitpunkt sei, um mich für die Bücherregale und die Romane zu schelten, und sie meinte, pass auf!, und dann machte sie eine Pause, und ich fragte sie, worauf ich aufpassen solle, denn auf einmal machte sie mir ein wenig Angst, und sie sagte, dass ich drauf und dran sei, wie unsere Mutter zu werden, und dass mein Unglück quasi schon mit den Händen zu greifen sei und alle außer mir es sehen würden, und ich fragte sie dann, wer alle seien, und darauf hatte Nadja natürlich keine Antwort, und so schwiegen wir. Ich hörte Nadja noch lange atmen, und wir lagen die halbe Nacht nebeneinander, aber so, als hätte man uns zufällig in das gleiche Bett gesteckt, und zwischen uns war eine kleine Feindseligkeit und die große Distanz.

Irgendwann fielen mir in dieser Nacht wieder die Augen zu, und als ich morgens erwachte, war Nadja weg, und David, der wie alle Opportunisten schon immer einen sechsten Sinn für die Fragilität der Beziehung zwischen den Menschen hatte und der deswegen immer sofort wusste, wann es sich lohnte, den Widerstand aufzugeben, kehrte am Nachmittag zurück – so, als ob nichts geschehen war, er hatte sogar Einkäufe dabei. Wir sprachen nicht mehr über Nadjas merkwürdigen Besuch, und ich erzählte auch meinem Vater nichts und ich bat ihn auch nie um Nadjas Telefonnummer, und schon ein paar Monate darauf wurde unser Vater sehr krank, und erst danach fiel mir auf, dass sich erst nur wenig änderte, denn er war schon seit ein paar Jahren mit Fernsehen, kargen Mahlzeiten und Spaziergängen mit auf dem Rücken verschränkten Händen beschäftigt gewesen.

Rückblickend kommt es mir vor, als hätte Nadja, vielleicht sogar, ohne es zu wollen, in diesen Nächten alles, was mein Leben zusammenhielt, verstellt, und schon ein paar Monate später war wirklich alles verbeult und fast kaputt, und egal, wie viel David und ich nach der Ursache suchten, wir konnten sie einfach nicht finden, und David begann sofort heimlich, seine Flucht zu planen. Vielleicht hatte Nadja auch gar keine Schuld, und David und ich hatten uns von Beginn an auf eine hoffnungslose Idee eingelassen, die bei den Jeruschers noch nie funktioniert hat. Meine Großeltern wurden mehr oder weniger von der Willkür des Krieges zusammengeschweißt, und bei meiner Mutter schien schon ein übermäßiger Glaube an das Irreguläre durch, als sie meinem Vater unerwartet das zweite Mal in der Baaderstraße begegnete und auserkor, und fast unmittelbar danach begann eine endlose Wiederholung aus Streitigkeiten und Versöhnungen. Vielleicht ist es interessanter zu erzählen, wie alles begann. Also nochmal von vorn.

4

Es wäre natürlich schöner, die Geschichte einer großen Liebe zu erzählen, einer Liebe zwischen einer Deutschen und einem Israeli, zwischen einer Katholikin und einem Juden, die sich gegen alle Widerstände durchgesetzt haben, die händchenhaltend durch die Gedenkstätte in Dachau spaziert sind, die spekuliert haben, ob das erste Kind ihre blauen oder seine schwarzen Augen bekommen würde oder eine Mischung daraus, vielleicht grün oder schlammfarben (so wie ich), aber so war es natürlich nicht, es war ganz anders, es war völlig banal. Es war so banal wie die Geheimnisse, die jeder in der Familie hat und vor den anderen zu verbergen sucht – vergeblich, aber nicht, weil die anderen ohnehin alles wissen, sondern weil es sowieso niemanden interessiert, aber trotzdem muss man das Ende vom Anfang aus erzählen:

Meine Mutter hat meinen Vater 1982 kennengelernt, als sie gerade durch ihre Zwischenprüfung gefallen war, sie war 24, und er war 27. Sie hat, so hat sie es mir erzählt, zwei Monate lang gelernt und kam nur zum Essen in die WG-Küche, und sie war mit den Nerven schon ganz am Ende, denn sie war es gewohnt, viel auszugehen und viel zu diskutieren, meine Mutter ist eine dieser Studentinnen in stonewashed Jeans gewesen, die immer mit viel zu großen Schritten über den Geschwister-Scholl-Platz gelaufen sind, um noch rechtzeitig in ihr Seminar zu kommen, sich dort viel zu häufig zu melden und den anderen Studenten mit ihrer Fragerei und ihren mäkelnden Kommentaren Angst zu machen. Das Thema der Zwischenprüfung war dann irgendwas mit den Reicheinigungskriegen, und sie hat viereinhalb Stunden lang geschrieben, mit Tinte auf diesem gräulichen Recyclingpapier, das sich immer unheilvoll vollsaugt, als würde es die Gedanken gleich verschlucken, und natürlich war sie über dieses Thema empört gewesen, denn sie war der Meinung, dass es überhaupt keine Rechtfertigung gab, sich mit historischen Themen zu beschäftigen, die nicht unmittelbar die Entstehung des deutschen Faschismus erklärten, und deshalb nahm unsere Mutter sich vor, gewissermaßen aus Blut und Eisen Blut und Boden abzuleiten, und sie widmete sich mit keiner Zeile den Geschehnissen des Deutsch-Dänischen Krieges oder des Deutsch-Französischen Krieges, und auch Bismarck war ihr nur einen Halbsatz wert, und die ganze Arbeit diente nur dazu, die Reichseinigungskriege als Vorläufer des Zweiten Weltkrieges zu sehen. Am Schluss hatte sie fast vierzig Seiten, aber die haben ihr auch nichts genutzt. Das wusste sie noch nicht, sie war vielleicht triumphalisch, mindestens siegessicher, als sie sich gerade Kaffee aus einem Porzellankännchen nachgoss oder noch einen Schluck Bier nahm und plötzlich meinen Vater wahrnahm, der sich von der Reichenbachstraße kommend näherte, mit langen, hektischen Schritten, den Blick starr nach vorne gerichtet, die Arme angewinkelt am Körper, in einem schwarzen Wollmantel und mit einer Schiebermütze auf dem Kopf, aus der seitlich die Locken quollen. Es ist wirklich eine dumme Geschichte, aber mein Vater kam gerade von irgendeinem Totengebet in der Reichenbachstraße, und meine Mutter saß mit ihren Freundinnen in einem der Cafés in der Baaderstraße. Mein Vater war nur seiner Mutter zuliebe in den Gottesdienst gegangen, sie hatte ihn schon Wochen vorher bei seinen freitäglichen Anrufen genervt. Jedenfalls: Er lief am Café vorbei, in dem meine Mutter, siegessicher, glücklich und erschöpft, mit ihren Freundinnen Gauloises rauchte und Kakao trank. Er lief ziemlich schnell, er wollte nach Hause in die Müllerstraße, zu seinem Hund und seiner Küchenzeile, zu den hellgrünen Fliesen im Bad. Er kam allerdings nicht sehr weit, denn er fiel über den ausgestreckten Fuß von Mascha, einer Freundin meiner Mutter. Mein Vater landete ausgestreckt auf dem Trottoir, die Mädchen erschraken sich und brachen dann in ein so fürchterliches Gelächter aus, dass mein Vater lieber mit dem Gesicht nach unten im Schmutz liegen geblieben wäre. Er richtete sich langsam auf, ordnete die langen Beine, klopfte sich den Staub von der Jeans und sah verärgert die fünf blonden Mädchen an. Meine Mutter sah auf seine weißen Finger, auf denen kleine Wollberge wuchsen und die mein Vater ärgerlich verdrehte und knacksen ließ. Ich weiß nicht, warum meiner Mutter diese Finger so gefallen haben. Vielleicht hat sie sich vorgestellt, wie mein Vater damit einen Hund streichelte und eine Tasche trug. Meine Mutter fragte meinen Vater, was er für einen Akzent sprach, und mein

Vater wurde noch wütender, weil er natürlich der Meinung war, dass Zsazsa ihm perfektes Deutsch beigebracht hatte. Aber da hatte meine Mutter ihn auch schon wiedererkannt, denn vor ihr stand Arie Jeruschers Bruder Mordi, den sie Jahre zuvor am Strand von Tel Aviv kennengelernt hatte.

Meine Mutter war vor ihrem Studium ein halbes Jahr in Israel gewesen, um im Kibbuz Sasa an der libanesischen Grenze Freiwilligendienst zu leisten, und davon erzählte sie uns immer gerne, denn diese Zeit gehörte zu ihren liebsten Jugenderinnerungen, und der Freiwilligendienst hatte schon perfekt begonnen, denn ihre Eltern waren über ihre Entscheidung noch entsetzter gewesen, als sie es erwartet hatte, und die israelischen Männer waren im Gegensatz dazu überaus entzückt, denn sie sahen sich in diesen Jahren plötzlich von Hunderten oder Tausenden jungen deutschen und skandinavischen Freiwilligen wie meiner Mutter umgeben, die im Hühnerstall oder in der Fabrik halfen. An den Wochenenden fuhr meine Mutter immer nach Tel Aviv, wo sie, wie sie immer sagte, die nettesten Leute der Welt kennengelernt hatte.

Die 1970er hatten in Israel ungewöhnlich friedlich begonnen, und meine Mutter konnte das bestätigen, denn sie war der Meinung, dass es weder vorher noch nachher je eine so harmonische Zeit auf der Welt gegeben hatte, und besonders friedlich seien die unendlich langen Nächte am Strand gewesen, denn seit dem Sechs-Tage-Krieg waren alle der Meinung, die israelische Armee wäre unbezwingbar und es gäbe vielleicht nie wieder Krieg, zumindest wollten das alle gerne glauben, und damals erzählte man sich den Witz, dass sogar das israelische Militärorchester einen Angriff aus Syrien oder Ägypten sofort würde abwehren können, kein Problem. Die jungen Israelis gerieten in eine Art glückliche Apathie, sie meinten einen Augenblick lang, ihre Gewehre in die Ecke stellen zu können, hatten plötzlich Muße, Mädchen zu treffen, lasen Bücher und spielten vielleicht sogar ein bisschen Gitarre, und plötzlich, als hätten sie sich alle abgesprochen, begannen sie auch, sich bunt anzuziehen und wild gemusterte Hemden aus Polyester, Miniröcke und lange Haare zu tragen, und die ältere Generation wurde fast ein wenig neidisch. Hatte Papa auch lange Haare und hat er auch Gitarre gespielt, fragten wir immer, als wir noch klein waren, und unsere Mutter uns von dieser Zeit erzählte, und dann lachte sie und sagte, mittellange Haare, ungefähr so wie der Hund, aber Gitarre hat euer Vater nicht gespielt, aber Onkel Arie, und dann kramte sie aus einer Schublade die alten Bilder, auf denen unser Vater jung war und aussah wie der unglückliche Mike Brant, und übrigens sah auch Arie aus wie Mike Brant, aber in einer manischen Phase, nicht in einer depressiven; und nur, wenn man die Fotos genau betrachtete, konnte man sehen, wie unterschiedlich mein Vater und sein Bruder in Wahrheit waren, und wirklich sollte nicht mehr viel Zeit vergehen, bis sie ganz auseinandergetrieben wurden, und das war eine Geschichte, die unsere Mutter uns erst erzählte, als wir schon älter waren.

Jom Kippur 1973 fiel auf einen Schabbat, und an diesem Tag, an dem die Juden sich mit Gott und ihren Feinden aussöhnen (von denen es immer zu viele gab, sagte meine

Mutter); an diesem Tag fuhren euer Vater und sein Bruder immer zu den Eltern, und 1973 war das Jahr, in dem beide gleichzeitig ihren Wehrdienst leisteten, und fast alle Soldaten hatten freibekommen und freuten sich auf zu Hause. An Jom Kippur hatte alles geschlossen, niemand ging arbeiten, und alle Autos standen still, und Arie plante sogar, für die Dauer von 24 Stunden seine Strandabenteuer einzustellen, die aber unter dem Militärdienst sowieso schon zu leiden begonnen hatten, und so leerten sich sogar der Gordon Beach und der Hilton Beach und der Banana Beach, und bis auf ein paar Hundebesitzer und rebellische junge Pärchen war bald niemand mehr auf der Straße zu sehen. Am frühen Abend kamen auch die Jeruscher-Brüder zu ihren Eltern, um vor dem Fastentag zu essen, es wurde fast gar nicht gestritten, und am Abend gingen alle friedlich zu Bett. Am Morgen des Jom Kippur blieben die Straßen leer, obwohl es nichts Schöneres gibt, als im Herbst über die asphaltierten, autoleeren Straßen zu laufen, wie meine Mutter erzählte. Im Nachhinein, sagte meine Mutter, würde man sich an Tage, an denen etwas besonders Schlimmes oder auch etwas besonders Schönes geschah, immer so erinnern, als hätte etwas in der Luft gelegen, aber das stimmte nicht, in der Luft lag nie irgendetwas. Die beiden Brüder schlichen sich ein paarmal heimlich in die Küche, um Kekse zu essen, und Arie gelang es sogar, eine auf der Straße zu rauchen und ganz kurz aus einer öffentlichen Telefonzelle im Kibbuz bei meiner Mutter anzurufen, ohne dass Zsazsa das mitbekam.

Ein paar Stunden später klopfte der Nachbarssohn und erklärte, dass die Brüder sofort auf die Militärbasis müssten, und Zsazsa wurde ganz blass, und mein Großvater steckte seine Söhne in seinen winzigen grünen Subaru 360. Die beiden zwängten sich auf die Rückbank, und obwohl die Brüder fast 1,90 Meter groß waren und Uniform trugen, sah mein Großvater im Rückspiegel nur die zwei Kinder, die auf dem Terrazzoboden gespielt hatten, und er wischte sich heimlich die Tränen aus den Augen, und vor der Militärbasis küsste er seine Söhne auf die Stirn, und an diesem Nachmittag, als sich das halbe Land von den Söhnen verabschiedete, ging die Sonne ein bisschen früher unter als sonst, und die Stille des Feiertags ließ sich nicht vertreiben, außer natürlich im Sinai und im Golan, wo man Tag und Nacht kämpfte.

Arie war ausgebildeter Kampfpilot, und schon am dritten oder vierten Tag wurde er abgeschossen, aber er hatte Glück und kam mit einer Gehirnerschütterung und ein paar gebrochenen Gliedern davon, und daraus schlossen alle, dass er ein Glückskind war und ihm nie etwas Ernsthaftes passieren würde, und später sollte sich zeigen, wie falsch sie damit lagen; aber vorerst lag er zwei oder drei Wochen im Krankenhaus, wo er schon bald nicht nur seine Eltern, sondern auch seine besorgten Freundinnen vom Strand empfangen durfte. Nur meine Mutter wusste damals nicht Bescheid, was mit Arie und seinem großen Bruder geschehen war, denn sie war gleich nach Ausbruch des Krieges zurück nach Deutschland geflogen, und bald darauf hatte ihr jemand erzählt, dass beide den Krieg überstanden hatten. Arie war schon bald wieder am Strand und erzählte den Mädchen lachend von dem Abschuss seines Flugzeuges, und jedes Mal erfand er ein paar neue

Abenteuer, denn eigentlich konnte er sich an gar nichts erinnern, und ihr, sagte meine Mutter, habe er nur noch einmal eine Postkarte geschrieben. Mein Vater aber, erzählte meine Mutter, blieb bis zum Ende des Krieges, der nur drei Wochen dauerte, im Einsatz, und als er zurückkam, erzählte er kein Wort über das, was ihm im Sinai passiert war, damals nicht seinen Eltern und später nicht seiner Frau, dabei waren ihm, sagte meine Mutter, mit Sicherheit schreckliche Dinge zugestoßen, denn er war Panzeroffizier. Nach seiner Rückkehr nach Haifa saß er noch Wochen schlechtgelaunt bei seinen Eltern herum, die es bald schon aufgaben, ihn mit Fragen zu bedrängen, und abends ging er nicht mehr an den Strand, was er vor dem Krieg, obwohl wir uns das gar nicht vorstellen konnten, gerne getan hatte, wie meine Mutter behauptete, sondern er stritt sich pausenlos mit seinem Vater über den Ausgang des Krieges. Mein Großvater Tibor war der Meinung, dass der Krieg trotz der hohen Verluste gut für Israel ausgegangen war, aber für meinen Vater war gar nichts mehr gut, denn er begriff, dass das israelische Militär überhaupt nicht unverwundbar war und dass die Armee aus lauter Einzelnen wie ihm bestand, die vor Angst fast wahnsinnig wurden und die tagelang nicht schlafen konnten und die sich an den Anblick von Toten nicht gewöhnen wollten, und der Überraschungsangriff der Ägypter und der Syrer hatte einen ganz anderen Menschen aus ihm gemacht, aber dazu konnten wir nur wenig sagen, denn wir alle hatten ihn ja erst viel später kennengelernt.

Erst im Sommer 1944 war die Laune meines Großvaters Tibor wieder besser geworden, er zerrte den Sessel aus dem Wohnzimmer in die Küche, strich sich nervös die schwarzen Haare hinter das Ohr, und wieder verbrachte er ganze Nächte vor dem Radio, aber diesmal lehnte er mit überkreuzten Beinen auf dem Sessel und hatte die Augen geschlossen. Bei Comrat hatte es eine Großoffensive gegeben, und die deutsche ID wurde zerschlagen, und plötzlich gab es keine Wehrmacht mehr, sondern nur noch einzelne, zerlumpte Soldaten, die zu früh aufatmeten und sich schon fast sicher wähnten, als sie versuchten, sich in die kleinen, deutsch benannten Orte der Umgebung durchzuschlagen, durch Wälder und über Flüsse, aber wie gesagt, sie waren zu früh, die jungen Deutschen erschlug man wie Kätzchen, mit viel Bedauern und wenig Schuld, wenn man sie nachts einzeln über die Hügel huschen sah, manche mit einem Tirolerhut und weißen Handschuhen bekleidet und lächelnd und erleuchtet nach allem, was sie gesehen hatten zwischen dem 17. und dem 19. Lebensjahr.

Morgens, wenn Zsazsa am Frühstückstisch saß, kam

Tibor gähnend zu ihr, langsam wurde er gesprächig und berichtete, was er alles gehört hatte im Radio, und während er Ortsnamen und die Namen von deutschen und rumänischen und russischen Generälen durcheinanderwirbelte, wurde er immer fröhlicher, und eines Tages kam es ihr fast so vor wie früher, als würde das Dienstmädchen gleich einen Kakao machen, über die Kälte schimpfen und zum Abschied Zsazsa auf die Wange küssen. Man spürte, dass irgendetwas besser geworden war, ohne dass man es benennen konnte. Es war ein kurzes Innehalten beim Kartoffelschälen, ein Blick aus dem Fenster, aber es war auch in dem schönen, glänzenden Stoff der Hemden zu finden, die mein Großvater wieder anzog, man konnte es ausmachen in jeder seiner Bewegungen, die endlich wieder ruhig und gelassen wurden. Es ist bald vorbei, Zsazsa, rief Tibor zu meiner Großmutter, die ihn aber nicht hören konnte, sie war im Badezimmer.

Der Herbst kam bald. Kein Mensch fragte, wie es weiterging, aber es ging trotzdem weiter. An einem Sonntag im Mai kämmte Zsazsa sich das Haar, zog ein Kleid aus Wolle an, es war kalt, mein Großvater trug einen seiner Anzüge, die ihm alle zu weit geworden waren. Die beiden gingen in den Park und waren ein wenig unschlüssig.

Manche der Nachbarn von früher grüßten zögerlich aus der Ferne. Was sollte das für ein Vergnügen sein, im Park spazieren zu gehen, wenn man es nicht mehr gewohnt ist? Ein paar Jahre durften sie nichts betreten, jetzt saßen sie auf der Bank, ein wenig unschlüssig. Der Flieder blühte wieder. War es wieder gut? Zsazsa begann noch im Weinen zu glucksen, dann lächelte auch Tibor, der ihr gerade noch über den Rücken gestrichen hatte, und schon lagen sie sich lachend in den Armen und waren wieder wie neu. Tibor machte jeden Morgen Gymnastik, Zsazsa sah ihm vom Bett aus zu und den Rest des Tages liefen die beiden in der Stadt umher, die ihnen allmählich wieder zu gehören schien, und ein paar Wochen später begann Tibor, zu arbeiten, und Zsazsa traf ihre Freundinnen wieder (die, die ihr geblieben waren) und ein paar Jahre später, in einer der Nächte Ende April, in der die Kirschen blühten und die Weidenkätzchen schon vergangen waren, in der die Bracken warfen, in der die Rumänen sich zufrieden in weiche Sessel fallen ließen und sich betranken, eine Nacht, in der die Motten sich in die kugelförmigen Straßenlaternen verirrten und dort wie lebende Billardkugeln einen Aufprall nach dem anderen erlebten, bis sie müde und halb versengt ihre weichen Körper für immer an das gerundete Glas schmiegten, in so einer Nacht wurde mein Vater gezeugt, und bald danach reisten die beiden aus.

Zsazsa und Tibor besuchten abends Konzerte, und tagsüber musste jetzt auch Zsazsa arbeiten: Sie lernte Nähen und nähte jeden Tag hundert kleine Lederbeutelchen für eine neu gegründete Kosmetikfirma. Sie zogen in eine Zweizimmerwohnung. Dann versprachen sie den Söhnen, was sich die Migranten immer versprechen: dass alles besser, einfacher und schöner wird. Dann ließen sie den Balkon verglasen, er wurde zum Kinderzimmer. Und kaum fand Zsazsa das erste weiße Haar in ihrem Dutt, war die Zeit des zweiten Sohnes schon fast verronnen, und der erste Sohn versuchte in Deutschland, sich seine Abschlussurkunden anerkennen zu lassen, dann fand er den Hund, danach stolperte er über ein Bein, dann starb Tibor, und Zsazsa endete in dem schrecklichen Seniorenheim in Holon, in das ihre Söhne sie brachten.

5

Im Büro finde ich nichts, kein Geld, keine Telefonnummer, nichts, was mir nützlich sein könnte, nur ganz normales Büromaterial und ganz normale Erinnerungen, und mir kommt es kurz ein bisschen so vor, als hätte mein Vater versucht, sich mithilfe seiner Schreibtischschublade eine Version seiner selbst zu schaffen, die ganz anders war als sein Leben: Stifte liegen ordentlich neben Briefumschlägen und Tesafilm, alles ist ruhig, alles ist harmlos. Als ich die Tür zum Büro, zu Nadjas und meinem früheren Zimmer, schließe, höre ich plötzlich die Stimme meines Vaters: Sssht!

So weckte uns unser Vater, mit gerundeten Lippen und einem sinnlos aufgereckten Zeigefinger, während er sanft und zärtlich unsere Zimmertür öffnete, unser armer guter Papa. Weil wir morgens nicht rechtzeitig aufstanden und er, der meist schon gegen fünf aufwachte oder überhaupt nicht schlief, weil er sich wegen unserer finanziellen Notlage (die in seinen Augen gar keine Notlage, sondern schon längst in einen Zustand der Permanenz überführt worden war) oder wegen uns Sorgen machte, musste uns mehrmals wecken, erst leise und geduldig um Viertel vor sieben, dann sachlich im unbeteiligten Ton eines deutschen Nachrichtensprechers um fünf vor, schließlich ärgerlich und beleidigt, mit weißem Rasierschaum bis zu den Augenbrauen eingerieben, um Viertel nach sieben, und dieser Ton gefiel sogar unserem Hund so sehr, dass er unter der Couch hervorkroch und uns den Rest des Morgens mit rätselhaften schwarzen Augen von der Couch aus ansah und jede unsere Bewegungen verfolgte. Unsere Mutter schlief morgens normalerweise weiter, und sie stand erst auf, wenn wir auf dem Weg in die Schule waren, und dann kochte sie sich eine ganze Thermoskanne mit Kaffee, nahm einen gigantischen Becher, in den sie vier oder fünf Löffel Zucker kippte, mit nach draußen und zerrte unseren Hund an seinem Halsband über die Grünflächen.

Auch dieser Tag, ein Freitag im Jahr 1995, begann für uns mit einem Sssht!, aber es war kein gewöhnlicher Tag, sondern es sollte ein Festtag werden, deshalb klang das Sssht! ein bisschen leiser und ein bisschen melodischer, ganz so, als wüsste alle Welt schon, was heute bevorstand. Am Ende, das würden wir aber erst gegen zwei Uhr nachts erfahren, würde es kein Festtag, sondern der Tag gewesen sein, an dem mein Vater endgültig begann, meine Mutter zu hassen, und natürlich auch ein Tag, an dessen Ende ich lange mit offenen Augen an die dunkle Zimmerdecke starren und versuchen würde, nicht zu weinen.

Ungefähr eine Woche zuvor hatte abends das Telefon geläutet, während eine fürchterlich langweilige Krimiserie lief. Mein Vater hatte sich ächzend und leise fluchend erhoben, sich dann aber doch sehr höflich gemeldet, weil er die Befürchtung hatte, dass ein Mensch, der sich zu einer

Unzeit meldete, eine gewisse Bedeutung haben müsse, vielleicht war es ja der Vermieter oder sein Chef. Aber es war sein Bruder Arie, und als mein Vater das begriffen hatte, hielt er sich kurz den Telefonhörer an seine Brust und sah Hilfe suchend zu unserer Mutter, die ihn gar nicht bemerkte, aber ich bemerkte ihn, und dann hob er den Hörer schon wieder ans Ohr, sagte ja, und dann sagte er, wir sehen uns am Freitag.

Dieser Freitag war jetzt also angebrochen, und noch hielten Nadja und ich ihn für einen ganz normalen Tag, Onkel Arie hin oder her. Nachdem unser Vater uns geweckt hatte, traten wir in unseren verwaschenen T-Shirts, die unsere Mutter, als sie noch das Geld dazu hatte, beim Quelle-Katalog bestellt hatte, aus den Zimmern. Meine Schwester war frühmorgens kaum ansprechbar, sie rieb sich die großen, hellen Augen und sah die erste Stunde aus, als hätte jemand sie dem Paradies entrissen und in die Finsternis gestürzt. Sie sah aus, als würde sie an einer unsichtbaren Fessel durch den Morgen gezogen oder als würden böse, verhüllte Männer sie ins Badezimmer stoßen. Sie putzte sich, noch halb schlafend, die Zähne, dann zog sie sich irgendetwas an, nie kämmte sie sich die Haare, die ihr in blonden Filzhügeln auf dem Kopf saßen und sich erst gegen Vormittag von selbst entwirrten. Ich hingegen war eine Weile sogar glücklich über das Aufstehen. Manchmal denke ich, dass ich in diesen Minuten, die ich noch zwischen Schlaf und Wachsein verbrachte, so war, wie ich eigentlich hätte sein müssen: Ich war nicht schüchtern, und ich hatte keine Angst, ich versuchte nicht, Nadja zu gefallen, und ich fürchtete mich nicht vor meinen Eltern – ich war einfach zu müde.

Wie jeden Morgen kochte mein Vater uns einen ekelerregenden Kakao aus H-Milch, über den wir uns aber nie beschweren durften, und stellte uns ein bisschen aufgeschnittenes Obst und geschälte Mandarinen auf den Tisch, dazu gab es eine Schale Froot Loops, aber die Billigversion. Das Geschirr klebte an der Plastiktischdecke, die nie jemand abwischte. Unser Vater selbst trank morgens nur einen Tee von Ja!, den er wenigstens ein zweites Mal aufgoss.

Man soll frühstücken wie ein Kaiser, rief er, während wir in unseren Schälchen rührten, und das war wieder eine dieser Wahrheiten, von denen man nicht wusste, ob sie aus dem Habsburgerreich, der Heimat seiner Eltern, oder aus dem Kibbuz stammten, vielleicht hatte er diesen Quatsch auch von unserer Mutter und ihren bäuerlichen Vorfahren, und ich kaute auf den Apfel- oder Mandarinenstücken herum und ekelte mich vor den Kernen und meine Schwester hielt mühsam die großen Augen auf, während sie, schon wieder gedankenverloren, die Schale zum Mund führte und die Hälfte der Milch über ihr T-Shirt schüttete. In den alten Zeichentrickserien, die morgens auf RTL liefen, sah man manchmal, wie übermüdete Figuren sich Zündhölzchen zwischen die Lider klemmen, so sah meine Schwester aus. Und während ich meinen Kakao trank, blickte ich von ihr zu dem besorgten Gesicht meines Vaters.

Hätte er nicht immer so unsicher gewirkt, unser wie eine Pappel zitternder Vater (sagte Nadja), hätte er beinahe als gutaussehender Mann gelten können. Er war schlank und hochgewachsen, hatte ein eckiges slawisches Gesicht mit straff über die Wangenknochen gespannter dunkler

Haut, traurige schwarze Augen und immer vor Abscheu oder Wut bebende feuchte Lippen. In der Zeit, als unsere Mutter ihm manchmal noch Komplimente machte, fand sie, dass er im Laborkittel nicht ganz so schlecht aussähe, der weiße saubere, gestärkte Kittel stand ihm jedenfalls viel besser als seine eigenen schäbigen Klamotten, und die weiblichen Lehrlinge aus den Büroabteilungen, mit denen er gelegentlich zusammentraf, warfen ihm bewundernde Blicke zu, und genau deswegen, sagte unsere Mutter, hatte jemand ein Bild aus der SUPERillu von der nackten Angelika, 19, aus Bonn, an seinen Spind geklebt, aber das muss zu einer Zeit gewesen sein, in der Nadja und ich noch gar nichts begriffen.

Auch wenn dieser Tag, an dem meine Eltern, wie sich bald darauf zeigen sollte, begonnen hatten, sich endgültig zu hassen usw., ein besonderer Tag hätte sein sollen, wurde er für uns schon um 7 Uhr 30 entweiht, denn wir mussten trotzdem in die Schule. Unser Vater antwortete nicht einmal, als ich fragte, ob wir zu Aries Ehren nicht zu Hause bleiben dürften. Und auch Nadjas erst verschlafenes, dann wütendes Frühstücken währte nicht lange, mein Vater trieb uns schon bald dazu an, unsere Sachen zusammenzupacken und unsere Jacken anzuziehen, aber gerade als er uns in die Kälte herausjagen wollte, bekam er Mitleid. Es war in diesem Jahr früh kalt geworden, der Nebel lag wie Marmorbruch auf den Straßen. Mein Vater sah aus dem Küchenfenster und sagte: Verflixt! Ich fahre euch in die Schule! Aber beeilt euch, wir müssen kratzen!, dann liefen wir zum Auto, und mein Vater kratzte mit seinen schönen braven Händen, die wahrscheinlich deshalb so schwach und so weich geraten waren, weil sie – wenn alles anders gekommen wäre – eigentlich zum Tasten und zum Streicheln gedacht gewesen wären; mit diesen Händen also kratzte er die Windschutzscheibe frei, dabei beschwerte er sich, dass der Kratzerfabrikant die Biegung seiner Windschutzscheibe nicht angemessen berücksichtigt habe, dann rieb er sich die kalten Handflächen und startete den Motor. Unser Vater überfuhr normalerweise mehrere rote Ampeln, er fluchte und hupte im Büroverkehr, wie die deutschen Väter das nie taten. An diesem Tag aber fuhr er etwas vorsichtiger, er hielt vor dem Zebrastreifen an und näherte sich der Schule im Schritttempo. Wenn man ihn nicht gut kannte, mochte man ihn übrigens für einen ruhigen Menschen halten, seine Wut richtete sich meist gegen sich selbst, und wenn er in unangenehme Situationen mit Fremdem geriet, senkte er den Kopf wie ein Verurteilter. Aber im Auto fluchte er immer.

Als er sich der Schule näherte, riefen wir panisch: Papa! Nicht bis vor das Tor! Kannst du uns da vorne absetzen? Unser Vater wusste, dass wir uns genierten, von ihm in die Schule gebracht zu werden, und er hatte glücklicherweise die Vorstellung, dass wir uns für sein kleines dummes Auto schämten. Wir haben ihm nie erklärt, dass uns sein Auto ganz gleich war und dass wir uns für ihn schämten: den verrückten fluchenden Juden. Wir schämten uns für seine billige Kleidung, seinen Akzent, seine komischen Haare; nur sein weißer Mitsubishi war uns ganz egal. An diesem Freitag aber ignorierte unser Vater unsere Bitte, für ihn war der Freitag, an dem Onkel Arie kam, ein Festtag, und an Festtagen verhielt man sich plötzlich wie eine

Familie, man aß gemeinsam und fuhr, ohne zu streiten, Auto, so etwas in der Art muss mein Vater gedacht haben.

Während wir jammerten und klagten, schaute er uns im Rückspiegel bloß streng an und überfuhr die letzte rote Ampel vor dem Schulgebäude.

Mein Vater wusste, dass ich in der Schule immer träumte und Mamas Gesicht in meinen karierten Block malte, während man uns etwa dämliche englische Dialoge über Zehnjährige aus Dover beibringen wollte, denn ich wiederholte gerade die fünfte Klasse, weil ich überhaupt nichts begriffen hatte, ich zeichnete Mamas Handtasche, Mamas Mund, Mamas Zigarette, Vaters Haare. Ich überlegte, was sie gerade wohl machte, und dazu malte ich die Bilder. Normalerweise war mein Vater darüber nicht sehr glücklich, und er sagte mehr als einmal, dass meine Träumereien kein Wunder seien, schließlich hätte ich wahrscheinlich die Dummheit meiner Mutter geerbt, und als er das sagte, lachte er ein böses Nadja-Lachen. Unsere Mutter war, wie gesagt, gar nicht so dumm, sie war sogar auf der Uni und hat Seminare zu irgendwelchen Gesellschaftstheorien besucht, die bei uns zu Hause wirklich niemanden interessierten. Ich stelle mir vor, dass sie die ersten Jahre ihrer Ehe immer noch versucht hat, einen ihrer gescheiten Gedanken einzubringen, zum Beispiel über die *feinen Unterschiede*, wenn unsere Nachbarn sich einen neuen Audi kauften, aber ich kann mir nicht vorstellen, dass mein Vater ihr gerne zugehört hat: Sicherlich hat er nur weitergekaut und auf die hässliche Rauputzwand geschaut, bis meine Mutter es irgendwann aufgab, über Gesellschaftstheorien nachzudenken, und sich stattdessen anderen Dingen zuzuwenden begann, uns Kindern, dem Färben ihrer Haare, ihren Freundinnen von früher, die alle so unglücklich waren wie sie, nur dicker, aber genauso unzufrieden, und die mir wie die halb verrückten, in zu kleine Becken eingezwängten Delfine vorkamen, die wir einmal im Zoo gesehen hatten: graue dickliche Wesen, die wie im Wahn im Kreis geschwommen sind und deren fröhliche Gesichter in einem entsetzlichen Gegensatz zu ihrer Existenz standen. Auch dazu malte ich im Unterricht die passenden Bilder: Meine Mutter saß mit einem Buch in der Hand am Tisch und ihre gelben stachligen Haare beleuchteten die Szene wie eine Tischlampe. Eigentlich wollte meine Mutter noch viel mehr Bücher lesen, und ich glaube, sie wäre auch gerne Wissenschaftlerin geworden, aber nachdem sie durch die Prüfung gefallen war und meinen Vater kennengelernt hatte, hatte sie sich von ihren Träumen verabschiedet und war Mutter und Hausfrau geworden, obwohl sie das überhaupt nicht interessierte, und ihre Suhrkamp-Bücher landeten im Keller, und die meisten davon waren sowieso ungelesen, aber manche hatten auch Bleistiftmarkierungen oder Eselsohren, aber wie gesagt, meine Mutter sprach darüber nicht mehr.

Meine Mutter hatte, wie beinahe alle 80er-Jahre-Mütter in unserer Nachbarschaft, ihr Haar so lange mit L'Oréal Brilliance platinblond gefärbt, bis es wie ein langer trauriger Wildschweinborstenpinsel aussah von der Sorte, wie wir sie im Kunstunterricht benutzten. Wirklich sah ihre Kopfhaut rot und geschunden aus, das kam wahrscheinlich vom Haarefärben, und ihre Haare sahen auch nicht so aus, als würden sie aus der Kopfhaut wachsen, sondern als hätten sie beschlossen, andersherum zu wachsen, aus der Luft in die Haut, also meiner Mutter durch die Schädeldecke zu stechen, als wollten irgendwelche unsichtbaren Geister sie piesacken und quälen. Deswegen hatte meine Mutter eine große Sammlung aus Kunststoff- und Hornspangen angelegt, mit denen sie ihr Haar am Hinterkopf befestigte. Nadja liebte diese Haare, sie setzte sich oft neben unsere Mutter, öffnete die Haarspange, kämmte das Haar und versuchte, unserer Mutter BDM-Zöpfe zu flechten, wie wir sie Sonntagabend von ihr geflochten bekamen und mit denen wir bis Freitagnachmittag herumliefen. Du kannst mir keine Zöpfe machen, meine Haare sind viel zu dünn und zu kurz, sagte meine Mutter. Deine Haare sind so schön, Mama, rief meine Schwester begeistert, als sie noch jünger war. Die Haare meiner Mutter blieben einfach stehen, meine Schwester musste nicht einmal Haarspray benutzen. So malte ich sie dann auch, obwohl Nadja fand, dass ich mit fast elf viel zu alt dafür war.

Ich musste immer auf der Hut sein, wenn ich meine Bilder malte, schließlich kam es immer wieder vor, dass das Mädchen neben mir der Lehrerin ein Zeichen gab, so dass ich damit rechnen musste, dass sie sich plötzlich von hinten über mich beugen, über meine Schultern greifen und mir das Bild wegnehmen würde, um es der lachenden Klasse zu präsentieren. Ich gewöhnte mir an, kleinformatige Bilder zu malen, die ich mit der rechten Hand abdeckte, und so sah ich fast während der ganzen Schulzeit aus wie jemand, der versuchte, andere am Abschreiben zu hindern. Ich malte Hunderte und Aberhunderte von

Bildern, jeden Tag zehn oder zwölf. Auf einem der letzten Bilder, die ich zwei oder drei Tage vor Onkel Aries Besuch vorher im Unterricht gemalt hatte, saß mein Vater in der Ecke und hatte gar kein Gesicht, er hatte nicht einmal Arme, er war nur ein langer Torso. Ein beleidigtes Gesicht, eine schwächliche Brust, das war mein Vater.

Als wir gegen zwölf Uhr von der Schule zurückkehrten, hatte meine Mutter schon den Tisch gedeckt, es gab sogar Weingläser. Unsere Küche war übrigens ein abscheulicher Ort, und obwohl sie uns alle mit Unbehagen erfüllte, kamen wir nie auf die Idee, etwas daran zu ändern. Sie war von oben bis unten mit erschreckend hässlichen braunen Schränken ausgestattet, aus denen uns allerlei Plastikschüsseln, vergilbte Thermoskannen und Eierbecher aus Kunststoff auf den Kopf fielen, sobald man sie öffnete. Überall waren diese Schränke, sodass man sich kaum umdrehen konnte, geschweige denn Platz zum Schneiden oder Kochen hatte. Der Kühlschrank war voll mit offenen Plastikpackungen, unansehnlichem, halb verfaultem Gemüse und offenen Colaflaschen, sodass ich, auf der Suche nach Essen, jahrelang beinahe täglich enttäuscht wurde.

Unsere Mutter sprach kaum mit uns an diesem Feiertag, so beschäftigt war sie damit, in Töpfen zu rühren, Fleisch in den Ofen zu schieben, und absurderweise kam meine Mutter sogar auf die Idee, unsere Cola schon am frühen Nachmittag in eine Karaffe zu füllen, ohne dass wir sie hätten anrühren dürfen, und dann versuchte mein Vater, ihr auch noch die Segensprüche beizubringen, worüber beide erst in Verzweiflung, dann in Wut und schließlich in Trotz gerieten.

Ich verstand das überhaupt nicht, Arie war kein bisschen religiös, noch weniger als wir, er glaubte nur an Spaß, Sozialismus, Geld und hübsche Mädchen. Um siebzehn Uhr war unsere Mutter immer noch nicht fertig. Nadja und ich hatten ihr eine ganze Weile vom Esstisch aus zugesehen und darauf gewartet, dass Onkel Arie endlich kam. Wir stellten uns vor, welche Geschenke er uns mitbringen würde. Nadja wünschte sich nichts mehr als eine echte Levi's (weil diese im Geschäft mit einem Plastikding gesichert und damit schwer zu klauen waren), und aus irgendwelchen Gründen war sie sich sicher, dass Arie ihren Wunsch erraten würde. Sie träumte davon, die Innennähte aufzuschneiden und dazu ein geknotetes T-Shirt zu tragen, so wie die Flittchen in der Innenstadt. Ich hätte mich über alles gefreut: über Aufkleber, über Stofftiere, vielleicht sogar über Geschirrhandtücher oder Spülschwämme. Onkel Arie wird uns bestimmt den ganzen Kofferraum voll mit Geschenken aus Israel gepackt haben, sagte Nadja. Ich glaube, er ist ganz anders als Papa. Anders im Sinne von besser, ergänzte sie. So träumten wir vor uns hin, wir stellten uns vor, wie Arie in den besten Jeansladen von ganz Tel Aviv gehen würde, wie er lächelte, wie er sich von den hübschen Verkäuferinnen würde beraten lassen und was er uns erzählen würde von Jerusalem und von den bösen Arabern im Krieg, von seiner Zeit im Reservedienst, seiner Waffe, seinen schönen Mädchen, den Samstagen, die er am Frischmann-Strand verbrachte, wo er auf einer Plastikliege lag und sich Wassermelonenstücke und kaltes Bier bringen ließ. Ich hatte in der Zeit, in der wir sprachen, ein paar Bilder gemalt, eines vom Hund auf dem Teppich, eines von Nadja in einem Blumenfeld, das sie sogar sehr hübsch fand, und dann natürlich noch eines von unserem Onkel am Strand. Das war natürlich gewagt, ich konnte mich zwar noch erinnern, wie er aussah, und wenn ich daran dachte, dachte ich weniger an die Minuten, die er sitzend neben mir im Sand verbracht hatte, um mir Erwachsenendinge zu sagen, sondern an die Verlassenheit, die sich über dem ganzen Strand ausbreitete, nachdem Arie den heulenden Arik zum Teufel geschickt hatte, aber dazu später mehr.

Manchmal war Nadja fast zärtlich zu mir, sie kam und rutschte auf meinen Stuhl, dann nahm sie den Bleistift und zeigte mir, wie man Dahlien malte. Sie versprach mir, mein Bild später über ihrem Bett aufzuhängen. Ich wäre gerne noch Stunden so dagesessen, aber Nadja wurde langsam unruhig, das Zeichnen wurde ihr langweilig, sie hasste Untätigkeit, sie hasste es, wenn nichts passierte.

Es war November, das Essen sollte schon mit dem Einbruch der Dunkelheit beginnen. Nadja und ich setzten uns irgendwann wieder vor unsere abgestandene Cola und warteten, und langsam wurden wir unruhig und ein bisschen nervös. Es fühlte sich an, als hätten wir uns auf ein Theaterspiel vorbereitet, das einfach nicht begann, vielleicht waren wir auch selbst das Theaterstück, und das Publikum kam einfach nicht in den Saal. Unsere Lampe warf wie immer scheußliche Ringe auf den Boden und die Nacht sickerte langsam in unsere Dreizimmerwohnung.

Es wurde fünf Uhr und dann sechs Uhr, aber Arie tauchte nicht auf. Verfluchter Arie, sagte mein Vater, immer kommt er zu spät! Arie hatte vorher noch irgendeinen

Termin außerhalb Münchens gehabt, zumindest glaubte das mein Vater, der mit ihm vor ein paar Tagen telefoniert hatte, ohne richtig zuzuhören. Dummer Arie, immer noch ein Kind von vierzig Jahren, immer noch bei jeder Gelegenheit zu spät, sagte mein Vater, und meine Mutter begann traurig, die Deckel der bemalten Porzellanschüsseln zu öffnen und im Inhalt herumzurühren. Während wir warteten, fingen Nadja und ich an, uns ein bisschen zu streiten, und dann machten wir wieder unseren Vater nach, und unsere Mutter runzelte die Stirn und unser Vater rief noch öfter Rrrruhe als sonst, und dabei rieb er sich die Schläfen, denn Nadjas blödes Gelächter, wie er sich ausdrückte, bereitete ihm Kopfschmerzen. Wir müssen in Ruhe auf den dummen Onkel Arie warten, rief mein Vater, er muss jeden Augenblick kommen.

Mein Vater fand Onkel Arie übrigens gar nicht so dumm. Er sagte über sich selbst immer, dass er nur von durchschnittlicher Begabung sei, aber dass sein jüngerer Bruder viel gescheiter sei, beinahe genial, aber nicht an der Universität bleiben konnte, weil er viel lieber umherstreifte und mit den Leuten sprach und irgendwelche Gelegenheitsjobs machte. Er war übrigens der einzige Jeruscher, der für immer leben sollte, denn er wurde als 17-Jähriger am Strand von Tel Aviv entdeckt und dann für ein deutsch-französisch-israelisches Biopic gecastet, und Arie spielte den jungen Heinrich Heine, denn er war damals noch sehr schön und zart. Natürlich hatte die Produktionsfirma ihn dann gezwungen, Schabbatkerzen zu entzünden, und Arie sah mit riesigen, leeren Augen auf die Flamme, und die Produktionsfirma wollte damit ausdrücken, dass Heine nie recht seinen Platz gefunden hatte in der Welt, und unsere Mutter fand diese Szene besonders lächerlich und absurd, denn Heine war seine Religionszugehörigkeit oder Konfession oder sein Volk völlig gleichgültig, wie sie uns erklärte, und das Heine-Biopic, das irgendwas mit Heine und Hass und Deutschland im Titel trug, hatten wir irgendwo auf Videokassette herumliegen, und ein- oder zweimal hatten wir den jungen Arie gesehen, der in grotesken Mänteln herumlaufen musste und sekundenlang ein hübsches schwarzhaariges Mädchen anstarrte, und es gab sogar eine Szene, in der Arie einen Felsen anguckte, der die Loreley sein sollte, und jemand aus dem Off rezitierte ein Gedicht, und besonders über diese Szene hatte Arie immer gelacht, denn er begriff überhaupt nicht, warum die Deutschen sich nicht wie er in sexy, braungebrannte marokkanische Mädchen, sondern in Felsen und Flüsse und Wälder verliebten, und das Geld, dass die Produktionsfirma ihm bezahlte, gab er gegen Zsazsas Willen natürlich sofort für Vergnügungen aus, und wenn man genau hinschaute bei dem Film, sah man in seinen großen Augen den Spott aufflackern, für den wir ihn alle geliebt haben, sogar unser Vater.

Aber irgendwann hatte er dann doch einen halbwegs seriösen Beruf gefunden und war, Gott weiß warum, Teilhaber eines Brillengeschäfts geworden, vielleicht, weil, wie unsere Mutter sagte, die Touristinnen am Strand immer ihre Sonnenbrillen verloren. In dieser Woche hatte er in Deutschland zu tun, weil er irgendwelche Linsen kaufen wollte, die angeblich nur im Münchener Umland geschliffen wurden. Mein Vater liebte seinen Bruder sehr, obwohl er ihn schon zwei Jahre nicht mehr gesehen hatte und die beiden auch fast nie miteinander sprachen. Onkel Arie war nicht nur schöner als unser Vater, sondern vor allem viel lustiger, er aß und trank gerne und er war gesellig und er hatte früher zu jedem Pessach eine neue hübsche Freundin mit Locken wie ein Buchsbaum und kurzen Shorts mitgebracht.

Er muss jeden Augenblick kommen, sagte mein Vater. Es war fast sieben. Er nestelte mit seinen bleichen, behaarten Fingern an einem Karton herum: Nachdem er uns zur Schule gefahren hatte, war er noch zu Karstadt am Nordbad gefahren, und ganz entgegen seiner Gewohnheit hatte er sich dort von einem der langsamen, kahlköpfigen Verkäufer beraten lassen, und schließlich hatte er sich für eine Kodak-Videokamera um 380 Mark entschieden, eine Ausgabe, die ihn wohl noch lange reuen würde, die er aber für unvermeidlich hielt.

Onkel Arie war schon über zwei Stunden zu spät. Mein Vater hatte sich am Nachmittag noch einmal rasiert, allmählich wurde sein Gesicht wieder grau, und als er das Kinn beleidigt auf seine Hand stützte, machte er ein schmirgelndes Geräusch. Um acht Uhr saßen wir noch immer ratlos am Tisch und sahen auf die Tischdecke und die Kerzenständer, ich begann, mit dem Besteck zu spielen, und als mir meine Gabel herunterfiel, begann mein Vater zu schimpfen, wieso ist dieses Kind nur so ungeschickt geworden, wieso kann es nicht stillsitzen und warten, und meine Mutter nahm mich in Schutz und sagte, ich sei gar nicht so ungeschickt, nur etwas ungestüm vielleicht und außerdem sehr hungrig, und Nadja sagte, doch, Rosa ist einfach tollpatschig, und dann fragte sie, wieso Onkel Arie so unzuverlässig sei und ob das das typische Verhalten in der Familie meines Vaters wäre, und überhaupt tat sie die ganze Zeit so, als würde sie Arie nicht kennen, und dann hörte sie einfach nicht auf und fragte meinen Vater, ob es sich nicht auch lohnen könnte, mit der 380-Mark-Kamera ein Video von uns zu drehen, wir seien ja das, was man gemeinhin seine Familie nenne, schade, dass es erst einen Onkel von sonst wo brauche, um auf die Idee zu kommen, ein paar Erinnerungen an das zu kreieren, was später zähle, Dinge, an die man sich später sonst nicht mehr erinnern würde. Mein Vater entgegnete wütend, dass Nadja ganz genau wüsste, warum wir einen Film von dem heutigen Abendessen brauchten, wir wollten ihn schließlich zu Zsazsa in ihr Altersheim nach Haifa senden, mit über 70 reise es sich nämlich nicht mehr so leicht, und Nadja entgegnete sofort, dass das ja weniger mit dem Alter zu tun habe als mit ihrem Oberstübchen. Meine Mutter mischte sich ein, sie sagte, trotzdem, das Kind habe ja recht, das mit Zsazsa sei schade, und es laufe zwar nicht immer alles ideal, aber festzuhalten gebe es ja dennoch einige interessante und vielleicht sogar schöne Momente, von uns Kindern gebe es gar keine Videos und vom Hund auch nicht, und überhaupt, wieso käme niemand auf die Idee, ein schönes Abendessen mit Kartoffeln und Fleisch aus dem Ofen für uns vier zuzubereiten, seien wir uns das etwa nicht wert? Und dann erinnerte unsere Mutter sich an ein Ereignis von vor ein paar Jahren, denn unsere Großmutter war im Jahr 1990 nur ein paar Tage vor dem Gedenktag an den israelischen Unabhängigkeitstag in das Altersheim, in dem sie bis zu ihrem Tod vor sich hin brütete, gekommen, und damals waren wir gleich nach Israel geflogen, um Arie beim Umzug zu helfen, und als wir am dritten oder vierten Abend zu Zsazsa kamen, sahen wir das Bild, von dem unsere Mutter nun wünschte, wir hätten es auf Super 8 gebannt: Unsere Großmutter stand zusammen mit den anderen Senioren und dem überwiegend belarussischen Pflegepersonal im Speisesaal, und im Fernsehen sang eine stark geschminkte junge Frau mit ein paar Soldaten Ha-Tikwa, die israelische Nationalhymne, und die dreißig oder vierzig Senioren sangen alle mit, so laut sie konnten, sie hatten brüchige, dunkle Stimmen und trafen fast keinen Ton, aber sie sangen von der Hoffnung in unseren jüdischen Seelen und unserem Blick, den wir nach Osten wenden, und unser Vater sang sofort mit, und mir fiel das erste Mal auf, dass er eine schöne, melodische Stimme hatte, und am Ende applaudierte ihm sogar ein älterer Herr aus Moldawien und eine persische Oma zwinkerte ihm zu; und unsere Mutter flüsterte, dass die Melodie von *Die Moldau* geklaut war, und mein Vater hatte noch Tränen in den Augen, und obwohl die meisten Senioren nicht richtig Hebräisch sprachen oder verstanden, wunderte ich mich, dass sie alle den Text der Hymne kannten, und mein Vater erzählte, dass er bekanntlich im frühen zwanzigsten Jahrhundert in jeden Winkel der Welt getragen wurde, bis zu den irakischen Taubenzüchtern, den Juden im Kaukasus und den Fabrikbesitzern in Mähren, und meine Mutter war ganz kurz davor, ihm zu widersprechen, denn sie hatte sich schon zu uns gebeugt, aber dann besann sie sich und ließ meinen Vater ausreden, und ich glaube, an diesem Abend haben sie gar nicht mehr gestritten.

Doch das war nur eine der vielen Gelegenheiten, die zu filmen wir versäumt hatten. Nadja unterbrach meine Mutter und sprach immer schneller und sie beugte sich wie eine Erwachsene sogar vor und gestikulierte, und dann fragte sie meinen Vater, warum bei ihm nie irgendetwas funktionieren würde, nicht einmal eine einfache Einladung zum Essen, worauf mein Vater sie nur verächtlich ansah und ihr zu schweigen bedeutete. Und dann wurde mein Vater richtig wütend, angeblich, weil Nadja begann, mit der Gabel in den Schüsseln herumzupicken und sich Tomatenstücke und Reiskörner in den Mund zu stecken, aber natürlich war er nur traurig oder frustriert, aber für diese Gefühle kannte er keinen Ausdruck, sagte unsere Mutter, und zwar, weil er wie beinahe alle Männer emotional verkrüppelt sei, und das sollte man ihm bei dieser Biografie auch besser nicht übelnehmen. Wir saßen um ihn herum und sahen ihn mit hungrigen Augen an, und schließlich gab er auf, er seufzte laut und sagte dann gar nichts mehr, und übrigens aß er auch keinen einzigen Bissen. Wir aber begannen, unsere Teller mit den erkalteten Speisen zu überladen, und aßen langsam alles auf, was meine Mutter gekocht hatte und was unter normalen Umständen für das ganze Wochenende gereicht hätte. Ich aß drei oder vier Schüsseln Reis, einen Berg Kartoffeln, Fleisch und Salate. Nadja und ich fütterten den Tibetterrier heimlich unter dem Tisch, bis auch er nicht mehr konnte und sich unter dem Sofa versteckte. Mein Vater sah uns eine ganze Weile zu, er hatte das Kinn auf seiner Faust abgestützt und in seinen riesigen Augen spiegelte sich das elektrische Licht. Etwas flackerte in seinen Pupillen, und dann begannen die Augen, den Rest des Gesichtes anzustecken, die Nasenspitze hob und senkte sich und mein Vater nahm die Hände vom Tisch, stand leise auf und ging einfach. Ich sah ihm nach und überlegte, ob ich ihm nachgehen sollte, und ich legte schon die Hand auf die Stuhllehne, um aufzustehen – aber dann blieb ich doch sitzen und wartete, bis ich hörte, wie sich die Schlafzimmertür leise schloss.

Meine Mutter seufzte und schenkte sich noch ein Glas Wein ein und dann noch eines. Wir hatten zu Hause nie Wein, sie hatte ihn extra für Arie eingekauft und hatte mindestens acht oder neun Mark dafür gezahlt, wie sie auf Nadjas Nachfrage zerknirscht zugeben musste. Meine Mutter hatte sich die Fingernägel extra für Arie lackiert, aber sie hatte die Hälfte des roten Lacks schon zwischen der dritten und vierten Portion Reis von ihren Nägeln abgeschabt, und jetzt blickte sie alle Sekunden nervös zur Wanduhr und biss sich mit den Zähnen das übrige Rot ab. Sie sprach noch immer kein Wort.

Ich erinnere mich noch daran, dass ich lange nicht einschlafen konnte, weil ich mich völlig überessen hatte, die Decke wie Blei auf mir lag und ich auch an das traurige und enttäuschte Gesicht meines Vaters denken musste, an die kalte Suppe, die langsam einen braunen schlackigen Rand gebildet hatte, und auch Nadja wälzte sich hin und her. Ich hatte Albträume, aber ich traute mich nicht, sie zu wecken. Irgendwann schlich ich mich aus dem Zimmer, es muss schon am frühen Morgen gewesen sein, ein fahles, gemeines Winterlicht drängte sich an die Balkontür, und die leeren Schüsseln, halb gefüllten Gläser und abgebrannten Kerzen sahen aus wie eine der Trümmerstädte des Zweiten Weltkrieges, die sich meine Eltern manchmal abends im Fernsehen ansahen. Auf dem Teller meines Vaters lag die Kamera von Karstadt, und ich musste lange mit den Fingern schnippen und leise pfeifen, bis der Hund endlich zu mir kam.

Ich wachte später ein zweites Mal auf. Das Telefon hatte geklingelt. Am Apparat war ein Polizeibeamter aus Fürstenfeldbruck gewesen, mein Vater verstand ihn nicht recht, er muss in starkem Dialekt gesprochen haben, auf den sich zu konzentrieren mein Vater nie Lust hatte, und er musste mehrmals nachfragen: Wie denn in Fürstenfeldbruck? Was reden Sie da? Was macht der Idiot in Fürstenfeldbruck!, und dann nahm meine Mutter, die nun aufgewacht war und sich erschrocken die Schläfen rieb, den tragbaren Telefonhörer in die Hand. Was, sagte sie, was bitte, das kann doch nicht sein, Sie müssen sich irren! Und dann, keiner weiß genau warum, brach unsere Mutter in ein völlig idiotisches Gelächter aus, und immer wieder schrie sie: Fürstenfeldbruck! Fürstenfeldbruck! Und mein Vater versuchte, meiner Mutter den Hörer aus der Hand zu reißen, und meine Mutter lachte immer lauter, während mein Vater versuchte, sie von hinten zu umfassen und sie vielleicht sogar zum Stürzen zu bringen, und meine Mutter wendete den Kopf und lachte ihm direkt ins Gesicht, und die beiden stolperten, aber meine Mutter stützte sich auf die Couchlehne, und mein Vater ließ sie plötzlich los, sein Gesicht war in Wut versengt, ich konnte keine Nase und keinen Mund mehr sehen, nur Glut.

Arie war auf der Landstraße aus Fürstenfeldbruck verunglückt. Unser Vater musste frühmorgens zur Polizei fahren, und der Tag begann düster und schweigend, unsere Mutter machte uns kein Frühstück und schickte uns mit ungekämmten Haaren auf die Straße, wo Nadja heimlich rauchte.

Mein Vater sprach, nachdem er seinen Bruder identifiziert hatte, drei Tage kein Wort, und meine Mutter musste sich um alle Formalitäten kümmern, und Aries toter Körper wurde dann ein paar Wochen später, wie unsere Mutter uns erzählte, in einem Sarg in einer El-Al-Maschine in einer Sitzreihe der zweiten Klasse hinter einem Vorhang versteckt und ausgeflogen.

Keiner wusste, warum er in das vierzig oder fünfzig Kilometer entfernte Fürstenfeldbruck gefahren war, um Linsen zu kaufen, es kam uns allen ganz sinnlos vor, was hätte er dort schon zu suchen gehabt, in diesem traurigen Ort mit seinen S-Bahn-Gleisen, Naziflughäfen, Zwiebeltürmen und Neubauten. Meinem Vater gelang es in den Jahren danach, das Wort Fürstenfeldbruck mit Trauer und Abscheu zu füllen, mir kam es vor, als wären die Vokale darin angeschwollen, drei- oder vierfach vergrößert, so wie sich manchmal die in Plastik verpackten fertigen Lasagnen im Kühlschrank blähten. Mein Vater hasste nach Aries Unfall nichts so sehr wie Fürstenfeldbruck. Heute frage ich mich, wieso meine Mutter der ganzen Sache vielleicht eine Art Komik abgewinnen konnte. Sie hätte das Telefon nachts bestimmt nicht abgehoben, sie schlief ja im

Gegensatz zu unserem Vater ruhig, aber irgendwie stelle ich mir vor, dass sie lachen musste, nachdem sie aufgelegt hatte, ein wirklich blödes, unheilvolles, taktloses Lachen, aber es ist ja auch absurd, dass ein Jude 1995 in Fürstenfeldbruck von einem besoffenen Kleinbusfahrer umgebracht wird. Jedenfalls hatte sie diesen schrecklichen, düsteren Humor, den mein Vater fast so hasste wie Fürstenfeldbruck, und es sieht fast so aus, als hätte sich alles Weitere aus diesem Tag ergeben.

6

Mein Vater musste während seiner letzten zwei Jahre alle paar Wochen zu dem jungen Arzt, der mir immer hämischer vorkam, als er uns in seinem Besprechungszimmer empfing, so als richteten wir ein schlecht begründetes, sogar unverschämtes Gnadengesuch an ihn, und bevor der Arzt seine Audienz stattfinden ließ, saßen wir im fensterlosen Warteraum, und mein Vater hielt seinen Rucksack umklammert und versuchte, nicht auf dem ungepolsterten Stuhl herumzurutschen, er saß immer aufrecht, die dünnen Beine elegant überschlagen, die Arme um den Rucksack gewickelt. Ich ließ neben uns einen Platz frei, und weil wir uns nie unterhielten, griff ich meist zu einer der zwei Jahre alten Modezeitschriften, und während ich darauf wartete, dass mein Vater aufgerufen wurde, damit man ihm von den neuen düsteren Welten erzählen konnte, die sich in seinem Brustkorb ausgebreitet hatten, las ich wütend irgendwelche Salatrezepte oder sah mir Bilderstrecken mit Bikinis an, und wenn endlich eine Schwester Jeruscher! rief, sah ich zuerst nicht einmal auf, aber dann wurde ich doch neugierig und betrachtete meinen Vater von hinten, wie er auf seinen langen, dürren Beinen in einer billigen Jeans mit einem blöden Namen auf dem ledernen Etikett und seinem Rucksack über den schmalen Schultern steif wie ein Ast zur Schwester ging und sie ernst und unwillig begrüßte, und dann sprang auch ich auf und lief ihm hinterher ins Behandlungszimmer, und so konnte ich ihn weiter beobachten und sehen, wie er dem Arzt ins Gesicht sah, und ich war davon ehrlich gesagt ein bisschen beeindruckt, denn er blickte dem Arzt so ins Gesicht, wie man dem Schicksal ins Gesicht sehen sollte: ernst, aber unverfroren, und dann gab er dem Arzt wortlos die Hand und verließ das Zimmer, und ich hetzte schon wieder hinter ihm her. Vielleicht war er das erste Mal in seinem Leben kein Tölpel, jedenfalls stieß er beim Herausgehen nichts um, er lief auch gegen keine stählernen Bänke oder Glastüren. Er ging wie ein Mann, der noch nicht ganz am Ende ist, für seine Verhältnisse aufrecht. Über seine Wangen liefen Tränen, aber er ließ nicht zu, dass sich sein Gesicht verzog. Es gibt nichts, was mich auf der Welt mehr rühren könnte als die heißen vergeblichen Tränen der Alten. Aber davon sollte ich nichts mitbekommen, er wollte sein Sterben wie eine lästige, aber notwendige Angelegenheit hinter uns bringen.

Ich brachte meinen Vater nach dem letzten Besuch bei Doktor Hurensohn, das war ein paar Monate bevor er starb, in der Trambahn zurück nach Hause. Er erzählte mir nicht, was der Arzt gesagt hatte, und wir sprachen nur über die Verspätung und die Umleitungen der öffentlichen Verkehrsmittel, während wir warteten. Mein Vater hüpfte steif wie ein Streichholz die Treppchen in den Wagen hoch. Wir setzten uns auf eine Zweierbank, und ich sah aus dem

Fenster, sah die schönen Eichenalleen vorbeiziehen, die Kinder auf Fahrrädern und die Deutschen mit ihren Körben, aus denen Karottengrün leuchtete, und mein Vater sah wieder nach vorne, missbilligte stumm alles und sagte kein Wort. Er betrachtete die Bündchen an seiner Jacke, mit der rechten Hand strich er über das linke und mit der linken Hand zupfte er am rechten, den ganzen Weg vom Klinikum Harlaching bis zum Authariplatz. Ich sah ihm besorgt zu, aber er achtete nicht auf mich, er sah nur ab und zu wieder ärgerlich nach vorne, so als ärgerte er sich über alles auf der Welt, was nicht an seine Jacke angenäht war. Er kam mir kindisch vor, wie er so an seiner Jacke herumspielte, aber natürlich fürchtete ich immer noch seine Wut. Dachte er dabei an all das Geschirr, das ich fallen gelassen hatte? An all die Abende, an denen Nadja sich verspätet hatte und er, völlig außer sich vor grundloser Sorge, am Esstisch auf sie wartete? An mein dummes Lispeln, das ihn immer so geärgert hatte? An unsere Mutter, von der manchmal keiner so genau wusste, wohin sie in ihrer Jeansjacke mit Teddypelzkragen aufgebrochen war? Ich berührte meinen Vater, der nicht zu hören schien, zart an seiner linken Hand, und er sah mich fragend an; wir waren gerade auf der Höhe der prächtigen alten Villen um den Theodolindenplatz, und ich wollte schon loslegen, da begann mein Vater, wie um den Ausblick und das Glück, das darin wohnte, zu verhöhnen, heftig zu husten. Ich holte rasch eine Rolle mit Plastikbeuteln, die ich neuerdings bei mir trug, aus dem Rucksack. Mein Vater hustete gelben und braunen Schleim in die Tüte. Er würgte, und dann fluchte er mit einer heiseren Stimme, die ich noch nicht kannte, dann spuckte und würgte er wieder in die Tüte. Diesmal sah ich nach vorne, ich sah, wie sich die Leute von uns wegsetzten, wie ihnen übel wurde und wie sie begannen, uns zu verabscheuen.

Ich brachte meinen Vater damals nach Hause, in die Wohnung, in der ich jetzt bin, und in diesen Zimmern ist alles voll mit Erinnerungen, die hereingeflutet sind, als ich das Fenster geöffnet habe, um den Alte-Leute-Geruch meines Vaters zu vertreiben, Erinnerungen, die so klein und wertlos sind wie jene an meine zornige Mutter, an Nadjas Flittchen-Bikini und Onkel Aries beruhigende Stimme. Vielleicht war mein Vater der Traurigste von uns allen, vielleicht ist seine Geschichte sogar die traurigste Geschichte der Welt, nämlich die Geschichte eines Menschen, dessen Pupillen am Ende im Wartezimmer wie kleine aufgescheuchte Vögel umherflatterten und der immer schneller verschwand, aber natürlich war das alles keine Überraschung, denn schon als Kind hatte Nadja dafür gesorgt, dass ich in diesen Dingen besser Bescheid wusste als die Erwachsenen.

7

Ich habe keine Ahnung, wo ich noch suchen soll. Ich habe in allen Schränken nachgeschaut und in allen Schubladen, unterm Bett und sogar in den Reis- und Haferflockenkartons in der Küche, und das einzige, was ich bisher gefunden habe, ist ein 5-Mark-Stück in einer Schublade, das ich eingesteckt habe, um es Nadja mitzubringen. Um das zu können, brauche ich aber erst mal ihre Nummer, aber die Hoffnung auf das Adressbuch habe ich inzwischen aufgegeben, wahrscheinlich hatte er es mit im Krankenhaus, und irgendjemand hat es im Altpapier entsorgt.

Es muss eine Art Übersprunghandlung sein, jedenfalls stehe ich wieder in der Küche und esse die grünen Oliven in Salzlake auf, mit denen ich plötzlich (wie vorhin mit Nadja) auch Mitleid bekommen und die ich deshalb wieder aus dem Müll herausgeholt habe, schließlich haben sie etwas mit meinem Vater zu tun, er hat sie selbst bei Netto aus dem Regal geholt, auf das Kassenband gelegt und mit abgezählten Münzen bezahlt. Und während ich das denke, erinnere ich mich natürlich daran, wie ich mit meinem Vater zum letzten Mal bei Edeka gewesen bin. Wir waren gerade aus dem Krankenhaus gekommen, wo unser Arier wieder nichts erklärt, sondern so getan hatte, als hüte er ein gefährliches oder einfach nur scheues Wissen. Ich weiß noch genau, wie ich mit hastig flüsternder Stimme zwischen den schlecht beleuchteten Regalen hin- und herlief und auf meinen Vater einredete wie ein Engel, komm hier entlang, lass mich dir helfen, warte kurz, ich mach das schon usw., und dann stützte ich ihn sogar im Kreuz, als wir an der Kasse standen, und endlich riss ihm der Geduldsfaden und er sagte, dass ich mit dem Blödsinn jetzt aufhören und dass ich mir endlich das blöde Lispeln abgewöhnen solle, ich sei ja schon fast 40 (ich war erst 33), und ich hatte kurz überlegt, ob ich ihm nicht raten sollte, sich den blöden Akzent abzugewöhnen, und dann hatte er mich an der Kasse mit den ganzen Lebensmitteln stehen gelassen und war dürr und krumm einfach weitergegangen und meine Hand war in der Luft stehen geblieben wie ein toter Ast, während die Rechte meines Vaters, knochig, weiß, aber noch kräftig, seinen Rucksack trug. Und während ich damals hinter meinem Vater herlief und ihn schon am abgesenkten Bürgersteig einholte, machte ich heimlich Frieden mit ihm, Frieden mit meinem Vater, der sich nur noch jeden zweiten Tag rasierte. Seine Haare waren nicht mehr schwarz, sondern fast weiß und standen ihm vom Kopf ab. Sogar die kleinen Wölkchen auf seinen Fingern waren weiß geworden. Ich empfand plötzlich Rührung für diesen alten Mann, der immer noch kein ch aussprechen konnte. Wir beide waren schließlich beide Jeruschers: ein alter Mann mit Tomaten und eine junge Frau mit sentimentalen Gedanken.

Ich trinke sogar noch etwas von der Salzlake und denke

schon wieder die Gedanken jener, die plötzlich gezwungen sind, über Dinge nachzudenken, über die sich das Nachdenken nicht lohnt, denn sie sind unvermeidbar und damit auch nicht zu beeinflussen, und ein weiser Mensch, sagen wir ein Rabbiner aus Trembovla, würde sagen, es lohne sich nicht, an das zu denken, an das alle denken, denn offensichtlich hat noch niemand eine Lösung gefunden, und viel lieber denken wir ja an gar nichts, aber wenn jemand stirbt, denkt man eben an den Tod und die Zeit, die bisher verstrichen ist; und ehrlich gesagt gewöhnen wir uns allzu schnell daran, Waisen in der Midlifecrisis zu werden, und bald glimmt nur noch gelegentlich der Gedanke an die Toten, die uns so lange begleitet und belästigt haben, auf, und das bringt mich zu meiner Mutter, die früher eine Anhängerin von Spinoza war, der bekanntlich gesagt hat, dass der freie Mann an nichts weniger denke als an den Tod, und das hat sie uns manchmal zu erklären versucht, wenn wir mit ihr über Arie sprechen wollten oder über die schrecklichen Dinge, die wir im Fernsehen gesehen hatten, und ich esse gleich drei Oliven auf einmal, und da höre ich die Stimme meines Vaters, der mir sagt, dass ich nicht so schlingen soll, und es ist wahr, bis heute kaue ich kaum, und dann spricht ganz automatisch meine Mutter, die meinem Vater sagt, dass er selbst wie der Hund isst und sich deshalb in dieser Angelegenheit mit Ratschlägen vielleicht besser zurückhalten sollte, aber meine Mutter verstummt natürlich sofort, denn noch während sie spricht, fällt ihr ein, dass sie selbst lieber nichts sagen sollte. Ein Stück Brot war für unseren Vater nie nur ein Stück Brot, und er konnte über die nichtigsten Dinge in Verzweiflung geraten, zum Beispiel über Nadja und den Grad an Missratenheit (wie er sagte), den sie noch vor ihrem zehnten Geburtstag erreichen sollte, was es ihm nahezu unmöglich machte, mit seiner erstgeborenen Tochter eine einfache Mahlzeit einzunehmen, denn Nadja nahm sich einfach, was sie wollte, und genauso warf sie auch das weg, was sie nicht wollte, und so öffnete sie die Semmeln, die unsere Mutter manchmal aufbackte, aß das weiche Innere heraus, formte daraus Kugeln, steckte sie in den Mund oder warf sie dem Hund zu, den Rest ließ sie einfach liegen. Mein Vater sagte nichts, aber ich wusste, dass es ihn schrecklich verletzte, zu sehen, wie achtlos Nadja war, ja sie hatte sogar Freude daran, niemals aufzuessen, sich über das Essen unserer Mutter zu beschweren oder nach drei Bissen einfach aufzuspringen und in unser gemeinsames Zimmer zu gehen, sich auf ihr Bett zu werfen und Discman zu hören. Mein Vater und ich blieben sitzen, bis wir alles aufgegessen hatten: Brotrinden, Butterstücke, manchmal sogar Käserinde, wir sprachen nicht miteinander dabei, wir sahen uns nicht einmal an, wir aßen einfach. Es war wie eine Arbeit, die wir in stiller Übereinkunft zu verrichten hatten, ohne uns zu beklagen, so wie die Generationen vor uns am Fenster gesessen und gestickt oder Geld gezählt oder Sohlen an Schuhe gehämmert haben. Es ist eine dumme Angewohnheit, sagte mein Vater, wir essen viel zu viel, aber ich habe das von meinen Eltern gelernt, man darf Brot nicht wegwerfen. Ich habe das als Kind nicht verstanden, aber ich wollte meinem Vater gerne gefallen, und vielleicht lag es an diesen kleinen idiotischen Dingen, dass mein Vater begann, mich zu lieben.

Ich stelle das leere Olivenglas in die Edelstahlspüle, die ganz weiß ist vor Kalk, und muss daran denken, wie ich als Kind hier oft mit einem Handtuch stand und darauf wartete, dass man mir Teller zum Trocknen reichte. Einmal, da muss ich acht oder neun Jahre alt gewesen sein, und mein Vater und ich wurden von meiner Mutter dazu verdonnert, gemeinsam abzuwaschen. Mein Vater krempelte sein Hemd hoch, dann steckte er seine langen haarigen Arme ächzend in die Spüle und nach echt israelischer Art begann er, das Geschirr einzeln mit viel zu viel Spülmittel einzuseifen, dann legte er es auf die Seite, um es im letzten Schritt mit einem dünnen Wasserstrahl zu spülen. Ich wartete geduldig mit dem Geschirrtuch in der Hand und sah ihm zu, und als ich gerade das erste Glas greifen wollte, stellte ich mich (oder er sich?) so ungeschickt an, dass es auf den Boden fiel und zerbrach. Wir erschraken beide, und mein Vater begann zu fluchen, dann erst stellte er das Wasser ab, nahm mir das Tuch aus der Hand und legte es ab, und gemeinsam gingen wir dann auf alle viere, um die Scherben einzusammeln. Rühr das nicht an, sagte er plötzlich ganz leise und sanft, ich mache das schon, meine Hände sind älter und halten einiges aus. Er fand auch wirklich eine ganze Menge Scherben, die er in die hohle Hand wischte, und dann, ganz plötzlich, hörte er auf, die Scherben einzusammeln, und sah mich stattdessen an. Sein Blick tastete langsam über mein Gesicht, dann über meinen Oberkörper und meine Hände, die auf den Boden aufgestützt waren. Es wurde ganz still, obwohl meine Mutter fernsah und sich, wie sie sagte, von den Strapazen des Kochens erholte (sie kochte gar nicht wirklich, sagte mein Vater), irgendeine

Daily Soap mit dramatischer Hintergrundmusik, in der irgendein Richard Evelin betrog, was Martha natürlich überhaupt nicht gefiel und was meine Mutter und Nadja laut kommentierten. Mein Vater ließ die Scherben aus der linken Hand zurück auf den Boden fallen, dann nahm er mein Gesicht zwischen seine Hände und dann sah er ganz anders aus als sonst, er lächelte wie ein glücklicher Mensch, wie jemand, den man vielleicht sogar für ein wenig einfältig halten könnte, wie jemand, der mit wenig zufrieden ist, er lächelte also wie jemand, der er gar nicht war. Plötzlich überkam ihn eine heftige Rührung, und er begann sogar, kurz ein- oder zweimal zu schluchzen, dann sagte er, ich sähe genau aus wie seine Mutter, gleiche Lider, gleiche Haare, gleiche Nägel, gleiche Zähne, und ich wunderte mich ein wenig, denn ich wusste nicht genau, was ihm daran gefallen sollte, dass ich wie eine fette 70-jährige Frau aussah, ich war ja noch ein Kind. Da erkannte er ganz plötzlich meine Ratlosigkeit, und sein Gesichtsausdruck veränderte sich und er schien sich ein wenig dafür zu schelten, zumindest wich die Erschütterung aus seinem Gesicht, und es wurde wieder starr und grau, und dann senkte er kraftlos die Arme, und weil er natürlich in seinem verebbten Kummer oder seiner vergeblichen Rührung ungeschickt war wie immer, verlor er das Gleichgewicht ein wenig und begann zu schwanken, und so kam er mit beiden Handflächen auf den Scherben auf. Die Scherben ritzen sein weiches Fleisch, das so gerne hart gewesen wäre, aber in Wahrheit war seine Haut dünner als die Trennlinie zwischen Barbarei und Zivilisation (sagte unsere Mutter) und das Blut lief aus ihm wie Ketchup aus einer Glasflasche, die zunächst gar nichts freigeben wollte und dann plötzlich alles. Du hast dich geschnitten, flüsterte ich, und mein Vater sah auf seine Hände, und erst in diesem Moment nahm er wahr, was geschehen war, gerade hatte er noch geträumt, denn wir beide hingen ewig unseren Regressionen und damit unseren Tagträumen nach (sagte unsere Mutter), und von irgendwoher mussten ja meine elendigen Tagträume kommen und es war sicher auch kein Zufall, dass ausgerechnet mein Vater mich immer für sie schimpfte, denn am liebsten schelten wir andere für das, was wir an uns selbst ablehnen (sagte unsere Mutter), und mein Vater fluchte, zog sich an der Tresenkante hoch und ließ noch lange kaltes Wasser über seine Hände laufen, während ich mit dem Geschirrtuch darauf wartete, dass er endlich fertig spülte, und während ich neben ihm stand, überkam mich sofort das Gefühl, dass mir in diesem Moment schon wieder etwas entgangen war.

Am Kühlschrank ist ein Foto mit einem Magnet angeheftet, das meine Mutter gemacht hat. Darauf sind Nadja und ich zu sehen, beide in Shorts und T-Shirt auf einer Bank irgendwo am Ammersee, hinter uns unser Vater in gestreiftem Kurzarmhemd und Jeans, unsicher lächelnd, gar nicht so alt, wie ich damals gedacht habe, schöner oberbayerischer Himmel. Als ich es abnehme, um es näher zu betrachten, gleitet ein 50-Euro-Schein zu Boden. Ich hebe ihn auf und stecke ihn in meine Hosentasche. Besser als gar nichts.

Als ich das Treppenhaus hinuntergehe und am Sneaker-Haufen vorbeikomme, geht schon wieder die Tür auf, und das blonde Mädchen steht vor mir. Bei uns ist übrigens eine Postsendung abgegeben worden von Ihrer Schwester, da war Ihr Vater schon weg, wir haben dann reingeschaut, es ist ein Buch mit irgendwelchen komischen Eisenbahngeschichten, entschuldigen Sie bitte. Und dann gibt sie mir eine aufgerissene Versandtasche. Oben rechts steht eine Adresse im Umland. Wir haben manchmal mit Nadja telefoniert in den letzten Monaten, sagt sie. Sie meinte, dass wir das Buch behalten könnten, aber vielleicht können Sie mehr damit anfangen?

8

Ich habe einen wiederkehrenden Traum, den ich das erste Mal vor sieben Jahren geträumt habe, als meine Mutter gestorben ist, und der jetzt, in der Nacht nach dem Tod meines Vaters, wieder in mein Unbewusstes geschwappt ist: Ich träume davon, wie wir alle um einen Tisch sitzen, drei Generationen der Familie Jeruscher vereint, drei Generationen, die niemals für länger als ein paar Tage vereint waren (zum Glück, hätte meine Mutter gesagt), und dass wir uns so ähnlich sahen, ähnlich gehandelt haben und irgendwie ja auch ähnlich geendet sind, ist sicher nur ein Zufall. Ich erzähle nie jemandem davon, denn die Träume, die allzu leicht zu deuten sind, weisen auf ein einfaches Seelenleben hin. Außerdem würde man mir sagen, dass ich einsam sei, zudem instabil und über die Maße melancholisch (alles Vorwürfe, die im echten Leben von Nadja stammen), David würde sagen, schau, Rosa, das ist doch völlig normal, du bist ganz alleine, du wünschst dir insgeheim eben doch eine große Versöhnung – mit der Vergangenheit! Mit der Familie! Der Verhaltenstherapeut (zu dem ich aber nicht mehr gehe) würde hingegen behaupten: Sie müssen das akzeptieren, Frau Jeruscher, wir Menschen sind doch alle gleich, wir brauchen einander, auch wenn wir uns quälen. Haben Sie schon einmal über eine tiefenpsychologische Therapie nachgedacht? Und wieso lispeln Sie eigentlich wieder so stark?

Im Traum sitzen wir übrigens um einen silbernen Samowar, sogar während ich träume, denke ich, dass das ein billiges Stück sein muss, versilbert oder auch nur verzinkt, ich habe wirklich keine Ahnung, wieso wir plötzlich einen Samowar haben sollen. Meine Mutter war aus der Generation, die Kaffee in der Mikrowelle aufgewärmt hat. Mein Vater trank Wasser immer kalt aus der Leitung und morgens schwarzen Tee vom Discounter. Wie auch immer, der Samowar steht auf dem Tisch im Esszimmer meines Vaters, ein billiges Ding, Buche-furniert, eigentlich nur Platz für vier Personen bietend. Im Traum müssen wir Schwestern uns wie früher einen Platz teilen, denn wir sind mehr als vier. Wir sitzen auf den passenden scheußlichen bunt gepolsterten Stühlen, deren Lehnen so hoch und aufgerichtet dasitzen, als würden sie unserem Gespräch aufmerksam folgen. Nadja und ich spielen, was bedeutet, dass wir ungeduldig Plastikplättchen hin und her schieben und fieberhaft nach einer Lösung suchen. Die Erwachsenen tun zwar so, als würden sie mitspielen, aber in Wahrheit schauen sie nicht einmal richtig auf ihre Plättchen, zerstreut bewegen sie sie hin und her, dann werfen sie sich Blicke zu. Mein Vater sieht besorgt zu meiner Mutter, weil sie schon wieder dieses überhebliche Lächeln hat, das bedeutet, dass sie gleich etwas Gemeines sagen wird, dann sehen beide zu unserer Großmutter Zsazsa, mein Vater legt die Stirn in Falten. Zsazsa wiederum betrachtet ihre Hände, dann schreckt sie plötzlich auf und sieht zu meiner Schwester und mir, ihr Blick ist zärtlich und kurz wie ein fallendes Blatt.

Mein Vater sitzt natürlich am Kopfende, dünn und wütend, er drückt an seinen langen, knochigen Fingern herum. Sein spärliches lockiges Haar trägt er nach Art der alten Zeit über den ganzen Schädel seitlich gescheitelt. Komischerweise sieht er nicht übel aus, ein bisschen wie ein abweisender, aber doch im Grunde warmherziger Lehrer, der von seinen Schülern einiges erdulden muss. Meine Mutter sitzt links von ihm, sie hat das blondierte Haar hochgesteckt und trägt eine Jeansjacke. Ich wette, dass kein Außenstehender erraten würde, dass sie irgendwann zusammengekommen sind, um Eltern zu werden, es gibt zwischen ihnen keine augenfällige Verbindung, es gibt einen hadernden, ungeschickten Mann und eine Frau mit trägem Spott in den Augen. Es gibt sonst nichts. Meine Mutter ist wie immer. Sie sieht amüsiert zu meinem Vater, denn die beiden streiten schon wieder, und sagt: Aber so war das doch gar nicht! Angie war *mein* Hund, ich habe sie aus Griechenland mitgebracht.

Mein Vater wirft ihr einen wütenden Blick zu, dann sagt er, dass Angie ganz anders hieß und außerdem ein Rüde gewesen sei und ihm gehört habe, und damit hat er sogar recht. *Dovid* hieß unser Hund, wie David mit o, und er war ihm 1982 in der Münchener Innenstadt zugelaufen, unweit seines früheren Labors in der Theresienstraße, und diese Geschichte erzählt er uns jetzt. Er sagt, dass er den Hund eigentlich gar nicht mitnehmen wollte, dann aber gesehen habe, dass er verwundet war, offensichtlich angefahren. Ich hatte einen gewissen Ekel vor Hunden, sagt mein Vater, denn bei seinen Eltern in Rumänien haben nur die Bauern Hunde gehalten, und nach den Pogromen erzählte man sich, dass schon in der ersten Nacht die halbwilden Rudel in die Stadt gekommen seien. Diese Rudel hätte eine besondere Sorte von riesenhaften, bösartigen Bukarester Bracken gebildet, das seien die Nachkommen von irgendwelchen Hunden gewesen, die die Leute in der Region jahrhundertelang gequält hatten. Man sah sie fast nie, diese Hunde, sagt mein Vater, denn sie misstrauten den Menschen zu sehr, als dass sie sich den Siedlungen genähert hätten, aber in einer Nacht kamen sie in die Stadt, und entgegen ihren Gewohnheiten hätten sie sich nicht an den Fassaden entlanggedrückt, sie liefen glücklich und schwanzwedelnd durch die Straßen, und als sie den Toten die Arme aus den Gelenken gebrochen hatten, trugen sie sie wie Trophäen in die umliegenden Wälder.

Oh, wie scheußlich, ruft Nadja, aber irgendwie ist das ja schon okay, die Menschen machen das mit den Tieren ja nicht so anders, die laufen ja auch mit einer Wurstsemmel in der Hand herum, und seltsamerweise nicken alle ganz sachlich.

Natürlich sprach mein Vater im richtigen Leben nie über solche Dinge wie im Traum, er erwähnte keine Leichen oder Brillen oder Züge, er sprach eigentlich überhaupt nicht, wenn das die akkurate Bezeichnung ist für einen Menschen, der nicht in der Lage war, den Regungen seines Herzens Ausdruck zu verleihen, und der deshalb nie ein Wort verlor über andere Themen als Mahlzeiten, Wasserproben und Stuhlgang. (Mein Vater hatte, wie jeder richtige jüdische Vater, immer Verstopfung und gab uns abwechselnd die Schuld daran, meiner Mutter wegen ihrer peripheren Küchenkenntnisse, Nadja und mir wegen unserer »Launen«, »Flausen« oder »Aufsässigkeiten«.) Aber in meinem Traum ist er richtig gesprächig. Er habe, erzählt er weiter, den Hund in seinen Mantel gewickelt, der sei ja nicht groß gewesen, und er hätte einfach nicht anders gekonnt, und er macht ein hilfloses Gesicht, und sein Kragen ist verrutscht und entblößt seine weiße behaarte kranke Brust, als er sagt, seine schwarzen Augen wären geradezu menschlich gewesen. (In Wirklichkeit sagte mein Vater nie sentimentale Dinge, obwohl sein ewiges Grübeln und sein nervtötendes Auf-und-Ab-Laufen in der Wohnung ein empfindsames Innenleben vermuten ließen.)

Mein Vater hatte den Hund auch in Wirklichkeit nach seinem Lieblingscharakter aus Sholem Alejchems *Eisenbahngeschichten* benannt, und ich konnte mir nie merken, ob Dovid ein fahrender Händler war oder der Vater irgendeiner Braut aus Odessa, aber ich war mir ziemlich sicher, dass er eine unsympathische Figur war und am Ende der Geschichte starb. Ich bin außerdem ziemlich sicher, dass mein Vater die *Eisenbahngeschichten* nie gelesen hat. Als unser Dovid starb, an Geschwüren, an Verfettung oder an Überdruss, legte mein Vater ihn auf den Esstisch (auf den gleichen, an dem wir jetzt im Traum sitzen und spielen), dann sah er ihn lange an, und dann begann er zu schluchzen, vergrub sein hageres Gesicht in den knochigen Händen und setzte sich. Er machte den Eindruck, als wolle er den Hund sofort sezieren, aber er hob nur in einer kurzen Geste eines der kleinen schwarzen Ohren an, um es dann sofort wieder fallen zu lassen, und dieses Fallen gefiel mir, auch wenn das Ohr nur ein paar Millimeter nach unten fiel, entdeckte ich in diesem Ereignis einen ewigen Sturz, ein Verderbnis, ein Unglück, das weiß ich noch ganz genau. Mein Vater legte seine Stirn auf der Tischplatte ab, und mit seinen Händen fuhr er Dovid durch das schmutzige, verfilzte Fell. Ich war damals schon ein wenig kurzsichtig, und mir schien es, als wären die Haare auf dem Kopf meines Vaters die gleichen wie die auf den langen Fingergliedern und jene, die Dovids tumorösen Körper umhüllten. (Es ist in jeder Kindheitsbiografie das Größte, den Vater beim Weinen zu erwischen: Finger, die zittern, statt zu strafen, und Augen, die nässen, statt zu tadeln. Der Vater wird so klein wie eine Erdbeere, so süß und weich und nass. Man hat Lust, den Vater mit der Fingerspitze anzustupsen, und ist neugierig, ob er sofort zerbirst oder sich in eine rote Lache verwandelt. Die Welt ist nicht mehr die gleiche nach dem Weinen: Es ist eine Geburt, es ist der erste Sieg, es ist die traurigste Sache, die je passiert ist, es ist eine Hochzeit auf einer Beerdigung und ein Geburtstagsfest inmitten einer Feuersbrunst, und wie jeder Sieg tut dieser Sieg weh.)

Im Traum aber darf Dovid für immer leben und für immer Unfrieden stiften. Wir haben unsere Ellbogen aufgestützt und sehen gespannt auf meine Großmutter Zsazsa. Jetzt nämlich fällt sie meinem Vater ins Wort. Zsazsa sitzt rechts von meinem Vater, sie trägt ein hellblaues Wollkostüm und hat viel schönere Haare als meine Mutter, hellbraune, glänzende Seidentücher nämlich, die sich um ihren Kopf legen. Ihre Brüste sind riesig, und die weiße

Bluse, die sie unter ihrem Kostüm trägt, spannt zwischen den Perlmuttknöpfen. Sie spricht mit der Autorität alter Damen: Zsazsa redet langsam, ihr Mund ist klein und rosa und ihr großes weißes Gesicht bewegt sich kaum. Dooovid, sagt sie, mit lang gezerrtem Vokal, so nennt man doch keinen Hund! Zsazsa denkt kurz nach, dann legt sie die Handflächen auf den Tisch und sagt bestimmt: Es ist eine Sinde, einem Hund einen Menschennamen zu geben!

Und dann: Ein Name von einem jiddischen Menschen noch dazu! Besser, dass die Chaye hot gehert deiner Veronika!

Meine Mutter, Veronika, deren Name gerade mit hörbarer Abscheu, sodass er wie eine Infektionskrankheit oder eine neu entdeckte Schimmelpilzart klingt, ausgesprochen wurde, lacht wieder. Ihr frecher kleiner Busen hüpft auf und ab, und mein Vater starrt entsetzt auf ihr Jeanshemd. Ein unschuldiges Tier ist doch keine Sünde!, ruft sie.

Das, was sie eigentlich meint, ist: Ich liebe meinen Hund, ich streichle ihm über das Fell, seht her, ich bin das Salz der Erde!

Und dann geht sie wieder los, die ewige Streiterei. In meinem Traum streiten die drei immer wegen des Hundes, aber ihnen wäre jeder Anlass recht, sie würden auch über den scheußlichen Nagellack meiner Großmutter streiten, über den genauen Farbton des Hundefelles, über die Zukunft meiner Schwester Nadja, aber die Liebe meiner Eltern zu einem treyfen Hund ist trotz allem der beste Grund: Treyfer Hund, treyfe Frau, treyfe Töchter, wie soll man da nicht verrückt werden? Zeit, dass meine Schwester Nadja sich wieder einmischt. Sogar im Traum denke ich: Was für ein schönes Kind, sie ist blond (als hätte sie das gefärbte Haar unserer Mutter geerbt) und schmal (als hätte sie den Hunger unserer Großeltern geerbt) und lächelt die Erwachsenen nachsichtig-überheblich an, weil sie ja schon alles begriffen hat: Denen ist nicht mehr zu helfen. Sie darf wieder reden: Genug, ihr geht mir auf die Nerven, ruft sie vom anderen Tischende aus, wo wir beide zusammen sitzen – zwei Kinder teilen sich einen Stuhl und zählen den Erwachsenen ja immer als ein Mensch. Ich denke damals noch, dass Nadja und ich ein Geschöpf mit zwei Köpfen sind (ein schöner und ein weniger schöner Kopf), aber das liegt an meiner kindlichen Harmoniesucht, die alles zur Symbiose ergänzt sehen will.

Können wir jetzt wieder spielen, ruft Nadja, und ich denke, dass sie die Einzige ist, die etwas Autorität genießt. Das ist bemerkenswert, denn sie ist ja noch ein Kind, andererseits ist meine Mutter ein Clown, mein Vater ein Tölpel, ich ein Nichts und Zsazsa eben eine Großmutter. Sofort verstummen die Erwachsenen. Sie rücken die kleinen Plastikständer, die vor ihnen stehen, zurecht, und dann werfen sie kleine Blicke nach links und nach rechts, um sicherzugehen, dass ihnen niemand auf die Spielplättchen sehen kann. Jeder von uns hat zwei oder drei Zahlenreihen geordnet. Ich habe die Eins, Zwei, Drei, Vier, dreimal die Sieben, ein paar einzelne Ziffern in Rot, Blau, Grün und auch noch das Mondgesicht.

Mein Vater setzt zu seiner üblichen Rede an, er spricht davon, wie verwöhnt wir seien, wie viel Kleidung wir hätten, wie viele Spielsachen, wie viele Fotos, und wir hören ganz genau, dass unser Vater neidisch ist, obwohl er ja schon ein erwachsener Mann ist. Ich stelle ihn mir vor, wie er nackt und dürr auf allen vieren auf dem Terrazzoboden in der elterlichen Wohnung in Haifa, immer halb vernachlässigt von Zsazsa, herumkriecht und mit Zündhölzchen spielt. Er spricht mit hoher Stimme zu den Stäbchen und ordnet sie in schönen Formen an. Er gibt ihnen hebräische Namen aus den Fünfzigern, Zippora, Ruchama, Jochanan, und ich weiß, dass er nie jemanden so geliebt hat wie diese Holzsplitter. Er lernt, sie am roten Kopf zu unterscheiden. Manchmal, wenn Tibor, sein Vater, eines vom Boden aufhebt, um sich eine Zigarette anzuzünden, schreit er stumm und wendet entsetzt den Kopf ab, während sein kleiner Bruder Arie mit Blechpanzern spielt, nichts vom Kummer meines Vaters mitbekommt und sich vielleicht schon auf den Krieg 1973 vorbereitet. Ich unterbreche meinen Vater mit einem Husten: Ich muss bekannt geben, dass ich das Plastikplättchen mit dem Gesicht habe und deswegen eine perfekte Zahlenreihe herzeigen kann. Eigentlich soll es mir Glück bringen, aber ich fürchte mich schon, seit ich denken kann, ein wenig vor ihm: Sein Gesicht ist wirklich kugelrund, runder noch als das von Zsazsa, die aber auch nicht ganz ihr Idealgewicht hat, es hat keine Haare, aber diesen scheußlichen breiten Mund. Natürlich ziehe ich alle ab, denn ich habe es ja tatsächlich, das hässliche Joker-Gesicht, das ich triumphierend aufdecke, meine Eltern sind eingeschnappt und meine Mutter fährt ärgerlich mit der Zunge ihre Zähne ab, Zsazsa aber klatscht ein bisschen übertrieben euphorisch in die Hände, sodass die Goldkettchen um ihre Gelenke klimpern und tanzen, ich starre auf ihre verdickten, perlmuttfarbenen Nägel, etwas daran erinnert mich an die Chanukkafeiern unserer Familie, denn unsere Mutter hatte einiges von ihrer katholischen Erziehung beibehalten, und weil mein Vater ihr verbot, einen Christbaum zu kaufen, schmückte sie eine Stechpalme mit glänzenden Perlenschnüren und Lichterketten, obwohl unser Vater überhaupt keinen Schmuck wollte, ihm reichte die Chanukkaleuchte, und er kaufte bei *Danys koscher Feinkost* in der Prinzregentenstraße hässliche bunte Kerzen, an denen er sich die Finger verbrannte. Zsazsa ruft begeistert: Sie ist wie ich, ein kleiner Chochem, sie ist wie ich!

Meine Mutter macht wieder ein aufmüpfiges Gesicht, sie hebt die Augenbrauen und verzerrt ihren Mund. Sie wartet, bis wir sie alle anstarren. Dann erst beginnt sie zu sprechen. Was, sagt sie dann, wenn das gar nicht das Wichtigste ist? Wenn was nicht das Wichtigste ist, fragt meine Schwester, wovon redest du jetzt schon wieder, knurrt mein Vater, und dann sagt unsere Mutter, nachdem sie die Hände auf der Tischplatte abgelegt hat und den nervigen hochmütigen Blick, der uns signalisieren soll, dass sie die einzige richtige Akademikerin in der Familie ist (denn die Naturwissenschaften lässt sie nicht gelten), und dann sagt sie: Was, wenn es gar nicht darum geht, wer gewinnt? Was, wenn es nur darum geht, dass wir zusammen sind?

An dieser Stelle löst mein Traum sich auf wie ein Sardinenschwarm, der sich plötzlich zerstreut, weil ein Raubfisch durch die Gewässer prescht. Mein Traum hängt wie eine zerfetzte Plastiktüte, die sich in einem Baum verfangen hat, vor meinen Augen, und ich sehe noch kurz

Zsazsa, die in ein lange nicht gehörtes, trockenes Altweiberlachen ausbricht, dann grinst auch Nadja, und das Letzte, was ich sehe, ist, wie mein Vater sich ein Tränchen aus dem Augenwinkel wischt. Kann das sein? Unser Vater hätte nur wütend den etwas zu hübschen Kopf geschüttelt und uns beschimpft, als Hohlköpfe und Taugenichtse, vielleicht sogar als Missgeburten, denn er konnte manchmal deutsche Flüche nicht richtig modulieren, alle drei Begriffe erschienen ihm im Grund als gleichwertig und austauschbar; und das ch in Taugenichts hätte er wieder mit einem sch ausgesprochen, und Nadja und ich hätten nach unten gesehen, um nicht beim Kichern erwischt zu werden, und wir hätten vielleicht sogar unter der Tischplatte unsere Hände gehalten und uns mit den Nägeln gegenseitig ins Fleisch gedrückt, um nicht laut loszulachen, und jetzt erkenne ich, dass ich schon an das Hätte-hätte-hätte und Wäre-wäre-wäre denke, das heißt, Traum und Wachsein vermischen sich langsam, und wirklich wird mein Vater jetzt ganz klein, wie alle Toten, auch die ganz neuen, beginnt er zu schrumpfen, und das bisschen Macht, das er über mich hatte, wird winzig, und deswegen fühle ich mich sofort allein.

9

Ich sitze schon wieder auf dem hässlichen grünen Sofa im Wohnzimmer meines Vaters und denke: Vom Tod aus betrachtet ist das Leben eine Aneinanderreihung letzter Male. Irgendwann im vergangenen Mai machte mein Vater sich das letzte Mal über meinen Sprachfehler lustig, ein paar Monate später aßen wir das letzte Mal gemeinsam zu Abend, und irgendwann putzte er sich zum letzten Mal die Zähne, er rasierte sich das letzte Mal, er blickte zum letzten Mal in den Badezimmerspiegel, und kein Mensch weiß, ob er geahnt hatte, was danach kommen würde oder nicht, und kein Mensch weiß, ob es besser ist, etwas zu ahnen oder nicht. Irgendwann dachte er das letzte Mal an seine längst verstorbene Mutter, die ihre letzten Jahre in einem Altersheim in Holon vor dem Fernseher verbracht hatte, und wenigstens waren ihm zumindest diese beiden Dinge erspart geblieben: das Heim und der Wahnsinn.

Mit dem grünen Sofa ist es jedenfalls auch bald vorbei, in ein paar Stunden wird Herr Ründiger kommen, und wenn ich Glück habe, wird er sämtliche Möbel meines Vaters nach Bulgarien oder Rumänien bringen und kein Geld für die Entrümpelung verlangen.

Auf Ründiger bin ich nach Davids Auszug gestoßen, gleich am Morgen danach, als ich inmitten der hässlichen Ikea-Möbel aufwachte, die David mir überlassen hatte, weil er sie nicht mit nach Amerika nehmen konnte. Ich stellte sie ohne Bilder bei eBay-Kleinanzeigen zum Verschenken ein, und binnen zwei Minuten meldete sich ein Mann namens Ründiger. Ründiger kam sofort und sprang aus einem rostigen Bus, und seltsamerweise hatte er auch eine Bohrmaschine in der Hand, und er wollte gerne noch mehr Dinge mitnehmen, und ich lief durch die Wohnung und suchte nach verzichtbaren Gegenständen, und schließlich montierte er, nachdem ich ihn dazu aufgefordert hatte, den Handtuchhalter im Badezimmer ab und eine Lampe in der Küche, und ich dachte noch lange über Ründiger und den merkwürdigen deutschen Namen, den er sich gegeben hatte, nach, und irgendwann kam ich zu dem Schluss, dass Ründiger gar keinen Fehler gemacht hatte, als er seinen Account registriert hatte, er hat sich einfach einen Namen herausgesucht, der ihm deutsch genug erschienen war, um damit irgendwie durchzukommen, und das n zu viel war ihm einfach egal gewesen, vielleicht war es sogar ein bulgarischer oder rumänischer Autocorrect-Fehler, und dann dachte ich, dass Ründiger über seinen deutschen ebay-Kleinanzeigen-Namen wahrscheinlich selbst laut gelacht hatte, und deswegen habe ich ihm auch jetzt geschrieben, um sich aus der Wohnung meines Vaters wirklich alles zu nehmen, was er haben möchte und tragen kann.

Als ich hinüber zur Tür des Büros meines Vaters schaue, das früher, wie gesagt, unser Kinderzimmer war, muss ich daran denken, wie Nadja und ich oft ganze Abende vor der angelehnten Zimmertür saßen und lauschten, was unsere Eltern so machten. Meine Schwester kauerte immer im Schneidersitz auf dem Boden, den rechten Arm nach oben gestreckt, um die Tür, je nachdem, ob eine interessante Information oder doch Gefahr in Gestalt unseres Vaters, der nachsehen wollte, ob wir schon schliefen, lauerte, in die eine oder andere Richtung zu bewegen. Wir wagten nicht, uns zu rühren, ich fürchtete mich wirklich davor, es war mehr als einmal vorgekommen, dass Nadja mich mit dem Ellbogen in die Seite gestoßen hatte, weil ich gähnen oder husten musste. Wir übertrieben: Meistens achteten unsere Eltern nicht besonders auf uns, es war, als gehörten wir Kinder in eine andere Sphäre, die mit der Welt, in der die Erwachsenen lebten, gar nicht viel zu tun hatte, eine Sphäre, die ihnen nicht besonders bedeutsam erschien.

Unsere Eltern aber erschienen uns damals wie die interessanteste Sache der ganzen Welt. Sie passten überhaupt nicht zueinander, und die Widersprüche zwischen beiden ließen sie beinahe jeden Tag aneinandergeraten. Sie versöhnten sich fast nie, sie sammelten nur in den kurzen Pausen, in denen sie nicht stritten oder schimpften, Kraft, um dann wieder übereinander herzufallen. Ganz selten überfiel einen von beiden während dieser Pausen eine Art Sentimentalität, und manchmal konnten wir dann beobachten, wie unsere Mutter sich zu unserem Vater setzte, seine Hand streichelte und unser Vater die Augen schloss, aber das war keine Liebe, vielleicht sogar das Gegenteil davon, ein Mangel und eine Leere, eine Suche und schließlich eine Ausweglosigkeit oder eine Verdammnis, und viel öfter, als dass unsere Mutter die Hand unseres Vaters nahm, kam es vor, dass ihr Streit eskalierte. Wenn meine Eltern stritten, fingen sie erst leise an, dann zischten sie ein paarmal hin und her wie defekte Gasleitungen und dann schließlich schrien sie sich an und benutzten all die Wörter, für die wir heftig ausgeschimpft wurden. Unsere Mutter wurde schnell ganz ruhig, sie blieb starr stehen, mit den Händen auf den Hüften, den Kopf stolz gehoben, und so sah sie meinen Vater eine Weile an, sie lächelte ein ganz hässliches, falsches Lächeln, das sie für uns Kinder nie lächelte. Mein Vater sah immer lächerlicher aus mit dem dummen, schon reuevollen Blick, sodass unsere Mutter sich schließlich ihre Jacke vom Haken nahm und wie eine Baroness herausspazierte und ihr mickriger blonder Pferdeschwanz war ihr Fascinator und die Jeansjacke ihr Bouclékostüm, und wir sahen ihr alle erstaunt nach, doch sie drehte sich nicht mehr um und schloss ganz ohne Eile die Tür hinter sich. Sie blieb meistens für einige Stunden verschwunden, während Nadja und ich nur flüsterten und nie zankten und sogar bitte und danke zueinander sagten. Meist kehrte unsere Mutter spätabends wieder, und sie kam dann in unser Zimmer und roch wie Bettwäsche, die zu lange auf dem Balkon hängt, irgendwie nach draußen und nach Wald.

In den Nächten, in denen wir auf sie warteten, stellte Nadja sich schlafend, sobald wir den Schlüssel in der Tür hörten. Meine Mutter setzte sich manchmal auf mein Bett, ich legte meine dicken nackten Beine auf ihren Schoß, und sie umfasste meine Knie. Wo warst du, wollte ich wissen. Ich war gar nicht lange weg, antwortete sie, ich habe nur ein bisschen nachgedacht. Worüber sie nachgedacht hatte, erzählte sie mir nie. Sie sagte dann noch ein paar andere Erwachsenensachen, irgendwas mit dem Lauf der Dinge und anderes, das gleichzeitig sehr normal und sehr verstörend klang, ich hörte schon nicht mehr richtig zu, weil mir die Augen zufielen, denn meine Mutter war in einen sanften, beruhigenden Flüsterton verfallen, nachdem Nadja begonnen hatte zu fluchen, denn wir hatten sie aufgeweckt, sie war irgendwann nämlich wirklich eingeschlafen, und das erinnerte sie an die Tatsache, dass sie sich mit ihrer kleinen Schwester ein Zimmer teilen musste und folglich nie in Ruhe gelassen wurde, aber ich hatte dieses Mal gar kein schlechtes Gewissen und auch keine Angst vor Nadja, jetzt, wo ich wusste, dass meine Mutter wieder da war und wir jetzt ein paar Tage wieder sehr freundlich zueinander sein würden. Morgen würde ich, dachte ich, wieder meinen kleinen Geschäften nachgehen, die meine Mutter, wenn sie gut gelaunt war, »freundliche Intrigen« nannte und die immer ein bisschen einfältig waren: Ich würde meinen Eltern heimlich versöhnliche, sehr höfliche und auch lobende Zettel in meiner Kinderschrift schreiben, die natürlich vor Fehler strotzten und augenfällig von einer Siebenjährigen stammten, aber ich bildete mir doch ein, dass meine Mutter sie für eine Aufmerksamkeit meines Vaters halten würde. Meine Mutter müsste dann so tun, als würde sie sich freuen, was ihr nie richtig gelang, denn sie freute sich schon lange nicht mehr über unseren Vater.

Es kam wirklich kaum vor, dass wir unsere Eltern glücklich sahen. Zwar schliefen sie manchmal beim Fernsehen einfach ein, und dann lag der Kopf meiner Mutter, der nun endlich aufhören durfte zu denken und dessen Inhalt sich deshalb (stellte ich mir vor) in ein undurchdringliches Geflecht aus Gesichtern, Ideen und Gesprächsfetzen auflöste, das sie beim Aufwachen zum Glück sofort vergaß, auf dem Schoß meines Vaters, dem der Schlaf einen ruhigen, zufriedenen Gesichtsausdruck verliehen hatte. Manchmal legte sich sogar die erschöpfte Hand meines Vaters auf die Brust meiner Mutter, und einmal hatte ich sogar, als ich aus meinem Zimmer schlich, beobachtet, wie meine Mutter und mein Vater nebeneinander auf der Couch lagen, und das Profil meines Vaters lag auf der Wange unserer Mutter, und sogar das linke Bein meiner Mutter hatte sich zwischen die Beine unseres Vaters geschoben, und das blonde Haar unserer Mutter hatte sich zwischen die schwarzen Locken unseres Vaters gewickelt, und so hatten beide jetzt eine blond-schwarze Strähne, was von meinem Zimmer aus wie eine graue Strähne aussah, und die beiden lagen wirklich da wie ein junges Liebespaar, ein Liebespaar, das sie aber in Wahrheit nur ganz kurz waren, denn meine Mutter wurde ein paar Jahre nach der ersten Begegnung im Glockenbachviertel schwanger und musste zu unserem Vater ziehen und dann begann all das, was sie bald darauf nur noch ihren Ruin nannte. Ich sah den beiden manchmal eine Weile zu, all das war tatsächlich auf der grünen Couch geschehen, aber sie waren damals nie von selbst aufgewacht, und ich wollte sie auch nicht wecken, ich dachte, sie würden schon von allein erwachen und sich dann vielleicht an das erinnern, was sie zusammengebracht hatte, als mein Vater meiner Mutter das erste Mal begegnet war, und dann würde vielleicht auch unsere Familie endlich gemeinsam in den Freizeitpark fahren oder noch eine Katze adoptieren oder vielleicht auch gemeinsam eines dieser komischen Brettspiele spielen, bei denen man Labyrinthe baute oder erriet, auf welcher Klappkarte die Person mit der großen Nase war, oder vielleicht sogar dreifarbige Zahlenreihen legen, um sich schließlich von dem Plastikkärtchen mit dem Mondgesicht direkt in die Seele schauen zu lassen; dabei war es viel wahrscheinlicher, dass sie sich nach dem Aufwachen erstaunt die Augen reiben und ein bisschen verlegen sein würden, und dann würde mein Vater meine Mutter zuerst ins Badezimmer lassen.

Unsere Eltern sorgten dafür, dass wir nie zu so einer Familie wurden, und schon die Vorstellung, eine halbe Stunde ruhig am Tisch zu sitzen, ohne sich zu zanken, zu schreien und zu weinen, war illusorisch. Meistens holten meine Eltern, wenn wir dachten, sie hätten sich schon beruhigt, nur kurz Luft, um sofort weiterzustreiten. Sie stritten über alles und über nichts, unsere Mutter warf unserem Vater vor, ihr das Leben versaut zu haben, sie fand, er hätte sie ermutigen sollen, ihre akademische Karriere weiterzuverfolgen, stattdessen habe er dafür gesorgt, dass sie eine idiotische Halbtagsstelle in einem Büro hatte, dort gelangweilt Anrufe entgegennahm und sich Notizen machte, die sie schon am nächsten Tag völlig unleserlich fand, wegwarf und für immer vergaß. Er hingegen warf ihr ihren, wie er sagte, grenzenlosen Egoismus vor, ihre Unfähigkeit, Teil einer Familie zu sein, ihre Unstetigkeit und ihre ewige Unzufriedenheit, und auch das war nicht ganz falsch, denn unsere Mutter hatte über die Jahre, wie gesagt, einen bedenklichen Hang zu den abendlichen Fluchten, die mein Vater Eskapaden nannte, entwickelt, und das bedeutete, dass sie in manchen Zeiten mehrmals wöchentlich einfach verschwand und nach ein paar Stunden wieder auftauchte, und das alles schon viele Jahre bevor sie nach Thailand fuhr.

Nadja und ich hatten als Kinder ein ziemliches gutes Gefühl für die Dramaturgie des Theaterstücks, das mehrmals wöchentlich in unserer Moosacher Wohnung aufgeführt wurde. Noch saßen unsere Eltern auf dem hässlichen grünen Sofa, auf dem ich jetzt sitze und auf Ründiger warte, für die hässliche Farbe und überhaupt für die völlige Geschmacklosigkeit unserer Möbel machte unsere Mutter natürlich unseren Vater verantwortlich, unsere Mutter hatte jedenfalls ein Wasserglas mit Wein in der Hand, unser Vater eine Tüte Erdnussflips. Sie saßen so weit voneinander entfernt, wie die Couch es eben zuließ, nicht so, als wären sie Eheleute, sondern als seien sie in einem Wartezimmer beim Hautarzt. Mein Vater griff mechanisch in die Tüte, seine Bewegung war so schwach und so sparsam, als hätte er kalkuliert, sie mit möglichst wenig Energie auszuführen, während unsere Mutter viel zu viel Kraft hatte, sie änderte alle paar Sekunden ihre Position, stellte das Glas ab, führte es wieder zum Mund, band ihr Haar zusammen, griff nach der Fernbedienung. Nadja war immer auf der Seite unserer Mutter, ich sympathisierte mit meinem Vater, einfach, weil er mir viel schwächer vorkam. Ich weiß, dass wir uns beide unser Mitleid mit dem jeweils anderen verbieten mussten, wenn in mir eine Zärtlichkeit für unsere Mutter aufkam, rief ich mir automatisch ins Gedächtnis, wie sie meinen Vater demütigte, zum Beispiel, als sie einmal, als wir noch klein waren und unsere Eltern dachten, dass wir vor dem Fernseher eingeschlafen waren, lachend aus dem Schlafzimmer in die Küche lief, und als ich heimlich hinsah, sah ich, dass sie nackt war, und unser Vater folgte ihr, und zwischen seinen Beinen schwang etwas Unaussprechliches, das ich vorher noch nie gesehen hatte, aber das nur am Rande, und er griff sie am Handgelenk, doch sie schüttelte ihn ab und lachte nur höhnisch, und unser Vater klang, als würde er flehen oder sogar weinen, aber genau weiß ich das nicht, denn sie waren schon in der Küche und unser Vater flüsterte so laut, dass er fast schrie, und unsere Mutter lachte und lachte, und als sie herauskam, musste ich so tun, als seien meine Augen geschlossen. Nadja muss es genauso ergangen sein, und schließlich war das selbst bei unseren Eltern nicht ganz anders, denn auch sie mussten sich entscheiden, denn offensichtlich, so dachte ich damals, war der Platz in ihren Herzen begrenzt, und sobald sich eine von uns dort einnistete, wurde die andere herausgeworfen, so wie das bei den Nestlingen und den Kuckuckskindern der Fall ist, zumindest hatten wir das so im Heimat- und Sachkundeunterricht gelernt, und ich hatte sogar die Lehrerin gefragt, wieso die Amselmutter nicht einfach alle Kinder, die eigenen und die ihr fremden, füttern könne, aber sie hatte nur traurig gelächelt, und deswegen wusste ich genau, dass die Herzen meiner Eltern nicht anders waren als jenes der Amsel: Unsere Mutter lobte Nadja immer, während unser Vater sie tadelte. Er hatte dafür

Mitgefühl mit mir, mich sah er manchmal so an wie den Hund, mit schwarzen nassen sanften Augen, und wenn ich an ihn und Nadja denke, dann fällt mir wiederum ein, wie Nadja an einem Samstagmorgen, irgendwann in den Neunzigern, als Letzte zum Frühstückstisch kam, und wir alle blickten auf und brauchten einen Moment, um zu überlegen, was gerade geschehen war, aber Nadja setzte sich natürlich mit der ihr schon als Jugendliche eigenen Unverfrorenheit hin, gähnte und begann, eine Semmel aufzuschneiden. Was hast du gemacht!, rief unser Vater, plötzlich außer sich. Nadja war über Nacht zur Punkerin geworden, auch wenn sie uns ganz ruhig erklärte, dass wir nichts verstanden, denn sie sei New Romantic, mit Punk habe das zwar gewisse Schnittmengen im äußeren Erscheinungsbild (vor allem für jene, die davon so wenig begriffen wie wir), sonst hätten die zwei Bewegungen aber nicht viel miteinander zu tun. Meine Mutter war sofort begeistert, sie unterbrach unseren Vater, der den Zustand von Nadjas Haar, ihren Nägeln und, als er auch das gesehen hatte, ihrer Strumpfhose beklagte, sie strich ihr durch das gefärbte Haar und Nadja lächelte. Unser Vater begann Nadja zu drohen, erst mit lächerlichen Strafen wie Hausarrest, schließlich sagte er, er verlange von ihr, sich sofort die Haare abzuschneiden, aber Nadja ging darauf gar nicht ein, sie schnitt seelenruhig ihre Semmel auf und kaute und sah unseren Vater stumm an, und in ihrem Blick lag eine grausame Überlegenheit, eine Überlegenheit, von der man damals schon ahnen sollte, dass sie nichts Gutes verhieß. Und wenige Tage später schleppte mein Vater Nadja dann wirklich zum Friseur, wo sie weinend in ihr Spiegelbild blickte, während die Friseuse ihr den Kopf schor, und als die beiden nach Hause kamen, hintereinander, als hätte mein Vater Nadja abgeführt, um sie gleich in eine Einzelzelle zu sperren, und Nadja immer noch am Boden zerstört war und plötzlich sogar begann, zu schluchzen und zu weinen, da hatte unser Vater den irritierten Blick des an sich schon zweifelnden Patriarchen.

Ich spiegle mich im Fernseher, und ich sehe fast so aus wie damals, als Nadja noch neben mir saß, und auch diesen Fernseher wird Ründiger mitnehmen und hoffentlich auch den ganzen Rest. Wenn wir als Kinder in den Flur schlichen, um heimlich das Abendprogramm mitzuschauen, konnten wir aus unserer sicheren Position im Flur das Bild nie richtig erkennen, der Winkel war einfach falsch, aber wir hörten von einer Leiche, Stichverletzungen, der Gerichtsmedizin, und wir wussten, dass die beiden eine der idiotischen Krimiserien schauten, und bald begann meine Mutter, sich zu beschweren, und sie rief: Die dumme Kuh ist nie im Leben die Mörderin!, und deutete auf den Fernseher, aber unser Vater zischte nur Ssssht! und sah sie nicht einmal an und wühlte in seiner Chipstüte, woraufhin unsere Mutter weiterschimpfte, und sagte, es sei jedes Mal die gleiche Scheißdramaturgie, und sie wurde schon jetzt etwas lauter, als sie sagte, wie langweilig sie das finde. Meinem Vater aber gefielen die langweiligen deutschen Serien, er liebte alles, was erwartbar oder sogar vorhersehbar war, und er lachte über all die dummen Witze im Fernsehen. Jetzt sei still, sagte er, aber unsere Mutter machte weiter, sie klagte über das provinzielle Elend, in dem nicht nur sie, die Produzenten des Films, sondern sogar das ganze Land steckte, und ich wusste zwar nicht genau, was sie meinte, ich war erst neun oder zehn, aber ich verstand, dass sie einen Versuch unternommen hatte, all dem, was sie hasste, zu entkommen, und zwar den rot gefärbten Locken ihrer Mutter, dem Mercedes ihres Vaters und den guten Manieren ihrer Schwester, der Tanzschule und der Sahnetorte und noch dazu dem Swimmingpool im Garten, aus dem sie einmal die ertrunkene Katze der Nachbarn hatte fischen müssen, und dass dieser Fluchtversuch gescheitert war, weil unser Vater ganz anders war, als sie gehofft hatte, aber vielleicht war auch sie selbst ganz anders, als sie sich das vorstellte, und nun war es so, dass ihr Leben sich wie die langweiligen Spielfilme auf die ewig gleiche Weise wiederholte und jeder Tag dem nächsten glich. Und obwohl unsere Mutter sehr intelligent war, hatte sie irgendwo in ihrem Kopf alberne Vorstellungen gespeichert, mit denen sie ihr Leben abglich, und in ihrem Kopf wohnte sie in einer Dachgeschosswohnung mit einem schmalen traurigen Mann, der unserem Vater nur auf eine sehr entfernte Weise ähnlich sah, der den ganzen Tag rauchte und las und ihr intelligente Fragen stellte, und in der Dachgeschosswohnung ihrer Fantasie musste sie nie putzen oder einkaufen gehen, aber in Wirklichkeit wohnte sie natürlich mit uns in Moosach und musste jeden Morgen das Laminat wischen. Es kamen auch nie zum Abendessen interessante Künstler vorbei, die über einem Teller Spaghetti mit Butter und viel billigem Wein mit ihr über die russische Literatur oder die deutsche Soziologie oder die marxistische Theorie diskutieren wollten, am Tisch saßen nur wir vier.

Ich kann die Fernbedienung nicht finden, also stehe ich auf und stelle das Radio an. Es gibt eine Call-in-Sendung und ein älterer Mann erzählt von seinen Erinnerungen an die Olympiade 1972, er erzählt von den Hostessenuniformen und der Hoffnung auf eine große Versöhnung mit der Welt, er sei ja noch in der Trümmerstadt aufgewachsen, man könne sich das kaum vorstellen, zwischen Stachus und Marienplatz alles voll Ruinen, zwischen die sich die Trambahn, unbeherrscht und diensteifrig und blind vor Begeisterung über ihre eigene Bedeutung, geschlängelt hat, aber jetzt sei es anders, jetzt herrsche ein neuer Geist, und er gerät regelrecht ins Schwärmen, als die Moderatorin ihn schon unterbricht, und er ruft, halt, eine Sache muss ich noch erzählen, und die Moderatorin sagt, na gut, ganz schnell, und der Mann beginnt davon zu erzählen, wie er einen Athleten aus Korea zum Essen eingeladen hat, obwohl er sich gar nicht mit ihm unterhalten konnte, und seitdem sei er in Austausch mit dem Koreaner, dessen Enkelkinder fast im gleichen Alter seien wie jene des Anrufers, und auch diese Generation versteht einander nicht, aber was mache das schon, wenn man einander in Respekt und Freundschaft verbunden sei, und die Moderatorin sagt, das ist eine schöne Geschichte, aber nun sind wir wirklich am Ende der Zeit, und dann moderiert sie ab und gespielt wird etwas völlig Groteskes und Unpassendes, nämlich ein Lied vom Buena Vista Social Club, und dort heißt es El cariño que te tengo, no te lo puedo negar, und das heißt, die Liebe, die ich für dich empfinde, die kann ich nicht leugnen, und ich stelle mir vor, wie die lästige Moderatorin jetzt ein bisschen ihren Kopf schaukelt und mit ihren Ballerinas wippt und vielleicht an jemanden aus ihrem Studium denkt oder ihren Ehemann, und dann denke ich, vielleicht ist es gar nicht so grotesk, Arie hatte recht, es passt nie etwas zusammen, vielleicht sind der Buena Vista Social Club und die ganze Liebe, die man nicht leugnen kann, nur eine Art Ausweichmanöver, weil keiner sich mit dem alten Mann und seinem koreanischen Freund beschäftigen möchte, denn auch hier haben wir eine Geschichte, die von nichts anderem als dem Verrinnen der Zeit handelt und dem unendlichen Unverständnis, mit dem wir einander begegnen.

Dass nie etwas zusammenpasst in der Welt und im Leben, hatte mein Onkel Arie mir beigebracht, als wir im August 1993 zusammen am Frischmann-Beach in Tel Aviv waren. Aber bevor es dazu kam, drückte ich Nadja, die bäuchlings im Schatten lag und *Candide* las, erst einmal eine tote Qualle in den Nacken. Sie sprang auf und rannte hinter mir her über den in der Mittagshitze glühenden Sand, und wir machten dabei so viel Radau, dass die anderen Leute begannen, sich nach uns umzudrehen, manche lächelnd, manche tadelnd, und unser Vater schließlich kopfschüttelnd zum Rettungsschwimmer laufen musste, um Essig zu holen, weil meine Handinnenfläche und Nadjas Rücken voller Nesseln waren. Der Strandtag war als kleine Auszeit von den endlosen Altersheimbesuchen bei Zsazsa gedacht, und obwohl alles, wie oft bei uns, zivilisiert begann, weil wir uns zu Beginn des Tages alle noch zusammenrissen und uns gegenseitig sogar die schweren Taschen auf dem Weg vom Auto zum Strand abnahmen, endete auch dieser Tag auf die übliche Jeruscher-Weise:

mit Geschrei und gegenseitigen Beschuldigungen, diesmal in einem israelischen Linienbus.

Unser Tag am Strand hatte mit drei Kühlboxen und zwei Sonnenschirmen bereits um 9 oder 10 Uhr morgens begonnen, und er sollte sich bis zum großen Streit gegen 17 Uhr hinziehen. (Das weiß ich noch, weil um die Uhrzeit immer das irakische Senioren-Matkot-Team zu trainieren begann und man sich danach kaum noch unterhalten konnte wegen des Klock-klock-klocks des Spiels.) Eigentlich hatten wir noch vorgehabt, nach dem Strand abends Zsazsa aus dem Altersheim abzuholen und mit ihr ins Maxim nach Haifa zu fahren, um gemeinsam Pommes frites und Salat zu essen, aber wie immer, wenn meine Eltern sich etwas vornahmen, kam etwas dazwischen, und meistens begann jemand von uns, einen Streit vom Zaun zu brechen, etwa weil meine Mutter plötzlich fand, dass wir zu selten mit dem Hund hinausgingen, weil mein Vater Nadjas Kleidung kritisierte oder weil meine Mutter zu viel Geld ausgegeben hatte.

Die Erwachsenen, meine Eltern und Arie, waren noch beim Instantkaffee, den Arie in eine deutsche Thermoskanne, die wir ihm einmal mitgebracht hatten, gefüllt hatte. Sie sahen glücklich aus, wie sie nebeneinander in Klappstühlen saßen und Plastiktassen in der Hand hielten: Meine Mutter war so blass wie der Sand und trug einen gelb-weißen Bikini, mithilfe dessen sie sich noch mehr ihrer Umgebung anpasste, und die beiden Brüder sahen sich sehr ähnlich, dunkel, lang, biegsam. Mein Vater war viel weniger angespannt, seit wir in Israel waren, und es kam mir fast so vor, als läge es am Meer, denn mein Vater sah starr nach vorne, und es schien, als hätte er für einen Augenblick ganz vergessen, was in seinem Leben schon alles schiefgelaufen war und welche Ärgernisse hinter der nächsten Ecke auf ihn lauerten.

Schon eine halbe oder Dreiviertelstunde nach unserem Ankommen war Arie plötzlich aufgesprungen, um eine Familie, die nicht weit weg von uns in der Sonne lag, zu uns zu winken. Er stellte sie als Familie Briller vor, Jocheved Briller hatte ein großes Pferdegebiss und Yossi Briller einen langen grauen Hippiebart, und erst, nachdem ich lange genug auf die Eltern gestarrt hatte, sah ich, dass es auch noch einen Sohn gab, und als er mir schon ein paar Sekunden lang seine Hand hingehalten hatte, begriff ich, dass ich schon wieder ganz woanders gewesen war mit meinen Gedanken, und wie Erwachsene gaben wir uns die Hand, und so lernte ich Benny Briller kennen, und Benny war es offenbar nicht gewohnt, früh aufzustehen, denn im Gegensatz zu uns trug er eine Sonnenbrille und sein lockiges Haar zeigte in alle Richtungen, nach Bat Yam und nach Haifa und nach Zypern und nach Ramallah, und Benny ließ sich von Arie halb in den Arm nehmen, wie das Männer im Orient untereinander tun, etwa wenn sie Stammkunde und Restaurantbesitzer sind. Benny fragte mich auf Englisch, woher wir sind, und ich versuchte, es ihm zu erklären, aber er musste lachen, weil er den Umlaut so dumm fand, und er konnte ihn überhaupt nicht nachmachen, und dann mischte sich schon Nadja ein, und er verstand. Benny lächelte ein schönes, schüchternes Lächeln, und dann erklärte Arie uns, dass Benny schon fast 18 sei und bald in die Armee müsse, und mir war nicht ganz klar, ob das nur eine Feststellung oder schon eine Besorgnis war, und dann ergänzte Arie, dass Benny wie alle Brillers inklusive Großeltern und Cousinen und Schwager ein Freund unserer Familie sei, und mein Vater sagte leise auf Deutsch zu meiner Mutter, wohl auch ein Freund des Müßigganges, und Arie übersetzte sofort für Benny, der gar nicht böse war, sondern sich freute und sagte, ein Freund des Müßigganges, das ist gut, das gefällt mir, ich will eh nicht in die Scheißarmee, ich will lieber gleich studieren. Ich starrte auf Bennys behaarte Brust, er trug ein Kettchen mit einem Davidstern, dessen Zacken in der Sonne blitzten und sich dann, wie zur Strafe, in dem rötlichen Gewirr verliefen, und ich muss sagen, dieser Benny gefiel uns allen gleich gut, denn er lachte laut und war trotzdem sehr höflich, und er fragte meine Eltern, ob er sich einen Moment zu uns setzen dürfte, seine Eltern waren zum Kiosk gegangen, und er setzte sich zwischen meine Mutter und Nadja, und dann erst zog er gedankenverloren sein Hemd aus, und mein Vater begann ein schleppendes Gespräch in schlechtem Englisch, damit auch unsere Mutter alles verstand, und sie stellte Benny in ihrem schnellen, frechen, fehlerhaften Uni-Englisch allerlei Fragen, und wir begriffen, dass Bennys Familie und Arie Nachbarn waren, und mir wurde langweilig.

Wir verbrachten einen schönen Tag miteinander, und unsere Mutter sprang bald nach Bennys Ankunft zwei Stunden lang pausenlos kreischend in die Wellen und schwamm mindestens hundertmal so weit in das Mittelmeer, fast bis nach Zypern, dass der Rettungsschwimmer panische Durchsagen machte, die sie nicht verstand, und unser Vater winkte vom Ufer mit beiden Armen wie die Wischer unseres Mitsubishi bei strömendem Regen. Nadja trug den winzigen gelben Missoni-Bikini, den sie bisher vor unseren Eltern versteckt hatte, weil sie ihn irgendwo gestohlen hatte, aber ich kannte ihn schon von unseren Ausflügen an den Feldmochinger See, wo wir die ersten beiden Sommerferienwochen fast täglich gewesen waren, und die meiste Zeit lag sie in der Sonne und las (von der Sache mit der Qualle abgesehen), und auch Benny las, nämlich einen Roman von Hesse, und seine Eltern rauchten und schliefen, und wie immer waren alle, wenn sie sich wie eine Familie benahmen, in Wahrheit sehr mit sich selbst beschäftigt. Hätte ich später, als alle unter dem Sonnendach lagen und dösten, ein bisschen besser aufgepasst und wäre ich weniger auf meinen Gameboy konzentriert gewesen, wäre mir vielleicht nicht entgangen, dass Benny irgendwann aufgestanden ist und Nadja fünf Minuten später auch. Aber eins nach dem anderen.

Meine Mutter hatte sich nach dem Baden in ein Handtuch gewickelt und zu Arie in den Sand gesetzt und mit ihm über die dicken alten Männer, die ihr beim Vorbeigehen etwas zu lange nachsahen, gelacht, und dann hatte sie die Physiognomie dieser Männer gelobt, die alle sehr dicke Bäuche und sehr dünne Gliedmaßen hatten, und Arie hatte diese Physiognomie als perfektes Beispiel für den jüdischen Körperbau eines männlichen Idealtyps aus dem aschkenasischen Judentum bezeichnet, und dann beschrieb er mit den gleichen Worten Zsazsas Körper, der nach diesen Kriterien auch vollkommen war, und ich verstand sofort wieso, denn Zsazsa hatte riesige Brüste, einen noch größeren Bauch und klapprige dünne Arme und Beine, und all das hatte ich genau studiert, als sie im Jahr zuvor, nachdem wir sie im Altersheim abholten, mit uns am Strand war und einen dieser seltsamen Badeanzüge, die sich ins Grenzenlose dehnen können, und einen roten Schlapphut trug; und zusammen brachen sie ein unendlich heiteres Lachen aus, denn meine Mutter hatte die Anspielung auf Max Weber natürlich verstanden, denn auch Arie war ein paar Semester in der Uni eingeschrieben gewesen und hatte Philosophie studiert. Noch besser als diese Anspielung aber gefiel ihr, dass er einen Witz auf Kosten von Zsazsa gemacht hatte, denn alles, was sich gegen ihre Schwiegermutter richtete, gefiel ihr automatisch, denn die beiden waren damals in einen latenten endlosen Streit verwickelt, und ich weiß noch, dass sogar unser Vater lächelte, während er an uns alle Wasserflaschen verteilte, damit wir nicht dehydrierten. Kurzum, wir verbrachten einige Stunden in der Sorte Harmonie, die die Familie Jeruscher nur aus der Fernsehwerbung kannte. Ich hatte mir ein Eis aus der Kühlbox genommen, Schoko-Banane, und ich versuchte die kleinen Sandkörnchen, die sich darauf befanden, auszuspucken, aber das half nichts, und so schluckte ich sie einfach herunter und stellte mir vor, wie sie meinen Körper von innen aufrauten und schliffen, während ich meiner Mutter und Arie zuhörte. Irgendwann stand Arie auf und suchte eine Weile nach einem Stock oder einem Stab und schließlich fand er einen dünnen Ast, und dann nahm er Nadja zur Seite und schrieb für sie das hebräische Alphabet in den Sand und dann forderte er meine Mutter auf, sich alles gut zu merken und die Zeichen nachzumalen, und so standen sie da, die Hände in die Hüften gestemmt, und warfen ganz kurze Schatten, während mein Vater lachte und sagte, viel Glück, Arie, ich habe es ein paar Jahre lang versucht, aber spätestens beim dritten Buchstaben geht es los mit den schmutzigen Witzen. Meine Mutter trug eine Kappe, weil unser Vater sie gezwungen hatte, und auch seinen Bruder wollte er ständig überreden, in den Schatten zu kommen, aber Arie meinte, er sei jetzt 39, er komme schon zurecht mit der Sonne.

Irgendwann wurde mir langweilig, und weil Nadja nicht da war, nahm ich mein Handtuch und meinen Gameboy und setzte mich an das Wasser, ich umklammerte mit den Armen die Knie und sah auf das Meer. Es stand in merkwürdigem Gegensatz zu der Harmonie, die an diesem Tag in unserer Familie herrschte, es kam mir belebt vor wie eine böse schwarze Masse, die nach uns griff und nichts wollte, außer uns in die Tiefe zu locken. Es sah für mich aus, als würden die Wellen den Sand schlagen, alles kam mir gewalttätig vor. Arie setzte sich neben mich in den Sand. Ich weiß nicht wieso, aber ich habe oft daran gedacht, wie er mich angesehen hat, ich hatte damals keine Worte dafür, aber ich habe mir, wie Kinder es tun, genau gemerkt, wie sein Blick aussah, wo seine Mundwinkel standen, wie die Fältchen am Auge zu den Schläfen schlichen, ich sah die Sommersprossen unter den Augen und überlegte, was in seinem Gesicht sich vom Gesicht meines Vaters unterschied, und dann sah ich die großen, gelblichen Zähne, die aussahen wie immer, und das konnte ich sagen, weil wir alle, außer Mutter, exakt die gleichen Zähne hatten. Aries Blick war voller Zärtlichkeit, und wenn er wollte, konnte er noch immer (sagte unsere Mutter) ganz Tel Aviv und sogar die umliegenden Siedlungen wie Bat Yam und Raanana um den Verstand bringen, aber heute war sein Blick ein bisschen traurig, vielleicht weil er gerade begriffen hatte, wie der Tag am Strand und gar nicht so viel später sein Leben enden würde, und heute, viele Jahre später, weiß ich, dass wir nur zärtlich sind, wenn uns auf einmal bewusst wird, dass die Tage vergehen und jeder Moment endet, und in Aries schwarzen Augen lag also schon diese Schwermut, und außerdem hatte er ebendiese Falten, die mich als Kind schon an die Zeit erinnerten und an all das, was ihr Verrinnen mit uns macht, wie es uns erst einzelne Sandkörnchen auf den Kopf wirft, die wir einfach abschütteln, wie die Zeit dann aber beginnt, uns unter einem ganzen Berg aus Sand zu verschütten, und jeder von uns sitzt irgendwann unter einer Sanduhr, die aber nach unten offen ist, wir hocken in solchen Haufen aus Sand, und wir alle blicken bange nach oben und sind gelähmt vor Angst und tun folglich nichts, als den rieselnden Sandkörnern und damit dem Verrinnen der Zeit zuzusehen, und als ich viele Jahre später mit David in einem oberbayrischen Museum eine geschnitzte Uhr aus einem Kloster gesehen habe, die so groß war wie ich und aus einem Skelett bestand, das den Tod symbolisierte und auf einem Löwen ritt und alle Stunden mit einem Knochen auf die Rippen des Löwens eindrosch, damit jeder, der die Uhr sah, sich daran erinnerte, wie kurz unser Leben ist, fiel mir der Strand von Tel Aviv wieder ein: Zigarettenkippen, zerbrochene Muschelschalen, Algen, aber vor allem

Sandkörner, und ich erzählte David von diesem Vormittag, aber er hörte nicht richtig zu, und am Schluss beschwerte er sich nur über die irre Nadja.

Warum bist du traurig, fragte Arie, gefällt dir das Meer nicht? Ich lächelte ihn schüchtern an, und dann log ich, ich sagte ihm, dass mir das Meer sogar sehr gefallen würde, dass ich noch nie einen so schönen Strand gesehen hätte (und das war gelogen, wir fuhren jedes Jahr an den Strand, und meine Mutter sagte, dass dieser Strand sogar ziemlich scheußlich sei, verglichen mit den Stränden von Thailand und Griechenland, die sie damals natürlich nur aus den Katalogen aus dem Reisebüro kannte, wie sie auf Nachfrage meines Vaters gleich zugeben musste; und gleich hinter uns verlief eine vierspurige Straße und der Rettungsschwimmer schrie und die israelischen Mädchen ließen sich kreischend untertauchen): Weißt du, sagte Arie, fast zwölf ist kein leichtes Alter. Ich erinnere mich gut daran, sagte er. Aber heute ist es schön, oder?, fragte Arie, und diesmal musste ich gar nicht lügen und nickte. Arie lächelte, und dann sagte er, dass ich eine richtige Jeruscher sei, eine Jeruscher, die die Zeit anhalten wolle und der jede Veränderung Angst mache, und ich protestierte und sagte, dass ich Veränderungen liebte, zum Beispiel meinen Eintritt ins Gymnasium, der mir in diesem Sommer bevorstand, und dann lächelte Arie wieder, auch das ist wieder typisch Jeruscher, du bist voller widersprüchlicher Eigenschaften. Das sei, sagte er, aber überhaupt nicht schlimm, an den Menschen passe gar nichts zusammen, und alle, die etwas anderes behaupteten, seien Idioten. Bist du auch so?, fragte ich. Arie lachte. Ich bestehe sogar aus noch mehr nicht zusammenpassenden Eigenschaften, sagte er, es ist unerträglich, ich bin tausend Dinge gleichzeitig, ich bin ein Sohn und immerhin ein Beinahe-Absolvent der philosophischen Fakultät, mir haben nur sechs oder sieben Semester gefehlt, und ich bin ein Versager, ein Träumer, ein Geschäftsmann, und wenn man tausend Dinge ist, kann man nie zufrieden sein. Er sagte, dass alle Jeruschers genauso seien, nur manche von uns seien besser darin, es zu verstecken, und bei anderen hätte die Zeit oder gewisse Vorgänge manche der Wünsche zerstört oder getötet, aber im Grunde sei das, was wir wollen, nie zu erreichen, und es sei besser, darüber nicht so viel nachzudenken. Und so wie du auf die Wellen starrst, sagte Arie, hast du das Gleiche auch geerbt. Ich hielt immer noch das Holzstäbchen vom Eis in meiner Hand, und als Arie wieder zurück zu meiner Familie ging, bohrte ich es ganz tief in den Sand. Arie zwinkerte mir zu, dann stand er auf und ging zurück zu meinen Eltern.

Ich schaute nicht weiter aufs Meer, sondern nahm meinen Gameboy und spielte Donkey Kong. Ich war schon ganz nahe daran, die entführte Pauline zu retten, denn das war das Ziel des Spiels, und ich vergaß alles um mich herum, sogar, dass die Wellen unaufhörlich gegen den Sand schlugen. Ich spielte weiter und drückte mit den Daumen auf meinem Gameboy herum, und ich ahnte gar nichts davon, dass schon eine halbe oder ganze Stunde später (so genau kann man das nicht sagen, wenn man mit seinem Gameboy beschäftigt ist) hinter mir alle durchdrehten, während sich die ersten irakischen Senioren dehnten, um sich auf ihr Matkot-Match vorzubereiten, ich hörte zuerst nur das Dudeln des Geräts, dann das sich potenzierende Klock-klock der Rentner und schließlich das Fluchen und Flehen und Schimpfen und Schreien der Jeruschers, das sich langsam mit dem Soundtrack des Spiels vermengte, und der heiße Wind trug den Lärm zu mir ans Wasser, und plötzlich begriff ich, dass das, was gerade geschah, gar nichts mehr mit meinem Gameboy zu tun hatte, sondern mit der Außenwelt, die ich als Kind, so gut es ging, zu vermeiden suchte, und irgendwann habe ich dann doch meinen Kopf gedreht, und meine Familie saß gar nicht mehr friedlich unter dem Sonnendach, denn Arie drückte mit der Faust gegen Bennys Brust und meine Mutter hielt Nadja grob am Handgelenk fest und mein Vater stand hilflos neben ihr, während Herr Briller nachdenklich an seinem Bart zupfte und Frau Briller Arie anschrie, und Arie ließ endlich von Benny ab, der sofort in den Sand sank und schrecklich weinte und in einem Gemisch aus Hebräisch und Englisch schluchzte, dass er das alles nicht gewollt hatte, und auch meine Mutter kam zur Besinnung und ließ Nadja los. Da bemerkte mein Vater, dass ich mich genähert hatte, mit hängenden Schultern und im vierzehnten Level leider abrupt unterbrochenem Spiel, und er rief mir zu, dass ich sofort wieder an den Gameboy solle, und ich folgte ihm, ohne ihm zu widersprechen, und langsam legte sich das Geschrei, und ich konnte Level 14 Gott sei Dank noch beenden, und als ich wiederkam, waren die Brillers nicht mehr da, alle drei waren weg, aber sie waren auf die leicht mystische Weise verschwunden, die deutlich machte, dass sie vor kurzer Zeit noch hier gewesen waren, irgendwie spürte man ihre Anwesenheit noch im

Sand und in der Luft und im Wasser; und meine Eltern schrien sich noch immer an, als ich zu ihnen kam, und mehrmals fiel das Wort Umkleidekabine, denn offensichtlich war irgendetwas in der Umkleidekabine, die nur ein paar Meter hinter uns war, geschehen, und gleich danach waren sie offensichtlich schon bei dem irrationalen Teil angekommen, das heißt, sie stritten sich nicht mehr um die Sache an sich, sondern schon um das große Ganze, und meine Mutter warf meinem Vater seine verfluchte Familie vor, wegen der wir jetzt an diesem Scheißstrand säßen, wo frühreife Jugendliche nur darauf warteten, sich auf ein hübsches deutsches Mädchen zu stürzen, aber mein Vater schrie zurück, dass nur eine Person hier frühreif sei, und das sei ja wohl ihre Tochter, von der dieser ganze Wahnsinn ausginge und die offensichtlich das Projekt verfolge, diese Familie bei jeder sich ihr bietenden Gelegenheit ins Chaos zu stürzen, und meine Mutter sagte, aha, und wer hat denn diesen blöden rothaarigen Benny angeschleppt, für den offenbar keinerlei Grenzen des guten Anstands und der Sittlichkeit gelten, schließlich sei Nadja erst 14, und mein Vater wurde ganz höhnisch und fragte sie, seit wann Sittlichkeit eine Kategorie ihres Denkens sei, sie sei ja schließlich ein Freigeist, wie sie selbst immer betonte (und das stimmte, sie sagte das wirklich dauernd, und außerdem trug sie nie Unterwäsche), und überhaupt sei das Problem nicht in seiner Familie, die bedauerlicherweise auf der Flucht vor den Kommunisten in dieses elende heiße Land gezwängt worden war, das Problem liege vielmehr bei ihrer Tochter (die allerdings auch seine Tochter war), und ein Blinder mit dem Krückstock könne sehen, dass alles von Nadja ausging und nicht von diesem armen Jungen, und Arie habe genau das auch gesehen und bestätigt, als er die beiden in der Kabine erwischt habe und bevor ihm das alles hier zu dumm geworden und er allein mit seinem VW-Bus nach Hause gefahren sei, und dann hielt er kurz inne und fragte, ob wir jetzt nun vielleicht doch psychologisieren wollen oder ob das nicht alles wie immer Struktur sei, und dann fragte er sie auch noch, ob sie als Mutter nicht vielleicht ein grässliches Beispiel abgebe und ihre ältere Tochter sich vielleicht deswegen so aufführe. Grässliches Beispiel, grässliches Beispiel, höhnte meine Mutter, die endlich wieder Gelegenheit hatte, meinen Vater zu unterbrechen, du hast dieses grässliche Beispiel geheiratet und sogar zwei Kinder mit ihm gezeugt, und dann sagte sie, dass Nadja ein ganz normales Mädchen sei und sie wirklich nicht wisse, wo unser Vater jetzt auf einmal die protestantische Sexualmoral aus dem Hut zaubere, schließlich hätte sie schon den Eindruck gehabt, ihr Freimut hätte ihm eine Zeit lang ganz gut gefallen, wir seien ja nicht bei den Ultraorthodoxen von Bnei Brak und ihren hässlichen langen Ärmeln aus Polyestermischstoff, und nach allem, was sie wisse, wären die normalen Juden nicht so zwanghaft verklemmt, und außerdem, wer habe denn die Psychoanalyse und die ganzen Schweinereien erfunden, ha!

Nadja saß ein paar Meter weiter im Schneidersitz im Sand, sie hatte Kopfhörer auf und ein aufgeschlagenes Buch auf dem Schoß, sie wirkte völlig unbeteiligt und so zufrieden, als hätte all das mit ihr nicht das Geringste zu tun. Sie sieht aus wie eine Hure, das könnte einer Mutter auch auffallen, sagte mein Vater plötzlich ganz ruhig, und in der Hand hielt er Nadjas Wäsche, die er gerade vom Sand aufgehoben hatte und die unten aus überhaupt nichts und oben aus riesigen Watteeinlagen bestand, und ich muss zugeben, diese Unterwäsche hatte mir einige Wochen vorher schon Angst gemacht, denn als ich sie plötzlich auf der Wäscheleine entdeckt hatte, trug ich selbst noch Baumwollunterhosen und lange Hemden. Mein Vater zerknüllte den Stoff in der rechten Hand und warf ihn auf den Boden, meine Mutter hob ihn auf und legte ihn auf ein Handtuch. Sie schwänzt auch die Schule, rief mein Vater, und meine Mutter antwortete seelenruhig, dass das egal sei, weil Nadja ohnehin schon alles wisse, was sollen diese nach Milchkaffee riechenden Bauerntrampel und Einfaltspinsel von Lehrer so einem Mädchen schon noch groß beibringen? Übrigens, sagte meine Mutter, ließe es sich auch sehr gut ohne chemische Formeln und Kurvendiskussionen durchs Leben laufen, und dafür, dass ihre Töchter die wichtigsten sozialen, historischen und künstlerischen Entwicklungen nachvollziehen könnten, dafür würde sie schon Sorge tragen, alles, was sie wolle, sei schließlich, dass ihre Töchter ein etwas schöneres und interessanteres Leben als sie selbst führen würden, und das sei ja wohl nicht zu viel verlangt. Mein Vater raufte sich die Haare und ging im Kreis, und er tat mir entsetzlich leid, als ich ihn beobachtete, dann sagte er, dass es gar nicht gut sei, wenn Rosa all das hier mithöre, sie sei schließlich in der Summe ein gutes und folgsames Kind, und dann ergänzte er, dass meine Mutter doch wissen müsse, wo Nadja sich herumtreibe, sie sei ja den ganzen Tag zu Hause, sie würde ja sowieso nichts machen außer einkaufen und den Hund ausführen und ihre Freundinnen treffen (und das entsprach nicht ganz der Wahrheit, denn unsere Mutter musste längst wieder arbeiten). Wie meinst du das, fragte meine Mutter, und jetzt wurde allmählich auch sie wütend. Mein Vater sagte, dass er gar nichts meine und dass er nur keine Zeit habe, seiner Tochter hinterherzuspionieren, während diese irgendwelchen deutschen Idioten nachlaufe, und meine Mutter sagte, Moment, die Situation gerade habe bewiesen, dass Nadja auch israelischen Idioten nachliefe, und mein Vater atmete hörbar aus und beschloss, nichts über den Nachbarssohn seinen Bruders zu sagen, er sagte stattdessen, wenn meine Mutter das wünsche, würde er selbstverständlich gerne kündigen, dann könnten sie ja mal tauschen, dann könnte sie ja ins Labor gehen und die Wasserproben untersuchen, während er sich am Wohnzimmertisch die Nägel feile. Meine Mutter verzerrte das Gesicht, dann seufzte sie, beschloss dann aber doch, nicht klein beizugeben, und sagte dann in ihrem überlegenen Geisteswissenschaftlerinnenton, den sie nur noch ganz selten benutzen konnte, weil wir normalerweise nicht über theoretische Angelegenheiten sprachen, denn die Theorie, die meine Mutter so interessierte, war längst von einem Berg Geschirr, Wäsche und Einkäufen verschüttet worden, sie sagte also, dass er ja recht habe, wir würden ihm ja wie alle Frauen nur auf der Tasche liegen und im Weg herumstehen und ihm die Ferien versauen, die er sonst ganz allein in Ruhe im Altersheim bei seiner schrecklichen Mutter verbringen könnte. Und dann sagte sie noch zu meinem Vater, diesmal wieder in ihrem resignierten Muttertton, dass er sich dieses Leben ja schließlich ausgesucht habe, und ich glaube, sie wollte noch etwas darüber sagen, was mein Vater aber nicht verstand, nämlich dass es ganz normal sei, dass eine Generation die ihr nachfolgende nicht mehr begreifen könne, wir könnten ja auch nicht begreifen, was unsere Eltern getan hätten, aber mein Vater ließ sie mitten im Satz einfach stehen, und dann rief er noch, dass er sehr wohl wisse, was seine Eltern getan hätten, und wenn es bei ihr und ihren Eltern anders sei, dann sei das vielleicht ihr eigenes Verschulden und nicht das eines komplett idiotischen Generationenkonzepts, und weil wir uns in Tel Aviv nicht so gut auskannten wie er, blieb uns nichts anderes übrig, als so schnell wie möglich unsere Sachen zusammenzupacken, Nadja aus ihrer Literaturtrance zu wecken und unseren Vater einzuholen, mit dem wir zunächst kein Wort wechselten, und auch als unsere Eltern eine halbe Stunde stehend im Bus 187 stritten, der sich schwitzend und vibrierend durch die Hitze der Frischmannstraße kämpfte, saß Nadja ganz hinten und sah aus dem Fenster und hörte Nirvana, weil sie noch kurz vor der New-Romantic-Phase war und erst mit Nirvana aufhören sollte, als ich begann, mir heimlich ihre Kassetten auszuleihen. Ich beobachtete meine Eltern, und jedes Mal, wenn sie die Hände aus den an der Busdecke befestigten Plastikschlaufen zogen, um zu gestikulieren, mein Vater scheu und gedämpft, um die anderen Leute nicht zu stören, meine Mutter grob und laut und natürlich auch auf Deutsch, wofür mein Vater sich besonders schämte, machte der Bus eine Bremsung oder fuhr um die Kurve, und sie verloren fast das Gleichgewicht. Mir fiel ein, dass wir eigentlich längst mit Zsazsa im Maxim sein müssten, und ich dachte daran, dass Zsazsa nun vielleicht ganz allein an einem für sechs Personen gedeckten Tisch saß und alle zwei Minuten einem der fleißigen arabischen Kellner erklären musste, dass wir gleich kommen würden und sicher nur beim Baden die Zeit ein wenig vergessen hätten, und ja, sie nehme gerne noch ein Glas Leitungswasser, schönen Dank, und wer weiß, vielleicht würde sie die ganze Nacht dort sitzen und auf uns warten und mehrere Familien verärgern, die wegen ihr keinen Tisch bekamen.

Auch als wir in der Nähe der Kikar Hamedina aus dem Bus stiegen, stritten sie weiter, und auch in Zsazsas alter Wohnung hörten sie nicht auf. Dieser Streit zog sich noch tagelang hin, und ich kapierte nicht genau, worum es eigentlich ging, und mein Vater schnitt mir in der folgenden Woche morgens Gemüse klein und war ganz blass, Nadja las den ganzen Tag und beachtete keinen von uns, und meine Mutter eignete sich eine künstliche Fröhlichkeit an, sie sprach auf einmal mit den Leuten in den Geschäften und redete sogar den mürrischen Opa an, der neben unserem Haus den Makolet führte und den ganzen Tag polnische Gedichte las. Er hob erstaunt den Blick, als meine Mutter ihm Fragen in ihrem fast perfekten Anglistik-im-Nebenfach-Englisch zu seinem Geschäft stellte, das sah ich, denn ich hatte begonnen, Gurken und Tomaten in meinen Eastpak zu legen, die Gurken unten, die Tomaten oben und ganz oben weiße süße Semmeln, und übrigens hätte er Deutsch viel besser verstanden, denn er war geborener Moldawier und hatte, obwohl er nie wieder Deutsch sprechen wollte, kein Wort vergessen, und dann begann er doch zu lächeln und sagte meiner Mutter, sie solle doch mit ihm in ihrer beiden Muttersprache reden, er lächelte süß und ein bisschen wehmütig, denn meine Mutter war dreißig oder vierzig Jahre jünger als er und ihr Deutsch erinnerte ihn an irgendetwas, an das er sich zu denken verboten hatte, aber dann fiel es ihm doch ein, und außerdem kannte er ja meinen Vater, und dann verabschiedete er sich mit zärtlichen, traurigen Worten von meiner Mutter und am Nachmittag des dritten Tages begann sie, mit den Männern auf der Straße zu flirten und zurückzuwinken und zu zwinkern, obwohl ich an ihrer Hand und Nadja mit ihrem Discman hinter uns ging, und ich schämte mich dafür, und obwohl ich damals noch nicht ganz zwölf war und keine Ahnung von nichts hatte, wollte ich nichts sagen, denn ich wusste, dass meine Mutter auch für dieses Verhalten wieder eine gute Erklärung haben würde. Wir sahen in diesem Urlaub weder Arie noch Benny wieder, denn meine Mutter gab insgeheim Arie an allem die Schuld, wir fuhren nur noch einmal zu Zsazsa ins Altersheim.

Als wir wieder zu Hause waren, holte mein Vater sofort den Hund (als wir noch einen hatten) von den Nachbarn ab, einem Ehepaar, das längst weggezogen ist, sie haben in der Wohnung, in der nun die Studenten leben, gewohnt, und mein Vater lächelte das erste Mal seit über einer Woche wieder, als er mit dem Knöchel an die Türe klopfte, denn in den Armen trug er den Tibetterrier, weil er dachte, das Treppensteigen würde seinen überzüchteten Hundegelenken schaden.

10

Neben dem Radio auf dem Fensterbrett stehen die Ableger. Mein Vater hat bald nach dem Auszug meiner Mutter begonnen, manisch Pflanzen zu züchten. Der Familienvater ist zu einem Efeuvater geworden, denke ich, meine Mutter wird jetzt durch eine Monstera repräsentiert und meine Schwester und ich sind zwei kleinere Buntnesselableger. Wir stehen in Gläsern auf dem Fensterbrett und sind ganz brav, wir wachsen langsam und machen keinen Lärm, wir bilden Wurzeln aus und beschweren uns nicht. Es kam mir manchmal so vor, als würden Lebewesen, die einer ganz anderen Spezies angehören, in ihm etwas auslösen, das er für uns nur selten empfand. Obwohl das natürlich nicht wahr ist, unser Vater sorgte sich um uns, und wir sorgten uns um ihn, zumindest gelegentlich, und manchmal brachten wir ihm eine Tasse Tee oder einmal sogar zum 52. Geburtstag einen Weltempfänger, damit er israelisches Radio hören konnte, über dessen Lautstärke sich unsere Mutter dann sofort beschwerte, und seine Sorge wiederum zeigte sich in den Blicken, die er uns aus seinen schwarzen Augen zuwarf, Blicke, die uns im Rückspiegel in seinem Mitsubishi trafen, Blicke, die quer über den Esstisch wankten, während wir beim Abendessen saßen. Wenn unser Vater in der Zeitung über etwas las, das in der nahen Zukunft lag, wie etwa die maximale Ausnutzung der Erdölreserven, die man zwanzig Jahre in die Zukunft projizierte, dann überlegte er kurz und sagte, das werdet ihr noch erleben, aber es ist nicht ganz sicher, ob ich es noch erleben werde, und wenn er im Fernsehen erfuhr, dass man etwa 2070 mit einer Weltbevölkerung von 20 Milliarden Menschen rechnen müsste, dann wurde er noch ernster als sonst und rechnete uns beim Essen vor, dass es zwar im Bereich des Möglichen sei, dass Nadja und ich im fortgeschrittenen Alter uns die Welt mit 20 Milliarden Menschen teilen müssten, es aber auch fast genauso gut möglich sei, dass wir vorher stürben, und ich sah, dass ihm sofort unendliche viele Gründe dafür, dass wir vor der Zeit würden gehen müssen, einfielen. Meine Mutter hatte früher (wie ich) im Hauptfach Soziologie studiert, und deswegen verfing sie sich immer in ihre ganz eigenen Gedanken, und mit den Dingen, über die mein Vater nachdachte, wollte sie nichts zu tun haben, weil sie die Struktur verstehen wollte, wie sie sagte, sie sagte, es sei primitiv, die Menschen zu psychologisieren, das Individuum ist langweilig, das einzig Interessante sei die Struktur, denn wir Menschen seien keine Inseln, sondern in ein vielfältiges Netz aus Abhängigkeiten und Beziehungen verstrickt, Abhängigkeiten! und Beziehungen! sagte sie dazu, und manchmal ergänzte sie auch um entgegengesetzte INTERESSEN!, und damit war es ihr sehr ernst, und sie sprach mit einer anderen Stimme als sonst, nämlich mit der Geisteswissenschaftlerinnenstimme aus dem Kolloquium von Privatdozent Kugel, wie unser Vater sagte, und ich habe einige Jahre gebraucht, um zu verstehen, dass meine Mutter sich nicht für Geister interessierte, denn mir erklärte nie jemand etwas. Und mit dieser Stimme und den kleinen Vorträgen ging sie auch uns ein bisschen auf die Nerven, und deswegen musste sie in ihrer Fantasie immer mitten im Essen von unserem Tisch aufstehen, sich an die Zimmerdecke kleben und uns aufmerksam beobachten, und zu diesen Gelegenheiten sagte sie gerne, dass wir aussahen wie die Parodie einer bundesdeutschen Kernfamilie, Vater, Mutter, zwei Töchter, und wir fragten, wieso Parodie, und sie sagte, man würde sehen, dass hier nichts in Ordnung sei, und man könne von außen erkennen, welches Unglück hier schlummerte, es sei zwar kein außergewöhnliches, um andere Familien stehe es noch viel schlimmer, und dann zählte sie diese anderen Familien auf, etwa jene ihrer Freundin Sandra, deren Mann von einem Dämon befallen war, der ihn nicht mehr aus dem Bett aufstehen ließ, oder von unserer Nachbarin Renate, deren Freund ausgezogen war und die vom Amt die kleine Wohnung im ersten Stock zugeteilt bekommen hatte, wo sie mit drei Schäferhunden inmitten von Gartenmöbeln hauste, und immerhin, sagte sie, erfüllten wir die wichtigsten Kriterien, zwei Kinder und ein Haupterwerb, und außerdem seien wir gar nicht so bundesrepublikanisch, nur sie, wenn man es genau nimmt, denn sie war in Landshut geboren und unser Vater in Haifa und wir Töchter in München, aber eben als Kinder eines Israelis, der sich weigerte, die deutsche Staatsangehörigkeit anzunehmen, und dann kicherte sie, und Nadja kicherte auch, und schließlich lachte ich auch, was hätte ich sonst tun sollen, nur unser Vater lachte nicht, denn ich glaube, für ihn war es überhaupt nicht lustig, dass unsere Familie kein bisschen so war, wie er sie sich vorgestellt hatte, bevor sie existierte. Unsere Mutter war für ihn ein irgendwie notwendiges Ärgernis und ein Unglück. Du ruinierst uns alle!, sagte er oft in traurigem Tonfall, und wenn unsere Mutter nur kicherte, wurde sein Ton beleidigt: Noch lachst du!, und das sagte er auch, wenn sie zu viel Geld ausgab, was sein liebster Vorwurf an sie war. Er meinte eigentlich nicht das Geld, wenn er sagte, dass unsere Mutter noch lache, sondern etwas ganz anderes, was er aber nicht in Worte fassen konnte, und vielleicht bevorzugte er es wie die meisten Menschen, die ganz unheimlichen Dinge, die die Seele des Menschen, der nachts neben einem liegt, ausmachen, einfach zu ignorieren wie einen Krieg in einem fernen Land, und er hatte recht, denn unsere Mutter tat wirklich unaussprechliche Dinge, und schlimmer noch waren die Sachen, die ihr im Kopf umherspazierten und sie abwechselnd aufstachelten und verängstigten, aber er konnte sie nur schimpfen, weil sie unfähig war, das Geld zusammenzuhalten, wie er sagte, denn er musste ahnen, dass es töricht war, den Menschen ihre Träume und Sehnsüchte vorzuwerfen, und jeder Träumer wusste das ganz genau. Mein Vater wäre gerne, wenn er nicht den ganzen Tag im Schwimmbad Wasserproben auf Pilzsporen, Urin- und Chemikalienrückstände hätte untersuchen müssen, meiner Mutter in die Läden gefolgt, in denen sie munter das ihr zugeteilte Haushaltshaltgeld verprasste, denn sie kam aus keiner armen Familie, und sie war es nicht gewohnt, so wenig Geld zu haben, und das bisschen Haushaltsgeld verdiente sie früher fast ganz allein mit ihrer Halbtagsstelle im Sekretariat am Lehrstuhl für Neuere und Neueste Geschichte, denn sie war schon vor unserer Geburt durch irgendwelche Prüfungen gefallen, und dann hatte sie sie doch bestanden, und dann wollte sie eine Doktorarbeit schreiben, die sie aber nie abschließen konnte, weil Nadja kam, und selbst auf dieses Geld war unser Vater eifersüchtig (weil er, wie gesagt, lieber nicht auf die Dinge eifersüchtig sein wollte, auf die es eigentlich angekommen wäre) und unsere Mutter gab es aus im normalen Supermarkt, in der Drogerie und in der Apotheke (denn wir waren alle Hypochonder, und ich hatte eine chronische Sinusitis und mein Vater ständig Kopfschmerzen und Verstopfung und meine Mutter kaufte sich bei der Gelegenheit alle möglichen Gesichtscremes und Shampoos), im italienischen Laden für exotisches Obst und in der Parfümerie und natürlich im Café Forum, in das es sie an weniger lustigen Tagen immer zog und wo sie immer für alle ihre Freundinnen bezahlte. Dort hätte er gerne überprüft, ob sie wirklich, wie sie später immer behauptete, die allergünstigsten Sachen von der Speisekarte bestellte, ein kleines Mineralwasser in einem geeichten Glas (und das war sicherlich nicht wahr), und am Nachmittag, wenn sie freudig die Pakete, die der Postbote zu uns schleppte, entgegennahm, hätte er gerne die Rechnungen kontrolliert, die meine Mutter zusammen mit den Kartonagen sofort in die Altpapiertonne im Hof legte. Und dann sagte mein Vater noch, dass es so nicht mehr weitergehe, er hätte schließlich auch ein Leben, er hätte das alles nicht gewollt, und er reiße sich ein Bein aus, damit jeden Tag ein warmes Essen auf dem Tisch stehe. (Bei diesem Vorwurf sah ich schon auf den Boden, denn ich dachte, dass mein Vater ja recht habe und ein viel weniger schönes Leben als die anderen Väter führte, die ständig zusammen Bier tranken oder grillten oder Fußball anschauten, mein Vater setzte sich meist sogar nach dem Abendessen noch an den Tisch und tippte mühsam irgendwelche Zahlenreihen in den Computer, denn damals hatte er noch die Idee, irgendwann ein eigenes Labor zu eröffnen; aber man musste auch ehrlich sein und zugeben, dass er uns zwar warmes Essen auf den Tisch stellte, aber meistens waren das in der Mikrowelle hart und merkwürdig flach gewordene Pizzen, Nudelsuppen zum Aufgießen oder einfach gekochte Kartoffeln mit Margarine.)

Uns ging auch bald wirklich das Geld aus, denn meine Mutter verlor 1992 oder 1993 ihre Arbeit, weil sie sich mit irgendjemandem angelegt hatte in der Verwaltung der Universität, und als sie uns beim Abendessen erzählte, dass sie genauer gesagt den Mann beleidigt hatte und noch genauer gesagt ihn einen Idioten genannt hatte und so seine Persönlichkeit angegriffen hatte, nachdem er ihr mehrfach eine Rechnung zurückgab, auf der irgendein Betrag nicht korrekt ausgewiesen war, und meine Mutter nur mit den Augen gerollt hatte, weil sie der Meinung war, dass die Frage nach dem angemessenen Mehrwertsteuersatz eines Frühstückbüfetts, das für sechs deutsche Professoren aufgebaut worden war, nur von einem deutschen Bürokraten aufgebracht werden konnte, genauer, sagte sie, von einem deutschen Bürokraten in der Nachfolge der deutschen

Bürokratie der späten 1930er und frühen 1940er Jahre, und da grinste sie schon unheilvoll, und unser Vater beugte sich zu ihr und sagte, warte, was genau hast du zu ihm gesagt, und sie sagte, ich habe ihn einen Idioten genannt, und dann machte sie eine kleine Pause und sagte triumphierend: Um es ganz präzise zu sagen, einen Eichmann habe ich ihn genannt, jawohl, Herr Obersturmbannführer Eichmann habe sie zu ihm gesagt, als er ihr das mit der Mehrwertsteuer zum x-ten Mal erklären wollte und selbst dabei war, ein wenig die Fassung zu verlieren, und meinem Vater fiel die Gabel aus der Hand, und er sagte, du hast den Geschäftsführer des Historischen Seminars einen Eichmann genannt, weil er dir eine Rechnung zurückgegeben hat, und meine Mutter hob die Gabel auf und sagte beiläufig, sie habe den Geschäftsführer des Historischen Seminars einen Eichmann genannt, weil er ihr mehr als eine Rechnung zurückgegeben hat und weil ihm die Erstellung von Excel-Tabellen ein bisschen zu viel Spaß macht, und mein Vater schaute meine Mutter beunruhigt an und fragte, und was hat er gesagt, und meine Mutter antwortete seelenruhig, dass er gar nichts gesagt habe, dass nur sein lächerliches oberpfälzisches Napoleongesicht ein weniger blasser wurde, und dann sei er aufgestanden, und meine Mutter hätte schon wieder kichern müssen, weil er im Stehen kaum größer als sie, die noch saß, war, und er hätte sich auf den Tisch gestützt, und auch all das Pathos dieser Gesten hätte unsere Mutter sehr amüsiert, denn sie war groß und schlank, aber der Geschäftsführer war, wie alle Pfälzer (sagte unsere Mutter), untersetzt, und im Anschluss sei ihr natürlich sofort gekündigt worden, was denn auch sonst, und Nadja und ich riefen dazwischen und fragten, was denn ein Eichmann sei, was denn ein Eichmann sei, und unser Vater rief Rrrruhe, und dann griff mein Vater sich an den Schädel und begann, zu jammern und zu fluchen, und meine Mutter sagte, er solle sich wieder beruhigen, es seien schon schlimmere Dinge auf der Welt passiert, als dass einem die Halbtagesstelle, mit der man 1400 Mark netto verdient, gekündigt werde, und dann noch unter solchen glänzenden Vorzeichen (das sagte sie wirklich), und mein Vater rief, dass diese 1400 Mark aber genau die 1438 Mark seien, die man brauche, um diese Familie zu ernähren, und Nadja und ich waren ganz hypnotisiert von diesem Streit, und unsere Mutter sagte, esst, was schaut ihr so, und unser Vater rief mit gebrochener Stimme, esst, solange es noch etwas zu essen gibt!, und das konnte man ihm nicht vorwerfen, denn in Israel gab es in den 1950er Jahre wirklich eine Hungersnot, und die Leute mussten jahrelang Ptitim mit Rapsöl essen, und unsere Mutter wurde wieder ein bisschen kleinlich und erinnerte unseren Vater daran, dass Reis und Paprika nun wirklich keine Delikatessen seien und er schon sehen werde, dass man mit 1400 Mark weniger zwar etwas reduziert, aber dennoch ganz prima leben könne, und dann begann sie, meinem Vater vorzurechnen, wie wenig Geld wir eigentlich benötigten, und mein Vater unterbrach sie und sagte, dass die Luxusausgaben (damit bezeichnete er fast alles, was nicht Reis und Paprika war) nur auf sie zurückgingen und er nicht auf die Idee käme, ständig im Katalog neue Kleider zu bestellen oder Drähte in die Waschmaschine zu stecken (in Wirklichkeit hatte ich in meiner

Hosentasche aufgebogene Büroklammern vergessen, aus denen ich kleine Figuren baute, die sich dann aber in der Waschmaschine verhakt hatten und dafür sorgten, dass meine Mutter sich im Katalog eine neue Miele aussuchen musste, die ihr von zwei hübschen Serben oder Kroaten gebracht wurde, denen sie eine Tasse Kaffee kochte, die sie aber gar nicht trinken wollten, und sie sagten, Frau Jeruscher, wir müssen noch acht weitere Maschinen ausliefern, und unsere Mutter zwang die Männer quasi, sich zu ihr zu setzen, und verwickelte sie in ein merkwürdiges und hilfloses Gespräch über die Jugoslawienkriege, aber die beiden hatten überhaupt keine Lust, mit einer deutschen Frau darüber zu sprechen, und sahen sie aus großen blauen Augen entgeistert an, aber meine Mutter ignorierte das einfach und begann, auf ihre Fragen selbst zu antworten, und die beiden Männer sahen immer öfter auf die Uhr und warfen sich beunruhigte Blicke zu, bis meine Mutter sie endlich gehen ließ, nicht ohne ihnen noch zwei Packungen Jaffa Cakes mitzugeben, damit sie noch genug Kraft für die acht nächsten Auslieferungen haben würden, und die beiden nahmen die Kekse verlegen an und man hörte sie danach eine halbe Minute lang durchs Treppenhaus galoppieren und fluchen). Meine Mutter behauptete, dass der Geiz meines Vaters krankhaft sei, einfach krank, wie könne man seine Familie so beschneiden, aber es stellte sich bald heraus, dass mein Vater recht hatte, denn schon bald flatterten allerlei Rechnungen ins Haus, vom Versandhandel, vom Tierarzt und sogar vom Friseur, wo meine Mutter mit Nadja gewesen war, denn ich weigerte mich, meine Haare schneiden zu lassen, seit ich die

1970er-Jahre-Strandfotos von meinem Vater kannte, und den Friseur hatte meine Mutter nicht bar bezahlen können (diese Rechnung machte meinen Vater besonders wütend). Meine Mutter öffnete die Briefe meist gar nicht, und wenn, dann warf sie sie gleich weg, und als mein Vater dann zufällig ein Schreiben vom Inkassounternehmen im Papierkorb fand, wurde er wütend und versuchte, meine Mutter zu zwingen, bei ihren Eltern anzurufen und sie um Geld zu bitten, aber meine Mutter weigerte sich, weil sie schon seit Jahren, genauer seit Nadjas Geburt, keinen Kontakt zu ihren Eltern mehr hatte, und mein Vater warf ihr dann wieder die Eichmann-Geschichte vor, und so kam es, dass unsere Mutter nach ein paar Monaten bei einem Gutachter für Autoschäden arbeiten und dort langweilige Gerichtsurteile heraussuchen musste, damit irgendwelche Senioren die Hagelschäden an ihren Alfa Romeos ersetzt bekamen, um bei schönem Frühlingswetter um die Seen im Voralpenland zu kreisen, und meine Mutter hasste Autos und reiche Senioren und auch Gutachten, hinzu kam, dass sie sich von ihrem Geld gar nichts kaufen durfte, bis sie alle Schulden und alle Mahngebühren bezahlt hatte.

Auch wenn mein Vater in der Eichmann-Sache sich durchsetzen sollte, kann man sagen, dass unsere Mutter trotzdem jeden Streit gewann, und ich habe oft gesehen, wie unser Vater sich, nachdem er wieder unterlegen gewesen war, wie ein verletztes Tier zurückzog und nichts auf der Welt ihm helfen konnte. Aber Papa, sagte ich nach der Eichmann-Auseinandersetzung zu ihm, denn ich war ihm vom Esstisch nachgeschlichen zu der Nische, in der er seinen

Computer stehen hatte und wo er wütend mit der Maus in einer Tabelle herumklickte, und dann räusperte ich mich laut wie die hässlichen, dicken Männer in den Talkrunden im ZDF, die meine Eltern manchmal am Sonntagabend lustlos sahen, und dann sagte ich zu ihm, dass ich gar nicht gewusst hatte und gewollt hatte (denn wirklich fühlte ich mich immer ein wenig schuldig an den Streits meiner Eltern, zum Beispiel an der Sache mit der Büroklammer), aber dann war mir schon wieder nicht mehr eingefallen, was ich ihm hatte sagen wollen, und so stand ich einfach neben ihm und räusperte mich noch einmal, nachdem all diese sinnlosen Worte aus meinem Mund einfach auf den Boden gefallen waren, und dann sagte ich, dass ich in Zukunft gerne etwas weniger essen würde, um das Budget der Familie zu entlasten. Die schwarzen Augen meines Vaters glotzten mich an, als würden sie nicht zu ihm gehören, und er fauchte, dass ich in mein Zimmer gehen solle, er müsse in Ruhe arbeiten und habe für meine Stottereien keine Zeit und Energie, er müsse jetzt arbeiten, ich wisse ja, was los sei und was unsere Mutter angestellt habe, und er würde dafür sorgen, dass in diesem Haushalt niemand würde hungern müssen.

Und obwohl ich damals beleidigt aus dem Zimmer gegangen war, ohne mich umzudrehen, hatte ich sofort verstanden, dass mein Vater gar nicht mich gemeint hatte, als er wütend geworden war, sondern sein Leben, und das hatte mich daran erinnert, wie mein Vater einmal ein paar Monate zuvor mit genau der gleichen Stimme und vielleicht auch mit den gleichen Worten den Hund fortjagte, der immer zu ihm kam, wenn er einsam und langsam die

Zahlenreihen eingab, um seine Schnauze auf die Knie meines Vaters zu legen oder ihm seine schmutzige weiße Pfote hinzuhalten und ihn, so sah es zumindest für mich aus, über das traurige, langweilige Leben, das sie beide führten, hinwegtrösten wollte, und dieser Gedanke war mir sofort eingeleuchtet, denn ich wusste aus den kostenlosen Apothekenzeitschriften, dass die Hunde einst in großen Rudeln gelebt hatten und gemeinsam jagten und sich vergnügten, statt neurasthenisch unter dem Wohnzimmertisch zu liegen, und was meinen Vater anging, konnte ich das Problem zwar nicht genau benennen, von außen sah schließlich alles ganz normal aus, der Kittel, die Familie, das Auto und vielleicht sogar das Unglück, aber wer wusste schon, welcher Wolf in diesem Mann schlummerte? Mein Vater hatte seine Grobheit sofort bereut und war dem Hund, der gerade verwundert und verletzt zur Tür lief (denn er hatte sich im Laufe der Jahre nicht nur charakterlich stark an unserem Vater orientiert, sondern auch optisch und das Verhalten betreffend, auch seine schwarzen Locken wurden langsam grau und bald hörte er auf, fröhlich zu bellen, wenn einer von uns nach Hause kam oder bevor wir ihn zu einem Spaziergang anleinten, und er war sehr empfindlich geworden und ertrug es kaum noch, wenn wir mit ihm schimpften, weil er an der Leine zog oder sein Essen zu schnell herunterschlang oder am Tisch bettelte, und sogar wenn er wieder mit seiner allerschlechtesten Angewohnheit anfing und begann, ohne es selbst zu wollen, sich fest an eines unserer Beine zu klammern, und man in seinen erschrockenen schwarzen Augen schon ablesen konnte, dass er selbst am meisten unter dieser schändlichen Angewohnheit litt, die unsere Mutter und uns zu den schlimmsten Lachanfällen verführte, wurde er traurig, wenn man ihn abschüttelte, und er gab im Gegensatz zu früher sofort auf, und so kam es, dass meine Mutter schließlich sagte, man könne Dovid und unseren Vater kaum noch auseinanderhalten, und später sagte sie sogar, dass unser Vater auf alles und jeden diesen Einfluss habe, genauer sagte sie, dass es ihm gelang, aus jedem Organismus das Leben und die Freude zu pressen, genauso wie er aus seinen Ja!-Teebeuteln das Wasser drückte, um an den letzten Rest kalt gewordenen parfümierten Earl Grey zu kommen). Unser Vater war dem Hund also auf Knien hinterhergekrochen, hatte ihn zu sich gezogen, seinen Hals umarmt und geschluchzt, als müsste er dem Hund gleich ein schreckliches Geständnis machen. Mein Vater hatte mich damals nicht bemerkt, dabei stand ich fast neben ihm und dem Hund und wusste nicht, was ich tun sollte, und so tat ich, was ich meistens tat: überhaupt nichts, ich bewegte mich nicht und merkte mir alles.

Auf der Heizung stehen acht oder zehn Marmeladengläser, aus denen Buntnesseln, Efeu und Monstera auf die Hertzanostraße sehen, nicht unähnlich den alten Leuten, die angeblich ganze Jahre damit verbracht haben, geschützt von Gardinen auf das Geschehen auf die Straße zu blicken. Solche alten Leute gibt es gar nicht mehr, sie wurden ersetzt durch die Millionen Boomer, die Fachwerkhäuser renovieren und Fleisch beim Metzger kaufen. Meine Familie gibt es auch nicht mehr. Wurde sie ersetzt? Ich sehe, wie vor dem Haus ein Lieferwagen hält. Ründiger ist da.

11

Es wird wieder eine Beerdigung geben, wieder werden Nadja und ich zu städtischen Ämtern gehen, Formulare ausfüllen, Gegenstände aussuchen, Urkunden abheften. Wir werden wieder auf dem Nordfriedhof stehen, unsere Schuhspitzen in den Kieselboden bohren, die Arme verschränken und versuchen zu verstehen, was die längliche Holzkiste mit uns zu tun hat, anders als vor sieben Jahren wird aber wenigstens ein Leichnam im Sarg liegen, anders als bei unserer Mutter, denn von ihr war kein Fetzen Stoff übrig geblieben; ihre Leiche wurde nie gefunden, und theoretisch bestand, so dachte ich zumindest manchmal, die Möglichkeit, dass sie von Ko Samui aus auf Ko Thaen oder auf das Festland geschwommen war und Achim vielleicht einfach vergessen hatte (und uns dann etwas später auch), und wer weiß, vielleicht hatte sie sogar irgendwo ein sogenanntes neues Leben begonnen. Achim selbst war mit dem regulär gebuchten Flug zurückgekommen, und wir konnten nie begreifen, ob er sich keinen anderen Flug hatte leisten können oder einfach seine verdienten Urlaubstage absitzen wollte (denn die Hotels auf Ko Samui lassen sich genauso wenig stornieren wie billige Flüge, und er hatte schließlich auch für unsere Mutter alles zahlen müssen).

Nach seiner Rückkehr versuchte er ein paarmal, mich zu erreichen, und sprach mir auf die Mailbox, und dann wollte er mich sogar treffen, um über alles zu reden, aber ich hatte wirklich kein Interesse daran, mehr über das spirituelle Leben meiner Mutter zu erfahren, denn alles, was es über unsere Mutter zu wissen gab, wusste ich schon, auch ich hatte mit den thailändischen und den deutschen Behörden telefoniert, und wir trafen uns erst zwei oder drei Wochen nach seiner Rückkehr auf einen Kaffee (er trank Matcha Latte), und Achim wirkte nicht besonders traurig, wie ich enttäuscht feststellte, er sagte, dass es seiner Philosophie und Lebensanschauung entspräche, allen Menschen die Freiheit zuzugestehen und sie gehen zu lassen, wenn sie es möchten, und ich sagte, Moment, vielleicht wollte sie gar nicht gehen, vielleicht ist sie einfach ertrunken, vielleicht hatte sie ja einen Krampf oder so, und er sah mich aufmerksam an und sagte, das mache seiner Auffassung nach keinen Unterschied, und so begriff ich, dass ich von Achim wirklich nichts zu erwarten hatte, und dann erzählte er mir, er mache jetzt noch mehr Yoga als vorher und ginge morgens um sieben in die Ashtangastunde, wo man, wie er mir erklärte, eine spezielle Abfolge und sogar Kopfstände übte, und tatsächlich sah Achim ziemlich sehnig aus und auch braun gebrannt, er war sozusagen in allem das genaue Gegenteil meines Vaters, die einzige Gemeinsamkeit bestand darin, dass auch seine Kleidung ein bisschen schäbig wirkte, er trug ein T-Shirt, das am Saum ausgefranst war und auf dem irgendein

Quatsch stand, Miami 1994 oder so, aber mir war natürlich sofort klar, dass das keine wirkliche Gemeinsamkeit mit meinem Vater war, denn Achim trug wie alle Schwabinger Linksliberalen absichtlich dieses Zeug, damit niemand auf die Idee kam, er könne sich aus materiellen Gütern etwas machen, und diese Leute wie Achim dachten sogar, mit den dummen Shirts könnten sie die Tatsache, dass ihnen zwei oder drei geerbte, wahrscheinlich arisierte Altbauwohnungen in bester Lage gehörten, verbergen. Ich hätte Achim gerne gefragt, wie er sich allein auf dem Flug von Bangkok nach München gefühlt hatte, mit zwei riesigen Koffern, einem voller spiritueller Ratgeber, Strandtücher und Vitaminpräparate (im Urlaub wollte er mit Fachbüchern nichts zu tun haben, sagte er), und dann noch der große gelbe Rollkoffer meiner Mutter, die ihn mit weißen Kleidern, Romanen und Kosmetik gefüllt hatte, was ich wusste, weil er ihn mit ins Café brachte, und David und ich mussten zu Hause alle möglichen Zahlenfolgen durchgehen, um das Schloss aufzubekommen, und natürlich war weder Nadjas noch mein Geburtstag der korrekte Code, sondern ihr eigener.

Als wir uns verabschiedeten, gab Achim mir die Hand, dann ging er die Buttermelcherstraße Richtung Isartor herunter, und ich lief Richtung Viktualienmarkt, und mich überkam das starke Bedürfnis, meine Schwester anzurufen, und als sie beim zweiten oder dritten Mal abhob, sagte sie sofort, dass sie sich informiert hätte und wir mit der Beerdigung noch warten sollten, schließlich müsse noch irgendein Institut unsere Mutter für tot erklären, so sei das, wenn kein Leichnam auffindbar sei, und dann unterbrach ich sie und fragte, ob wir wirklich über die technischen Details sprechen müssten und was das für ein Institut sein solle, mir sei jedenfalls noch kein Institut zur Auffindung verschwundener Mütter im Golf von Thailand bekannt, und Nadja wurde still und sagte, so habe sie es nicht gemeint, sie meine nur, dass niemand wisse, wie es weitergehe, denn unsere Mutter war noch keine zwei Wochen tot beziehungsweise für immer verschwunden, und dann schwiegen wir kurz, und irgendwann fragte ich sie, wie das alles überhaupt sein könne, unser Vater und sein Krebs (den er damals zum ersten Mal hatte) und unsere Mutter und Ko Samui, und du, Nadja, sagte ich, ich weiß nicht einmal, wo du steckst, und sie sagte, mit Nathalie in Hohenschäftlarn, wo sonst, und ich wusste überhaupt nicht, wer diese Nathalie war, und mir drehte sich schon der Kopf von Achim und seinen sehnigen Armen und gebräunten Händen, die das Glas mit der Matcha Latte wie ein Vögelchen hielten, und natürlich von Nadja und ihrer müden, gleichgültigen Stimme, und dann verabschiedete ich mich.

Die Beerdigung, die natürlich keine Beerdigung war, weil man eine verschollene Person erst nach zehn Jahren für tot erklären lassen konnte, fand ein paar Wochen später auf so einem seltsamen Waldfriedhof statt, den David im Internet gefunden hatte. Wir mussten erst abwechselnd und dann gemeinsam eine hässliche grüne leere Urne vor uns hertragen und kamen uns dabei wie Betrüger vor, aber die eigentlichen Betrüger, fand David, waren die Leute vom Bestattungsinstitut, die uns eine Unsumme dafür zahlen ließen, aber wir waren zu müde, um uns aufzuregen, und außerdem hatte David die Rechnung beglichen, weil Nadja und ich auch damals schon kaum Geld hatten, und Mamas dicke Freundinnen weinten und ihre Eltern, die wir kaum wiedererkannt hatten, standen ratlos an der Seite, und ganz zum Schluss fragten sie uns, ob wir Geld bräuchten, und wir schüttelten den Kopf und sagten, nein, wir sind schon 30, und keiner widersprach uns, obwohl wir unmöglich beide gleich alt sein konnten, was eigentlich auch alle wussten, denn obwohl meine Mutter den Kontakt zu ihrer Familie abgebrochen hatte, hatte unser Vater ihnen doch im Abstand von vier Jahren Karten zu unserer Geburt gesendet, das waren ganz schmucklose Kärtchen gewesen, auf denen nur unsere Namen standen und die unsere Mutter für ihre Freundinnen hatte drucken lassen und für die Familie unseres Vaters, denn damals wusste sie noch nicht, wie viel Ärger ihr diese Familie bereiten sollte, zum Beispiel Zsazsa, die sich absichtlich ihren Namen falsch merkte, obwohl er ja klar und deutlich zum Beispiel auf den Karten stand.

Auch die Schwester unserer Mutter kam, und zumindest sie war leicht wiederzuerkennen, weil die beiden sich sehr ähnlich sahen, auch wenn man das unserer Mutter nie im Leben hätte sagen dürfen, denn sie hatte ihre Schwester immer verabscheut, und wir haben sie deshalb nur ganz selten gesehen. Irgendwann zu Weihnachten hatte sie uns ein Paket mit selbst gestrickten Pullovern geschickt, und als unsere Mutter den Karton fand, wurde sie blass und rief entsetzt, dass die Pullover das geschmack- und gleichzeitig gedankenloseste Geschenk der Welt seien, und unser Vater trat hinzu und schaute. Er war ein bisschen gerührt, er hob die Pullover hoch und hielt sie gegen das

Licht, um die Maschen zu betrachten, und dann sagte er: Die Mädchen sind noch zu klein, aber das sind doch ganz normale Pullover, es wäre schade, sie wegzuwerfen! Unsere Mutter riss unserem Vater die Pullover aus der Hand, und stopfte sie in die Mülltonne und dann lief sie zu dem Karton und riss die Laschen auf und rupfte das Etikett mit der Absenderadresse ab, und währenddessen ging mein Vater zum Mülleimer und holte die beiden Pullover, die jetzt von Kaffeesatz getränkt waren, aus der Mülltonne und tropfte alles voll, und meine Mutter schrie ihn an, er solle die hässlichen Pullover wieder dorthin tun, wo sie hingehören, und mein Vater rief, sie sei grausam, sie sei rachsüchtig, sie könne nie vergeben, und die armen beiden Pullover könnten überhaupt nichts für die dummen Streitereien zwischen ihr und Andrea, so hieß die Schwester meiner Mutter. Und überhaupt, ergänzte unser Vater, seien diese Pullover nichts als Beweise ihres guten Willens, ganz egal, was sie vorher gesagt haben soll über uns, und wer eine kleine Schwester mit einem so guten Willen habe, dürfe erst recht nicht so grausam sein. Aber meine Mutter sagte, dass sie nun wirklich nicht verstehe, wieso ausgerechnet er ihr Grausamkeit vorwerfe, nach allem, was sie von dieser sogenannten Familie zu ertragen gehabt habe, und dann fragte sie ihn zischend, ob er sich etwa nicht mehr daran erinnern könne, was genau Andreas Worte waren, nachdem sie meinen Vater zu Hause vorgestellt habe. Und mein Vater sagte, er könne sich wirklich nicht genau erinnern, außerdem habe er damals noch nicht so gut Deutsch gesprochen wie heute, und Andrea sei ja erst Anfang 20 gewesen, und offensichtlich habe sie ihren

Fehler bereut und hoffe auf ein Zeichen der Vergebung. Meine Mutter schüttelte nur noch den Kopf.

Ich stand bei der Beerdigung mit Nadja am Rand, keine von uns hatte Lust, zu nahe am Geschehen zu sein, und ich weiß noch, dass alle uns ein bisschen anguckten, ich glaube, weil Nadja nichts Schwarzes trug, sondern ein viel zu teures geblümtes Dolce-und-Gabbana-Kleid und Stilettos und dazu eine Marc-Jacobs-Sonnenbrille, und damit sah sie wirklich eher aus wie eine der bösartigen Modejournalistinnen, die ab Mai in den Schwabinger Straßencafés saßen und Gift verspritzten und über alle Passanten herzogen und zwanzig Jahre jüngere Männer anbaggerten. Achim, der zu seinem scheußlichen, zu engen Akademiker-Jackett abgetragene Flipflops aus Leder trug und ein elendes Sträußchen Ranunkeln in der Hand hielt, war von Nadja gleich wortlos zurückgewiesen worden, als er ihr kondolieren wollte, und dann hatte er gesagt, wie merkwürdig, heute wäre ihr Geburtstag gewesen, und Nadja hatte sich einfach weggedreht und dann zu mir nicht allzu leise gesagt, dass sie diesem Tantrafreak auf gar keinen Fall die Hand geben würde, und ich antwortete, dass ich vor fünf oder sechs Tagen mit ihm Kaffee trinken gewesen sei und er schon ganz okay wäre, und Nadja sagte, an dem Typen sei nichts okay, was soll an jemandem okay sein, der mit Lederflipflops auf einer Beerdigung auftaucht?, und ich sagte, Nadja, dein Outfit ist auch nicht gerade klassisch, und Nadja sagte, das sei auch das Letzte, was unsere Mutter sich gewünscht hätte, und solche Konventionen hätten für sie nie eine Rolle gespielt, und natürlich fiel uns beiden auf, wie idiotisch ihr Argument war, und ich hatte danach keine Lust mehr, neben ihr zu stehen, also ging ich mit David zu Achim, denn unser Vater war nicht gekommen, und auf die Verwandtschaft unserer Mutter, die in Lodentracht gekommen war und weinte, hatte ich auch keine Lust, und Achim sah mich an, als hätte er lange auf mich gewartet. Nadja stand den Rest der Beerdigung abseits und sah aus wie eine dieser wütenden übergroßen orangen Blüten, die manchmal in Hotellobbys stehen, und plötzlich fiel mir wieder ein, dass Nadja die schrecklichste Schwester der Welt war, schon als Kind wollte sie nie zu unserer Familie gehören, und später, nach der Scheidung, hatte sie, wenn wir unsere Mutter im Café trafen, stundenlang die Augen verdreht, so dass die anderen Leute begannen, uns anzusehen, aber Nadja war das natürlich egal, unserer Mutter auch, und während unsere Mutter uns von ihren Zukunftsplänen erzählte, wie zum Beispiel der Idee, eine Ausbildung zur Pflegehelferin im Harlachinger Krankenhaus zu machen, zu der sie eine mehrstündige Infoveranstaltung in mehreren Sprachen besucht hatte, hörte Nadja gar nicht zu und ich umso aufmerksamer, und während Nadja alles spöttisch abtat, befürwortete ich immer alles und beglückwünschte unsere Mutter sogar zu ihrem Mut, noch einmal einen anderen Pfad einzuschlagen, wie man sagte, aber dann kam alles ganz anders, denn sie hatte Achim kennengelernt und musste plötzlich doch kein Geld mehr verdienen und für ihren Unterhalt sorgen, weil sie quasi sofort bei Achim in der Hohenzollernstraße einzog, und dann machte sie nur eine Ausbildung zur Yogalehrerin, für die sie schon zu alt war und die dreitausendsechshundert Euro kostete, und Nadja sagte nur, du spinnst wohl, du kannst ja einfach wie die anderen reichen Ehefrauen den ganzen Tag bei Dallmayr abhängen, woraufhin unsere Mutter protestierte, und sagte, erstens sei sie gar keine reiche Ehefrau und zweitens würde ein bisschen weniger Zynismus Nadja ganz gut zu Gesicht stehen, na, Nadja, was hast du denn schon aus deinem Leben gemacht, ich hatte in deinem Alter schon zwei Töchter (uns) und eine Doktorarbeit, und Nadja sagte, die Doktorarbeit hast du aber nie fertig geschrieben, also zählt das überhaupt nicht, eine abgebrochene Doktorarbeit ist einfach keine Doktorarbeit und vielleicht sogar schädlicher als eine Doktorarbeit, die man gar nicht erst begonnen hat, und unsere Mutter sagte wieder, was hast du denn vorzuweisen, und Nadja gähnte, und ich begann, unsere Mutter für ihre Initiative zu loben, und unsere Mutter sprang plötzlich auf und legte ihr linkes Bein auf den Tisch, und jetzt sahen uns die Maxvorstädter Väter in Elternzeit wirklich erstaunt an, und dann legte unsere Mutter ihren Oberkörper über das Bein und hielt den Fuß mit den Händen umfasst, dabei rief sie, dass sie jetzt so beweglich sei, gar nicht schlecht für Mitte 50, und Nadja schüttelte den Kopf, und ich bat meine Mutter leise, wieder das Bein herunterzunehmen, und das waren die Rollen, die wir in dieser Familie hatten, ich versuchte, alle zu versöhnen, Nadja brachte alle auseinander, und woher das kam, wusste ich allerdings auch nicht, Herkunft, Geschichte, Charakter?

Ich weiß noch gut, wie verstört ich von diesen Treffen jedes Mal nach Hause kam, aber immerhin wartete dort David auf mich, und er ließ sich immer alles ganz genau erzählen, während er mir Tomaten schnitt und ab und zu das Messer aus der Hand legte, um mit seinen Knöcheln über meine Wange zu streicheln, und natürlich lachte er viel über Nadja und meine Mutter, vor allem über Nadja, der er nur ein- oder zweimal begegnet war und die er, wie gesagt, nicht leiden konnte, weil er Histrioniker nicht ertrug (sagte er), und weil ich wusste, dass ich später in seinen Armen einschlafen würde und dass neben mir jemand lag, den ich wecken durfte, wenn mir eine der schrecklichen Geschichten von früher einfiel, kam mir alles gar nicht so schlimm vor, und Davids riesiger, sanfter Körper war mir immer mehr wie eine Art Schutzschild gegen die Welt erschienen, aber das alles war natürlich lange her, denn David hatte mich verlassen, und das war der Punkt, an dem ich spätestens einsehen musste, dass es bei uns Jeruschern wirklich nie so kam, wie wir es uns vorgestellt hatten.

Jetzt stand also wieder eine Beerdigung an, und es sah so aus, als würde ich diejenige sein, die sie plante und sich um alles kümmerte, weil Nadja für solche Dinge, wie sie sagte, einfach nicht die Richtige wäre, aber das war gar nicht das, was mich wütend machte, sondern die Tatsache, dass sie nicht nach München kommen wollte, um all das in Ruhe zu besprechen, sondern mich nach Schäftlarn zitierte, wo sie, natürlich, bei Nathalie wohnte und nicht in den USA oder Japan oder sonst wo.

Ich hasse kaum etwas mehr, als in die Vororte zu fahren, die alle aus nassglänzendem dunklen Holz, hässlichen Vorgärten und großen Autos bestehen, auch wenn Schäftlarn laut Nadja ganz anders ist, es gebe dort sogar ein Barockkloster und außerdem sei Nathalie hier aufgewachsen, und als sie das sagt, habe ich sofort wieder das Gefühl, das Nadja mir immer schon gegeben hat: als würde ich sie stören, wie ich sie in unserem Leben schon tausendmal gestört habe.

Joseph Trumpeldor, Held der ersten jüdischen Armeeorganisation, fiel am 1. März 1920 in Tel Chai – übrigens mehr oder weniger aus Versehen, irgendjemand hatte in die Luft geschossen, Trumpeldor und seine Männer meinten, einen Befehl vernommen zu haben, und es brach ein unwirkliches, gewalttätiges Chaos aus, und keiner weiß mehr, was danach genau geschah, nur dass am Ende ein Dutzend Männer tot waren und Trumpeldor einen Hand- und Magenschuss abbekommen hatte, wie der hinzugerufene österreichische Sanitäter sofort bedauernd feststellte. Joseph Trumpeldor lag schon im Sterben, sein schönes langes Gesicht war noch blasser als sonst, und man hatte ihn auf ein Feldbett im Freien gelegt, um ihn herum standen seine Soldaten, ratlos, erschöpft, flehend, da öffnete Trumpeldor plötzlich die hellen, schon matten Augen, starrte auf ein paar Eichelhäher, die aus dem Dickicht aufflogen, in den heißen, bösen Himmel, und dann richtete er den Oberkörper auf, stützte sich auf den rechten Unterarm (denn den linken hatte er schon vor langer Zeit bei einem Gefecht verloren) und sagte mit lauter, klarer Stimme: Es ist gut, für sein Vaterland zu sterben!

Das waren seine letzten Worte, er sackte danach sofort zusammen, und zwar auf denkbar unelegante Weise; gerade hatte er noch wie ein präraffaelitischer Engel ausgesehen, jetzt stürzte sein rechter Arm, schwach vom Reiten und Schießen, unter dem Gewicht des Oberkörpers ein, manche sagten später, sie hatten den Knochen des Oberarms splittern gehört; und der arme Trumpeldor rutschte fast aus dem Feldbett, die anderen Soldaten schrien vor Schreck auf, dann zerrten sie ihn zurück auf die Liege, aber es war vergebens, sein Herz setzte aus, und die Kämpfer um ihn herum wurden genauso blass wie er, manche weinten. Und dann, Stunden später, als es schon dunkel war, die Schakale heulten, saßen sie um den Findschan, rekapitulierten die Ereignisse des Tages und tauschten Anekdoten über ihren Helden aus. Natürlich sprachen sie dann auch über seine letzten, ermutigenden Worte, und die Hebräischsprecher, die übrigens sehr stolz waren, zur Generation, die diese Sprache wiederbelebte, zu gehören, waren gerührt, denn sie stimmten mit Trumpeldor überein. Jene Soldaten aber, die Russen waren wie Trumpeldor selbst, widersprachen, sie sagten: Nein, das habt ihr missverstanden. Wieso missverstanden, sagten die anderen und rührten im Kaffee, er hat gesagt, wie gut es sei, für das Vaterland zu sterben. Was gibt es daran auszusetzen? Wir sind Kämpfer für die jüdische Nation und unser Blut vergießen wir nicht umsonst. Nein, sagten die Russen, das meinen wir nicht, ihr habt seine letzten Worte nur falsch verstanden: Ihr habt einfach gehört, was ihr hören wolltet, aber das mit dem Vaterland hat er nicht gesagt, und das mit dem Sterben eigentlich auch nicht, und überhaupt hat er nicht Hebräisch gesprochen. Und dann ging man den Russen ein bisschen auf die Nerven, denn vielleicht hatte Trumpeldor wirklich nicht Hebräisch, sondern in seiner Muttersprache gesprochen, und deswegen hakte man nun nach, und dann wurde man energischer, denn man wollte wirklich herausfinden, was ein bedeutender Mann wie Trumpeldor in Wahrheit gesagt haben soll, und die Russen wehrten sich immer weiter, sie wanden sich qualvoll wie Regenwürmer bei Sonnenschein, und schließlich kam heraus, dass Trumpeldor nur gesagt hatte, was vor ihm viele tapfere Männer im Todeskampf gesagt hatten:

Ach, fick deine Mutter.

12

In der Stadt ist es Frühjahr geworden, als ich mich am nächsten Tag aufmache. Auf dem Weg zur U-Bahn spielen die Passanten schon ein bisschen verrückt, weil sie die fahle Sonne auf der Haut spüren, ihre Blicke sind ein bisschen schmachtend, ihre Bewegungen ein bisschen langsamer, so als würde das helle Licht ihre Muskeln erschlaffen lassen. Die Nasen der Mädchen wachsen in Richtung der Sonne aus Wollschals, die mehrmals um die dünnen Hälse gewickelt worden sind, und sie haben sich schon vor Tagen im vietnamesischen Nagelstudio künstliche Wimpern aus Nerz auf die Lider kleben lassen, die wie hundert kleine tote Spinnen aussehen. An mir vorbei hetzen ein paar Frauen die Rolltreppe herunter, sie alle schultern die knospenden Zweige von Kirsche, Magnolie oder Kätzchenweide, freudlos und ernst, wie frühere Menschen Beute in ihre Höhlen geschleppt haben.

Wir waren natürlich nie so eine Familie, die frische Zweige auf den Tisch gestellt hat, wir hatten wahrscheinlich nicht einmal eine Vase. Die einzige mir bekannte Vase in unserer Familie stand in Zsazsas Zimmer im Altersheim, aber die muss noch von der Seniorin, die dort vor ihr gewohnt hat, gewesen sein oder einfach zur Ausstattung des Zimmers gehört haben, jedenfalls standen dort ein paar klebrige Magnolienzweige aus Plastik, mit denen ich manchmal Nadja in den Nacken piekste, wenn uns wieder langweilig wurde bei unseren Besuchen im Altersheim, denn wir mussten stundenlang wie Hühner aufgereiht gegenüber von Zsazsa sitzen und ihr zuhören.

Zsazsa war übrigens ganz anders als die Großmutter aus meinem Traum, nie im Leben wäre sie auf die Idee gekommen, mit uns Jiddisch zu sprechen, Zsazsa sprach Deutsch und Ungarisch und Französisch und natürlich Hebräisch, wenn es sein musste, sogar Rumänisch und ein wenig Englisch, aber im letzten Falle war es quasi unmöglich, etwas zu verstehen. In meiner Erinnerung war sie immer schon uralt, schon in den Neunzigern, als sie gerade einmal 70 war, und ich musste oft daran denken, was unsere Mutter einmal gesagt hatte, als wir gerade aus dem Altersheim kamen, in dem Mazda oder Toyota, den mein Vater sich von Arie geliehen hatte und in dem wir auf dem Weg in Zsazsas alte Wohnung durch eine merkwürdig stille schwarze tropische Nacht nach Tel Aviv fuhren. Unsere Mutter hatte gesagt, dass wir verstehen müssten, dass Zsazsas Leben fast das ganze Jahrhundert umspannte, zumindest wenn man, wie damals die meisten Historiker, von einem kurzen zwanzigsten Jahrhundert sprach, das nach dem Ersten Weltkrieg anbrach und schon vor seiner Zeit, nämlich mit dem Fall der Sowjetunion, endete, und mein Vater sagte, dass seine Mutter aber 1920 geboren sei, und meine Mutter sagte, genau das meine sie, sie spräche nämlich vom Zeitalter der Extreme, und das Zeitalter der Extreme sei nun einmal viel kürzer gewesen als unsere triviale Vorstellung von einem aus genau einhundert Jahren bestehendem Säkulum, und dies würde auch durch die Tatsache bewiesen werden, dass Zsazsa in ihrem Leben nichts als Extreme gekannt habe, und zwar von dem Moment an, in dem man sie in irgendeiner Kleinstadt im Karpatenvorland in ein Samtkleidchen gesteckt hatte, und zum Beispiel würde sie (meine Mutter) auch den Augenblick dazuzählen, als man Zsazsa geheißen hatte, sich die Augen zuzuhalten, um sie in das Esszimmer zu führen, in dem sie zum ersten Mal einen Weihnachtsbaum sah (ihren Eltern war aufgefallen, dass die Nachbarn viel freundlicher grüßten, wenn man ihnen frohe Weihnacht wünschte). Und auch später, sagte meine Mutter, sei alles denkbar symbolisch gewesen in Zsazsa Leben, etwa als mein Großvater Tibor eines Morgens bei ihren früh gealterten und später in Auschwitz ermordeten Eltern klingelte, und Zsazsa, damals kaum 20, aus dem Fenster sah und Tibors unruhige Schritte im Empfangszimmer hörte, während ihre Mutter sich rasch das Haar richtete, und so ging es dann weiter, sagte meine Mutter, zum Beispiel, als man ihr in einer äußerst schäbigen öffentlichen Klinik auf dem Carmel den Erstgeborenen, der kein Geringerer war als mein Vater, in den Arm legte, und meine Mutter sagte, all das seien nur die individuellen Geschehnisse, die Schrecken des Jahrhunderts habe sie noch gar nicht erwähnt, und mein Vater sah nur auf die Straße, aber ich versuchte mir vorzustellen, wie Zsazsa mit ihren knochigen Greisenhänden ein ganzes Jahrhundert umfasste, ein Jahrhundert, das ich nur von den vielen Fernsehdokumentationen kannte, die meine Eltern nachts schauten.

Genau genommen schaute vor allem meine Mutter diese Fernsehsendungen. Wenn ich heute an meine Mutter denke, sehe ich sie entweder am Küchentisch, wo sie uns eine ihrer Theorien darlegt, oder ich sehe sie auf der Couch in einem Zustand, von dem wir nie recht wussten, ob er Verzauberung oder Resignation bedeuten sollte, und abends, wenn wir heimlich die Tür zu unserem Kinderzimmer öffneten, im aus dem Wohnzimmer scheinenden Licht langsam die Augen öffneten oder mit gespitzten Ohren auf unseren Betten lagen, konnten wir den Ton der Fernsehsendungen hören, die unsere Mutter sich in der Fernsehzeitung ankreuzte. Sie saß dann, anders als sonst, kerzengerade auf der Couch, ihre Züge verrieten eine innere Anspannung und den Hund auf ihrem Schoß streichelte sie mechanisch mit flacher Hand. Vielleicht schlug sie ihn auch versehentlich. Unser Vater schlief meist schon, diese Art Fernsehunterhaltung ließ ihn langsam wegdämmern, die endlosen Gleise, die vor Diensteifer hechelnde Lokomotive, die mit entsetzlichem Ernst unendlich viele Waggons hinter sich herschleppte, die dünnen Juden mit ihren hängenden Köpfen und ihren zu groß gewordenen, zerschlissenen Jacketts, die sich unsicher an die nächste Häuserwand drücken und blinzeln, sobald sie die Kamera entdecken, und die alle etwas von unserem Vater hatten; die jiddischen und polnischen Schriften auf den Geschäften – und dann, taram taram taram, marschierende Stiefel! Taram taram, die Stiefel marschieren über schmutzige Landstraßen, an Steinhäusern vorbei, an Hühnerställen vorbei, an Schulen vorbei, über Bahnübergänge, über Heldenplätze, über Märkte, taram taram. Einmal rief unsere Mutter uns sogar zu sich, das ist wichtig!, rief sie, und Nadja und ich sprangen auf und liefen zu ihr, obwohl es schon viel zu spät war, aber unser Vater war nicht zu Hause, und wir setzten uns neben sie, und unsere Mutter legte ihren linken Arm um mich und den rechten um Nadja, und mich ließ sie jedes Mal los, wenn sie sich nach vorne beugte, um einen Schluck zu trinken, denn sie war Linkshänderin, und Nadja und ich begriffen überhaupt nicht, was wir im Fernsehen sahen, und wir betrachteten abwechselnd einen alten Mann, der immer wieder beteuerte, nichts gewusst zu haben, und während er das sagte, steigerte sich sein Nichtsgewussthaben, denn erst begann er mit der Hand auf den Tisch zu schlagen, so wie manchmal meine Eltern, wenn sie nicht mehr so richtig weiterwussten und eigentlich schon dabei waren, einzusehen, dass sie unrecht hatten, aber gleichzeitig noch nicht zugeben konnten, dass sie sich geirrt hatten; aber dann wurde er in der nächsten Montage wieder leise, und dann begann er zu schluchzen, und er tat mir unendlich leid, aber meine Mutter sagte, mit diesem alten Nazi müsse man doch kein Mitleid haben, und dann sagte er schluchzend, er habe nichts gewusst, er habe wirklich nichts gewusst, er habe nur seinen Verpflichtungen nachkommen wollen und das müsse man doch begreifen, und dann wurde schon wieder ein grauhaariger Historiker mit Igelfrisur eingeblendet, der sehr ernst blickte und sagte, 1942 sei jedem an der Ostfront eingesetzten Wehrmachtsmitglied bereits alles bekannt gewesen, Erschießungen, Brandschatzungen, Infantizide, Plünderungen, Folterungen, Vergewaltigungen, und dann bestätigte eine düstere, zitternde Stimme aus dem Off das, was der Mann gesagt hatte, ja, es sei allen bekannt gewesen, die Erschießungen und Brandschatzungen usw., und dann wurden wieder Stiefel eingeblendet, und wie unsere Mutter sagte, allerdings nie diejenigen, die in den Stiefeln gesteckt hatten, denn das waren ja Oma und Opa, sagte sie, zwei lächelnde Alte, die die Wiese noch mit der Sense mähten, wie altmodisch, wie lächerlich, wie freundlich, alte Leute, die den besten Kirschkuchen buken und die abends in der Garage heimlich fette Kaninchen schlachteten, und weil unsere Mutter weiterredete, hörten wir gar nichts mehr von der Fernsehsendung, aber sehr viel verstanden wir ohnehin nicht, und da sagte unsere Mutter, der Naziopa dort könnte genauso gut der Naziopa eines unserer Klassenkameraden sein, wieso nicht, das ganze Land sei voll von Naziopas, und wenn man deren immer etwas misstrauisch oder sogar überheblich auf die Bewohner blickenden Küchenmöbel einmal genau ansehen würde, würde man sein blaues Wunder erleben, und dann sagte unsere Mutter, dass es schade sei, dass die Gegenstände nicht sprechen könnten, denn all die Gabeln und Serviettenhalter und Damasttischdecken würden uns die grauenvollsten Geschichten davon erzählen, wie sie geraubt, versteigert und missbraucht worden seien, und ich weiß noch, dass es mir danach monatelang schwerfiel, unser Besteck nicht als verhext zu betrachten. Unsere Mutter hörte nicht auf mit den Großeltern, sie sagte, die Kinder um uns herum schwärmten ganz zu Unrecht von ihnen, von ihren sanften, dicken Händen, die sie an der Schürze oder an der Hose abwischten und in denen sie die abgenutzten Märchenbücher aus gepresstem Karton hielten, und ihnen mit ostpreußischem Akzent vorlasen, wie man Prinzessinnen die Zehen abhackte und die Fersen abschliff, während die Kinder sanft auf Butterblumen gebettet waren, weich und duftend. Spätestens an diesem Punkt, sagte unsere Mutter, würden die Kinder sich die Ohren zuhalten und schreien, die Großeltern lesen unbeirrt weiter, vielleicht würden sie sogar ein bisschen lauter, und sie betonten die Wörter genau, sodass man hörte, dass Mes-ser zwei s in der Mitte hatte und Fer-se nur eines, und ihre weichen, fleischigen, riechenden Großelternmünder spannten sich auf und wurden wieder runzelig, und unsere Mutter sprach weiter, wie Großmutter und Großvater, also irgendwelche Großmütter und -väter, wie sie betonte, aber langsam dämmerte uns, dass sie ihre eigenen Eltern meinte, wie die Großeltern also vorlasen, wie die Mutter ein Messer reichte und sprach, dass ein Stück von der Ferse abgehauen werden müsse, denn wenn man Königin sei, brauche man nicht zu Fuß zu gehen, und an der Stelle schrien und weinten die Kinderlein, und wir begriffen, dass unsere Mutter und ihre Schwester geweint hatten, sie strampelten mit den kleinen Füßlein und wollten entkommen, aber die Butterblumen aus dem Garten hatten sich um ihre kleinen Fesseln gewunden und die Gänseblümchen kicherten böse; und die Großeltern lasen einfach weiter, immer weiter, und irgendwann wurde es dunkel und die Kinder wurden unter die eiskalten Daunendecken gelegt, denn die Großeltern vermieden es, zu heizen, und die Kinder blieben lange wach und starrten mit ihren fliederfarbenen Augen in die Dunkelheit und dachten an Fesseln und an Zehen und an Scheren und an Messer, nur unsere Mutter dachte daran, einfach zu verschwinden, und so ähnlich hatte sie es ein paar Jahre später gemacht, denn sie war (wie Nadja) mit 18 in eine WG gezogen und hatte sich dann bald von ihrem Mitbewohner Günther überreden lassen, in die Soziologievorlesungen zu kommen, und dann hatte sie sich schließlich selbst eingeschrieben und dann war mein Vater über das Bein gefallen, und auch wenn sie, wie sie jetzt sagte, nie an das warme kleine Bier auf der Wachstischdecke dachte oder an die Kunstharzfigürchen im Vorgarten oder an die unendlichen Stunden im Garten, der einer seltsamen Logik unterworfen wurde, der zufolge jeder Strauch eine Aufgabe hatte, jeder Halm Teil eines großen Ganzen war und alle ihre Köpfchen in die Sonne reckten, wussten wir, dass sie ihre Eltern überhaupt nicht aus dem Kopf bekam, egal wie sehr sie es versuchte, und jetzt war es ihr schon wieder ein wenig unangenehm, dass sie so viel über sie gesprochen hatte, und sie kam sich selbst ein bisschen wahnhaft vor, das sah man an der Art, wie sie ihr Gesicht in den Handflächen hielt, und dann griff sie wieder nach der Fernbedienung und stellte lauter, sodass wir aus dem Fernsehen die mit großer Feierlichkeit vorgetragenen Erklärungen zu den wandernden Stiefeln, zu denen die Sendung wieder zurückgekehrt war, hörten, und die Stimme des Erzählers berichtete von einem folgenschweren Fehler, dann machte sie eine kurze dramatische Pause und erläuterte eine aussichtslose Situation, und plötzlich sah man wieder Gesichter, und es ging um ganz normale Männer, die Postkarten schrieben, aber eben auch um jene, die sich den Partisanenverbänden angeschlossen hatten, und der Erzähler kam nicht umhin, darüber zu klagen, dass auch der rote Terror wütete, und er wurde immer lauter, denn er beschwor uns, dass alles noch schlimmer kommen und bald Millionen hungern würden, und mir wurde langsam schwindelig, ganz im Gegenteil zu unserer Mutter.

Ich habe noch genau vor Augen, wie unsere Mutter dasaß, ganz im Bann des im Fernsehen Gezeigten und der schwarz-weißen Bilder, die über ihre schlecht blondierten Haare flimmerten, ihre gespannten Mundwinkel, ihre nervösen Hände, die knisternde obszöne Marschmusik. Wenn sie die Sendungen zusammen mit meinem Vater schaute und in diese seltsame Trance geriet, gab es fast immer den Moment, in dem er irgendwann, mittendrin, gerade, als die Stimme aus dem Off mit leichtem Tremor dazu anhob, neue Gräueltaten aufzuzählen, sich kurz die Augen rieb, zur Fernbedienung griff und den Fernseher einfach ausschaltete. Meine Mutter erwachte dann, sah ihn fragend an, er gähnte und sagte: Genug mit dem Blödsinn, gehen wir schlafen.

Unser Vater verbot es uns natürlich, Nazisendungen anzusehen, aber wir fanden immer Wege, mitzugucken. Unsere Eltern kamen um 23 Uhr noch kurz in unsere Zimmer, ich bilde mir ein, dass ich immer wach geblieben war. Sie beugten sich nacheinander über uns, flüsterten leise miteinander, lobten unseren tiefen Schlaf und küssten uns dann nacheinander auf die warmen Gesichter. Mein Vater roch nach Seife, meine Mutter hatte einen viel aufregenderen Geruch aus Weißwein, gerösteten Nüssen und tief in der Vergangenheit liegenden Abenteuern. Ich blieb danach noch stundenlang wach, ich hoffte, den Moment für immer zu verlängern, und manchmal hustete oder seufzte ich in der Hoffnung, dass sie mich hörten, dass sie noch einmal zu mir kommen würden.

Damals im Auto, in der Dunkelheit von Tel Aviv, als sie uns vom Zeitalter der Extreme erzählte, das Zsazsa mit ihrem Leben umfasst habe, stellte ich mir dieses Zeitalter als weiche, glitschige Masse vor, ungefähr von der Größe eines Kleinkindes, und Zsazsa war in meinen Augen in der Lage, bestimmte Episoden in die Länge zu ziehen, so dass sie uns endlos vorkamen, und andere stauchte sie so zusammen, dass die zu einem Nichts zusammenschrumpften, auch wenn sie viele Jahre gedauert haben mussten, und mir kam es vor, als könne Zsazsa mit der Zeit spielen, und ich fiel kurz danach auf der Rückbank in einen tiefen Schlummer, und als ich am nächsten Morgen wieder aufwachte, kam Zsazsa mir viel mächtiger vor, und ich fürchtete mich sogar ein wenig vor ihr, und die Furcht sollte auch bleiben, und ich kann mich bis heute so gut daran erinnern, weil meine Mutter sonst nie etwas über Zsazsa sagte, was nicht mit etwas schlechtem Willen als Beleidigung ausgelegt werden konnte, und ehrlich gesagt war das alles andere als erstaunlich, denn Zsazsa hatte an allem, was meine Mutter tat, etwas auszusetzen, und zwar vom ersten Moment an, in dem sie Veronika, geborene Vorderhuber, das erste Mal gesehen hatte (und das war auf einer Fotografie gewesen, in dem meine Mutter in ihrem famosen All-Demin-Look und schräggelegtem, Opferbereitschaft signalisierendem Kopf neben den Rosenbüschen auf dem Sankt-Anna-Platz posierte), denn sie fand meine Mutter zu schlampig und vor allem zu unjüdisch. Zsazsa hasste es, dass unser Vater in Deutschland lebte, und nach meiner Geburt beschwerte sie sich erst über die Tatsache, dass wir Kinder in Deutschland geboren waren, und dann bei meiner Mutter sogar darüber, dass sie mich im Januar auf die Welt gebracht hatte. Das weiß man doch, zeterte sie durch das Telefon, dass die Winterkinder schwach und unglücklich sind. Sie sehen den ganzen Tag nur Schnee und frieren und werden schwermütig. Wirklich, Verena (meine Mutter hieß Veronika), sagte Zsazsa, wie kann man ein Kind im Januar auf die Welt bringen. Meine Mutter lachte erst nur, und dann sagte sie, Veronika, und dann ergänzte sie, dass der April ein wunderbarer Monat sei, um Kinder zu zeugen, aber als sie merkte, dass Zsazsa es ernst meinte, wurde auch sie wütend, und sagte zu Zsazsa, dass es für ein Kind wohl sehr viel wichtiger sei, in einem liebevollen und warmen Zuhause aufzuwachsen, und das war natürlich eine Anspielung auf das, was mein Vater ihr über seine Eltern erzählt hatte, nämlich, dass Zsazsa ihm mehr als einmal eins auf die Rübe gegeben, ihn tagelang in seinem Zimmer eingesperrt und ihn gezwungen hat, zu jeder Mahlzeit Brot zu essen, sogar zu einem Stück Kuchen, denn, so meinte Zsazsa, jede Speise dieser Welt sei völlig unverdaulich, wenn man sie nicht mit etwas Brot kombiniere, und immer, wenn mein Vater sich weigerte, Brot zu essen, begann sie mit ihm zu diskutieren, und dabei wiederholte sie erst lächerliche, falsche Argumente, die schon zu ihrer Zeit widerlegt worden waren, nämlich, dass Brot den Magen auskleide, für eine gesunde Verdauung und täglichen Stuhlgang sorge, und die wenigen Male, in denen mein Vater es wagte, gegen Zsazsas ostjüdische, als Mütterlichkeit getarnte Zudringlichkeit zu rebellieren, stopfte sie ihm eine halbe Scheibe trockenes und gleichzeitig klebriges Weißbrot, das von einem Kibbuz nahe der libanesischen Grenze produziert wurde und das ohne ein Glas Wasser nicht herunterzubekommen war, in den Mund und gab keine Ruhe und schrie herum und drückte auf den Wangen meines Vaters herum und schrie wieder und reichte Wasser, bis der Weizen-Zucker-Wasser-Klumpen von außen sichtbar durch die Kehle meines Vaters gerutscht war, der wie ein Kalb die Augen aufriss und verdrehte und der folglich seit 1951 unter Verstopfung litt. Jedenfalls hatte mein Vater sie, als er nach Deutschland ging, einfach mit Arie in Israel zurückgelassen, obwohl er genau wusste, dass unser Onkel gar nicht in der Lage war, sich angemessen um seine Mutter zu kümmern, schließlich hatte er seine Jobs und all die hübschen Freundinnen aus Bat Yam und aus Rischon leZion (wofür Zsazsa Arie seltsamerweise sogar lobte und was sie meinem Vater natürlich niemals hätte durchgehen lassen). Und so kam es, dass Zsazsa schon mit 70 (lange vor der Zeit!, wie sie nicht müde wurde zu betonen) in einem Altersheim mit Senioren aus der ganzen Welt untergebracht wurde, die alle kein Hebräisch sprachen und auch sonst kaum eine Sprache mit ihr teilten.

Ich weiß nicht, warum unsere Mutter damals bei der Autofahrt so nachdenklich war, aber der Besuch bei Zsazsa, die vor unseren Augen regelrecht verging, hatte sie mild gestimmt, und Zsazsa war auch wirklich merkwürdiger und schwächer geworden, und vielleicht war sie für meine Mutter einfach keine würdige Gegnerin mehr.

13

Bei unserem letzten Besuch bei Zsazsa ahnten wir noch nicht, dass sich nun auch ihr Jahrhundert der Extreme langsam dem Ende zuneigte und Eiweißablagerungen begonnen hatten, sich auf ihrem Hirn zu bilden und ihre Nervenzellen abzutöten, aber dass etwas Seltsames vor sich ging, begriffen sogar wir, und unsere Mutter hatte uns noch in München erzählt, dass Zsazsa vor einigen Wochen angefangen hatte, mit dem Fernseher zu sprechen, und wenn sie abends nach dem Essen im Aufenthaltsraum mit den anderen Senioren die israelischen Staatsnachrichten sah, begann sie den Moderator, er hieß Michael Gonen oder Goren, zu loben, und nach ein paar Tagen hatte meine Mutter begriffen, dass sie ihn für ihren bei Fürstenfeldbruck verunglückten Sohn Arie hielt, und so graute es uns allen besonders vor diesem Besuch.

Mein Vater kam, wie üblich, mit leeren Händen, er war gar nicht auf die Idee gekommen, Zsazsa irgendetwas mitzubringen, dabei war Israel damals noch ein rudimentär sozialistischer Staat und wir wussten, dass es im ganzen Land beispielsweise keine in kleinen Plastiktöpfchen verpackte Kaffeesahne gab und nur steinharte schwarze Schokolade, aber meine Mutter war damals schon der Meinung, dass es nicht mehr ihre Aufgabe sei, für die gebrechlichen Mütter anderer Leute zu sorgen, und so schlich mein Vater uns voran über die scheußlichen Krankenhausflure. Wer ist da, Dina oder Jamila, rief Zsazsa viel zu laut, als er ihre Tür öffnete, nachdem sie sein Klopfen ignoriert hatte. Sie saß auf der Couch und starrte auf den Fernseher. Ihr weißes Haar war ungekämmt, sie trug eine dieser fürchterlichen, im Urwaldstil gemusterten Blusen, die an der Knopfleiste um ihre riesigen kürbisförmigen Brüste spannten. Sie sah uns ärgerlich an und winkte mit der Hand. Ich bin es, Mordi, sagte mein Vater, dann machte er drei ungelenke, lange Schritte auf sie zu und beugte sich hinunter zu seiner Mutter, um sie zu umarmen, und während er weiter auf sie einredete und versuchte, sie daran zu erinnern, wer er war, erinnerte er mich immer mehr an das Furby, das Nadja uns einmal bei Karstadt geklaut hatte und das pink war und riesige, in Wahrheit traurige türkis umrandete Augen hatte und dessen Bedürfnisse zu erfüllen Nadja und ich nach ein paar Tagen aufgegeben hatten, und so hatten wir aufgehört, ihm die Finger in den Schlund zu stecken, um es zu füttern, und wir ließen es kaum noch schlafen, und stattdessen liebten wir es, es auf den Kopf zu stellen und zu schütteln, und das Furby rief: Hab Angst!, und wir lachten, obwohl es mir irgendwie auch leidtat, und unsere Mutter erwischte uns in unserem Zimmer mit dem vor Angst schreienden Furby und entdeckte, wie wir unser Spielzeug sonst noch missbrauchten, denn wir hatten eine beachtliche Anzahl von Foltermethoden entwickelt, und erstaunlicherweise hatte sie uns gar nicht gefragt, wie wir an ein so teures Ding gekommen waren, und ein paar Tage später nannte unser Vater das schreiende Furby eine dumme Puppe und verbot uns, es vor ihm auf den Kopf zu stellen, und an diese dumme Puppe erinnerte er mich jetzt, als er versuchte, Zsazsa zu erklären, wer wir waren, denn obwohl er natürlich nicht auf dem Kopf stand, stand er irgendwie doch auf dem Kopf.

Nadja und ich waren noch immer in der Tür und warteten auf einen Befehl. Unsere Mutter hingegen schien sich wohlzufühlen, sie schüttelte Zsazsa die Hand und spazierte mit interessiertem Gesicht in ihrem Zimmer herum. Sie nahm die gerahmten Fotos, die auf dem Nachttisch standen, eines nach dem anderen hoch, sah sie stirnrunzelnd an und stellte sie wieder ab.

Unser Vater wusste nicht, was er mit Zsazsa reden sollte. Er stand immer noch neben ihr und überlegte. Zsazsa blickte zu ihm hoch und sah ihn mit hochgezogenen Augenbrauen an, und dann sagte sie ganz unerwartet, dass so ein Überraschungsbesuch sie überhaupt nicht freue, dass ihr das hier eher wie ein Überfall vorkäme, und meine Mutter sagte zu meinem Vater, dass er Zsazsa nicht bedrängen solle, und dann flüsterte sie, dass das alles von der Shoah käme, und mein Vater bemängelte sofort die Aussprache der Shoah, denn Shoah betont man auf der hinteren Silbe, und meine Mutter verschränkte die Arme, und dann sagte sie, wieder ganz leise, dass Zsazsa sicherlich Zwangsgedanken habe, weil sie überlebt habe, und mein Vater sagte, natürlich hat sie überlebt, sie war die ganze Zeit in Braşov. Dann wandte mein Vater sich wieder Zsazsa zu und versuchte, ihr möglichst unverfängliche

Fragen zu stellen, und deshalb fragte er, wann sie morgen geweckt werde, und unsere Mutter stellte das Kinderfoto von Mordi und Arie, das sie gerade betrachtet hatte, zurück neben die Magnolien und rief, das ist doch kein Knast hier!, und Zsazsa ignorierte sie, und sagte, dass sie gar nicht mehr schlafe, und meine Mutter zischte wieder meinen Vater an, weil seine Fragerei, sagte sie, an Zsazsas ohnehin gereizten Nerven zerrte.

Unsere Mutter stöhnte, denn auch sie hatte gereizte Nerven, denn wie gesagt, sie war jahrelang von Zsazsa mit dem falschen Vornamen angesprochen worden, und keiner wusste, ob Zsazsa wirklich so bösartig war oder schon ein bisschen dement, jedenfalls korrigierte unsere Mutter sie in den ersten paar Jahren geduldig, aber doch nachdrücklich und sagte, aber ich heiße Veronika, woraufhin Zsazsa nur ärgerlich mit dem Kopf schüttelte, so als wüsste sie eigentlich besser, wie meine Mutter hieß. Veronika, wiederholte meine Mutter ständig, während sie sich umdrehte und nachsichtig lächelnd zu Zsazsa sah, als sei diese unser Hund, denn natürlich hielt sie Zsazsa, ohne das groß anzusprechen, für ein bisschen ungebildet, und dann drehte sie sich wieder zurück und setzte ihre Tätigkeit fort, sie schnitt einen Kuchen und wischte über den Tisch. Veronika, sagte sie, während sie eine Decke ausschüttelte. Nein, Veronika, rief sie uns zu, während sie etwas aus der Küche holte. Ve-ro-nika, sagte sie auch nach fünf Jahren noch, als sie gerade in die Hocke gegangen war, um den Hund anzuleinen. Du musst Veruschka bei ihrem richtigen Namen nennen, sagte unser Vater ohne große Überzeugung, denn für ihn klangen die deutschen Namen alle gleich, sie hatten gleich viele Silben und endeten alle auf a, was machte das schon für einen Unterschied? Veronika, Veronika, sagte Zsazsa manchmal entnervt, bist du nicht nach der mit diesem Tuch benannt, das ist doch Elisabeth? Das ist Veronika, beharrte unsere Mutter. Elisabeth heißt die, sagte Zsazsa, und dann sagte sie wie zu einem dummen Kind, das unbedingt recht behalten wollte, gut, Veronika, verzeih, aber kein Mensch versteht eure merkwürdigen Geschichten, und damit meinte sie natürlich all das, was im Neuen Testament passierte, aber man musste ehrlicherweise hinzufügen, dass auch das Alte Testament unserer Familie nicht weniger abstrus vorkam, und am nächsten Tag begann Zsazsa dann wieder, unsere Mutter Elisabeth oder Verena zu nennen.

Wie gesagt, an diesem Tag schien es meiner Mutter zwecklos, mit Zsazsa zu streiten. Sie ließ sich neben meine Großmutter auf die Couch fallen, schenkte sich ein großes Glas Mineralwasser ein, trank es in einem Zug aus und stieß auf. Zsazsa sah sie von der Seite erstaunt an. Meine Mutter zog aus ihrer Handtasche einen kleinen Stapel deutsche Zeitschriften hervor, die sie Zsazsa in den Schoß legte. Sie hatte also doch an sie gedacht, auch wenn ich sofort erkannte, dass die Hefte aus dem Lesezirkel waren und meine Mutter sie im Café Florian geklaut haben musste.

Zsazsa ließ sich von unserem Vater ihre Brille geben, dann begann sie begeistert in den Heften herumzublättern, sie betrachtete deutsche Adlige, deutsche Gärten, deutsche Blechkuchenrezepte und deutsche Männer. Ich weiß nicht, warum, aber diese Zeitschriften hatten immer eine Rubrik, in der man nackte Deutsche zeigte. Zsazsa fuhr mit ihren gläsernen gekrümmten Fingern sanft, aber doch interessiert über die Unterleiber. Es sah aus, als würden sie neugierig Zsazsas Fingerkuppe folgen. Schöne Journale hast du mir da gebracht, lachte sie. Meine Mutter lachte auch. Veronika!, rief Zsazsa plötzlich viel zu laut. Weißt du, wie man ein unbeschnittenes Glied von einem beschnittenen unterscheiden kann?, und mein Vater wurde ganz rot, und sogar Nadja wurde ein bisschen blass, und Zsazsa begann, wie eine Wahnsinnige zu lachen, und dann lachte auch unsere Mutter, und auch Nadja und ich stimmten ein, und am Schluss lachte sogar mein Vater.

Wir begleiteten Zsazsa in den Aufenthaltsraum und aßen mit ihr grüne Bohnen und Kartoffeln, und dann gingen wir wieder in ihr Zimmer, und allmählich wurde es 19 Uhr, und auf einen Schlag verlor Zsazsa das Interesse an uns. Sie bestand darauf, dass mein Vater sie in den Aufenthaltsraum brachte, wo bereits die Abendnachrichten liefen, und als sie den Moderator entdeckte, bekam sie ihren hypnotisierten Blick und erklärte uns allen in äußerst ungeduldigem Ton, so wie man zu kleinen Kindern oder Minderbemittelten sprach, die ganze Goren- (oder Gonen-)Geschichte, die meine Eltern ihr seit Aries Tod vergeblich auszureden versuchten; dass ihr Sohn der Nachrichtensprecher sei und dass sie zwar einen gewissen Stolz empfinde und sich freue, dass Arie doch noch seinen Platz auf der Welt gefunden habe und nicht mehr wie früher nur seinen Frauengeschichten und zwielichtigen Geschäften nachginge, dass sie ihm also alles Gute wünsche, schließlich sei er ja auch über die Maße talentiert und schon als Kind ein richtiger kleiner Seelenfänger gewesen, aber trotzdem müsse sie auch festhalten, dass sie es ihm so schnell nicht verzeihen würde, dass er sie hier in diesem Heim zurückgelassen habe und er überhaupt seine Karriere über sein privates Glück gestellt habe. Doch die anderen Senioren verstanden kein Wort, und als meine Eltern versucht hatten, Zsazsa, wie schon in zahllosen Telefonaten, von dieser Idee abzubringen, hatte sie erst listig gelächelt, und dann war sie beleidigt auf ihr Zimmer gehumpelt. Meine Mutter konnte der Geschichte wie immer ein bisschen Komik abgewinnen, als Nadja und ich später im Auto damit anfingen, aber mein Vater wurde sofort wütend und rief Rrrrruhe.

Am nächsten Morgen fuhren wir wieder zu Zsazsa, und auf ihrer Dschungelbluse waren noch die Brösel vom Frühstück zu sehen, und sie war noch ein bisschen schlechter gelaunt als am Vorabend, aber heute begann sie zu unserer Erleichterung nicht mit Goren-Gonen, sondern mit der Geschichte ihrer Einwanderung, denn, so sagte sie, sie hatte vor 1951 noch nie das Meer gesehen, das sei ihr gerade eingefallen, und da sei ihr gekommen, dass die jüngere Generation, und damit meinte sie meine Schwester und mich, noch tiefer in die Historie der Familie Jeruscher eintauchen müsste. Ihr müsst euch das folgendermaßen vorstellen, sagte sie, und plötzlich schien sie ihre Kraft wiedererlangt zu haben, während wir vier uns auf das Pflegebett gequetscht hatten, und dabei dozierte sie von ihrem Ledersessel aus, der genauso schwer und faltig und unbeweglich war wie sie, und dann spitzten wir alle die Ohren und hörten, was Zsazsa zu sagen hatte, und dann wurde sie genauso plötzlich wieder schwach und verfiel in ein Schweigen und sagte, oh weh, man muss früher beginnen, und wir verstanden weder, was sie uns hatte sagen wollen, noch, was jetzt so wehtat, und dann starrte sie eine Weile trübe auf den Boden, als könnte er ihr Ideen einflüstern, und der Boden war wie überall in Israel aus Terrazzo, und genauso wie er bestand Zsazsas Erinnerung nur aus braunen, roten und weißen Steinchen, die man in neuen Formationen sortieren konnte, die aber letztlich nie einen Sinn ergaben. Meine Mutter räusperte sich, und dann sagte sie, das ist übrigens ein schöner Boden, in Deutschland sehe ich den fast nie, wie nennt man ihn, und unser Vater sah sie nur enttäuscht an, Zsazsa reagierte gar nicht. Dann richtete Zsazsa sich unendlich mühsam auf, sie stützte die Hände in die fetten Hüften und wog sich ein bisschen nach vorne und hinten, weil sie so ihre Lendenwirbelsäule mobilisierte (sagte später unsere Mutter), und dann begann sie, über uns zu schimpfen, weil ihr plötzlich auffiel, dass wir wie eine Schar Hühner ihr gegenüber Platz genommen hatten, um sie mit Geschnatter und Flügelschlagen zu bedrängen, und überdies fiel ihr ein, dass Arie fehlte, und auch Tibor war nicht da, denn er war schon in den Siebzigern oder Achtzigern gestorben, und sein Tod war vielleicht der schönste in unserer Familie gewesen, denn Tibor war in Haifa an einem Augustvormittag auf dem Weg zu einem Treffen seiner sozialistischen Landsmannschaft einfach zusammengebrochen wie ein Ochse beim Schlachten: Die Beine sind zuerst eingeknickt, erst da begann er zu verstehen; und in alter Tradition der unverhofft, aber nicht unwillig aus dem Leben Gerissenen starb er mit einem Ausdruck des Erstaunens im Blick, gar nicht bitter, einfach nur ein bisschen überrascht, so wurde es uns jedenfalls überliefert, und während er noch überlegte, ob er gerade starb, drehte sein Hut eine Pirouette und landete auf der Nordaustraße, und dann dachte er gar nicht mehr an den Tod, sondern an den Hut, der nun schmutzig würde. Jedenfalls fuchtelte Zsazsa wütend mit ihren geschwollenen Händen herum und schimpfte uns aus, und unsere Eltern wurden ganz still, und dann setzte sie sich wieder. Ich beginne noch einmal von Anfang, nochmal von vorne, sagte sie, und dann trug sie Nadja, die an der Kommode saß, auf, in der Schublade nach Bildern zu suchen. Wisst ihr, wie meine Eltern ausgesehen haben, sagte sie, und unser Vater nickte wie ein Schüler, aber Zsazsa sagte scharf, dass sie ihn gar nicht gefragt habe, sondern die jungen Mädchen, die viel zu wenig wüssten und die keine Ahnung hätten, wo sie überhaupt herkämen. Nadja und ich nickten heftig, Nadja suchte immer noch nach den Fotos, die sie aber nicht fand, nacheinander zog sie einige Gegenstände aus der Schublade, eine alte Tafel Schokolade, ein paar Stifte, Nähzeug, aber keine Fotos. Zsazsa wurde ungeduldig, und dann begann sie, uns von ihren Eltern zu erzählen, aber nur ganz blasse Dinge, Geburtsdaten, Straßennamen, Schulabschlüsse, und wir wussten kurz nicht, wer hier sprach, die Tochter oder die Großmutter, denn auf Zsazsas Gesicht breitete sich eine traurige, kindliche Sehnsucht aus und sie sah gar nicht mehr wie die dicke Fünfundsiebzigjährige aus, die sie war, und dann unterbrach sie sich selbst, und dann hustete sie, aber nur, weil sie nicht weinen wollte, nicht, weil sie noch etwas sagen wollte, und wir wurden ganz still, weil wir begriffen, dass sie uns nie etwas erzählen würde, weil sie längst eingesehen hatte, dass die Menschen und die Dinge schon lange verschollen waren und keine Beschwörung ihres äußeren Scheins sie wieder zu uns holen würde, dass ihre Eltern, Tanten, Geschwister, Mietshäuser, Autos, Gärten, Schulgebäude von einer Flut weggetragen worden waren, die sofort im Sand verebbt ist, und der Versuch, nach irgendeinem Teil der Vergangenheit zu suchen, war so kläglich und hilflos wie die Suche nach einzelnen Sandkörnern. Wir sagten nichts, weil wir begriffen hatten, dass sie einen Moment brauchte, um sich zu erholen, aber dann begann sie schon wieder und sagte, nun würde sie beginnen, aber natürlich konnte sie wieder nicht anfangen, und so ging es eine ganze Weile, bis Nadja irgendwann aufstand, ihr aus dem kleinen Kühlschrank, der in der Ecke stand, ein Glas Milch holte und ihr eine Hand auf die Schulter legte, und dann verstummte Zsazsa endlich wirklich, und als wir aus ihrem Zimmer gingen, hatte sie kaum noch Kraft, sich von uns zu verabschieden, und wir sagten alle auf der Rückfahrt kein Wort, weil wir uns davor fürchteten, uns in der Dunkelheit, die unsere Großmutter umgab und mit der sie uns irgendwie angesteckt hatte, aufzulösen.

14

Weil mein Vater in Deutschland seinen Doktor machen wollte, nachdem er nach dem Krieg nicht mehr zur Ruhe kam in dem Land, in dem er aufgewachsen war, landete meine Großmutter im Altersheim, weil ihr zweiter Sohn, der damals sehr weit entfernt war, Karriere als Nachrichtensprecher zu machen, ein zu unstetes Leben lebte, um sich um sie zu kümmern. Und weil mein Vater ein paar Monate später wiederum über ein Bein stolperte, wurden Nadja und ich gezeugt, Nadja sogar ziemlich bald nach dem kleinen Ungeschick, und ich dann fast vier Jahre später, und bis heute weiß ich nicht, ob meine Eltern wussten, was sie da taten. Wir wurden eine Familie, aber erst später ist uns allen klar geworden, was das bedeuten sollte. Und während unsere Mutter uns badete, anzog und fütterte, eilte unser Vater morgens in sein Labor, und abends öffnete er vorsichtig die Tür zu unserem Zimmer, und ich bemerkte das immer, weil ich der Meinung bin, als Kind kaum geschlafen zu haben, und der schwarze Blick, den er durch den Raum warf, war voller Sorgen und Liebe, aber man sollte nicht vergessen, dass mein Vater ein sehr ängstlicher Mensch war, von der Sorte, die zusammenzuckte und sogar manchmal aufschrie, wenn jemand an der Tür klingelte, und so vermute ich, dass mein Vater für den Fall der Fälle einen Ersatz haben wollte, aber schlussendlich gelang es ihm nur, zwei Töchter zu kreieren, die ihm nichts als Ärger machten, die unterschiedlich aussahen, unterschiedlich dachten und sich schon bald nichts mehr zu sagen hatten.

Im Grunde waren wir, bis ich zehn oder elf war, so etwas wie gute Geschwister und uns in mancherlei Hinsicht sogar ähnlich, und manchmal, wenn wir von der Schule kamen, trödelten und Seite an Seite durch die Straßen liefen, nachdem wir an Häusern stehen geblieben waren, Katzen und Hunde zu uns gelockt und über die kleinen geschmückten Vorgärten gelächelt hatten, verfielen wir beide in unsere Tagträume, ich kann gar nicht sagen, woran ich dachte, wenn ich neben Nadja lief, aber meine Gedanken entfernten sich von allem, was uns umgab, und ich hatte nicht selten, wenn ich wieder in die Welt gerufen wurde durch ein vorbeifahrendes Auto oder eine Ansprache von Nadja, den Eindruck, dass ich geträumt hatte, tief geträumt, ohne mich zu erinnern, wovon. Nadja träumte auch beim Gehen, aber sie träumte von anderen Dingen als ich, sie träumte von den Gesichtern der Menschen um sie und von den Büchern, die sie damals las und in denen sie immer irgendwas unterstrich, auf die ich eifersüchtig wurde, weil sie mir wie ein Garten vorkamen, zu dem ich keinen Eingang fand und an dessen Zaun ich mich stundenlang entlangtastete, aber so war das eben bei Geschwistern, und ich war ja jünger als Nadja. Manchmal ging ich in unser Zimmer, blätterte in ihren Büchern und sah nach, was sie unterstrichen hatte, aber ich hatte keine Ahnung, worum es ging bei diesen Sätzen, die zu mir hätten sprechen sollen. Und wenn ich sie nach etwas fragte, was mit ihren Büchern zu tun hatte, verzog sie das schöne Gesicht und erklärte mir irgendetwas über Bulgakow oder Turgenjew oder den Nihilismus oder sie zitierte Basarow, der aufsässig und dreist war und der sich mit nichts ernsthaft beschäftigen wollte und der den ganzen Tag Frösche aufschnitt, und ich verstand nicht, und schon gab Nadja es auf, mir den Nihilismus zu erklären. Woher hatte sie diese Bücher? Aus der Klassikerabteilung bei Hugendubel geklaut? Auf der Straße gefunden? Im Altpapier? Von unseren Eltern ganz bestimmt nicht.

Heute finde ich es rührend, so an sie zu denken: ihr kleiner, dünner Körper, ihr blondes Haar, das sie damals unter einer dunkelgrünen Kappe versteckte, auf der irgendwas mit ATLANTA stand, ihr neunmalkluges, aber irgendwie auch ironisches Gesicht und dazu die Sätze, die sie damals sprach: Damals rollte sie das R noch ein bisschen, wenn sie mir von der Leibeigenschaft und dem bösen, gnomenhaften Zar Nikolaus erzählte, das musste sie von unserem Vater haben, aber bald gewöhnte sie es sich ab, und ich gewöhnte mir meine ß-Schwäche an. (Viel später erfuhr ich, dass Nadja immer log, wenn sie über uns sprach, sie erfand nicht eine andere Familie, sondern sieben oder acht, und alle davon waren besser als wir; es gab eine Art evangelikale Version von uns, in der Nadja das jüngste von acht Geschwistern war und von unseren Eltern jeden Sonntagvormittag verdroschen wurde, Nadja war aber auch die Tochter einer alleinerziehenden süditalienischen

Aristokratin und eines weltbekannten polnischen DJs, und manchmal, wenn die Sehnsucht nach Banalität sie umzutreiben schien, erzählte sie sogar, dass sie ein Pferd namens Bini habe und ihre Mutter beim Bayerischen Rundfunk in der Rechteabteilung arbeitete.)

Aber wir waren nicht immer Träumer, wir waren die meiste Zeit sogar überaus gehässig, heute glaube ich, dass unsere Gehässigkeit eine Art Band zwischen uns erzeugte. Wir erinnerten uns an die merkwürdigsten und unwichtigsten Ereignisse und konnten stundenlang über sie sprechen: wie unser Vater, geizig und besorgt, beim Pizzadienst nach reiflicher Überlegung mit überaus ernstem Gesichtsausdruck für drei oder vier Mark Pizzabrot bestellt hatte; wir lachten auch über seinen zurückweichenden Haaransatz, der dazu führte, dass sein Schädel immer mehr aussah, als würde darauf ein Kampf zwischen Haut und Wolle ausgetragen werden, den er mit hastigen konspirativen Bewegungen und der Ernsthaftigkeit eines Feldherrn zugunsten der Wolle enden lassen wollte; und mein Vater musste täglich eine neue Rasierklinge einlegen, denn sein Bart wuchs ihm fast bis zu den Augen und er sah nur zwei oder drei Stunden frisch rasiert aus, gleich danach wurde sein Gesicht erst grau und dann schwarz, und spätestens als es schwarz wurde, begannen ihm die Leute auf der Straße zu misstrauen, und manche der Passanten gingen ihm sogar aus dem Weg, und Nadja und ich machten uns natürlich über das morgendliche Ritual unseres Vaters lustig, indem wir unsere Ärmel hochschoben, harmlose Mienen aufsetzten und begannen, wie Kätzchen an unserer Haut zu lecken. Ich erinnere mich, dass wir uns einmal mit Kohlepapier die untere Hälfte unserer Gesichter schwarz gerieben haben und unsere Haare mit einem von Mutters Kämmen toupierten, worauf sie, die immer sofort alles verstand, in endloses, kreischendes Gelächter ausbrach; aber im Grunde war es eine traurige Geschichte, aber vielleicht auch nicht trauriger als die vielen anderen Dinge, die uns passierten und die wir ja, wie gesagt, meistens sowieso zum Lachen fanden.

Wir lachten auch über unsere Mutter (aber seltener), ihre ewige Unzufriedenheit, ihre halbherzigen, gescheiterten Versuche, sich wie eine der anderen Mütter aus der Schule zu benehmen, sobald sie bei einem ihrer seltenen Besuche das Schulgebäude betrat, denn schon nach wenigen Augenblicken begann sie, den anderen Müttern lange Vorträge zu halten über ihre zwischen marxistischen und antiautoritären Einstellungen oszillierenden Ansichten zu Erziehung und Schulwesen, die aber niemanden interessierten, denn keiner wollte genau wissen, wieso unsere Mutter unser Moosacher Gymnasium für eine Art Umerziehungsanstalt hielt, deren einziger Zweck es war, uns angepasst und konkurrenzsüchtig werden zu lassen, und die anderen Frauen begannen, in ihre manikürten Nägel zu gähnen und über die anstehenden Lebensmitteleinkäufe im V-Markt nachzudenken. Manchmal lachten Nadja und ich sogar über unseren Tibetterrier, der sich nicht selten an einem unserer Schienbeine verging.

Wir gerieten in unserer Kindheit ständig in eine Art traurigen Heiterkeitsrausch, der sich immer weiter ausbreitete, und so fanden wir an beinahe jedem Entgegenkommenden etwas unerhört Komisches, wir lachten über die kurzen Hosen, die die älteren Männer während der ersten Frühlingstage trugen und aus denen weiße dürre Knochen blitzten, wir lachten über die unglücklichen Familien, die wir auf den Parkbänken sitzen sahen und zu denen Nadja sich sofort Geschichten ausdachte, manchmal blieben wir stehen, weil wir wirklich nicht mehr konnten vor lauter Lachen.

Viel öfter aber als diese Momente, in denen uns unser Spott für die Welt und die Menschen zusammenhielt, waren andere, in denen ein schmerzhaftes Ungleichgewicht herrschte zwischen uns und ich immer um Nadjas Aufmerksamkeit und Gunst werben musste, denn nichts war mir kostbarer, und natürlich wollte ich am liebsten so sein wie sie (während sie selbst ganz anders sein wollte).

Wenn Nadja mich in meinem letzten Grundschuljahr von der Schule abholte und wir in unserer Siedlung herumschlichen, stellte ich ihr ständig irgendwelche Fragen, und Nadja wurde ganz ungeduldig und hatte keine Lust, mir irgendetwas zu erklären, obwohl sie bereits alles wusste, was es zu wissen gab, und dann fragte ich sie einmal nach den verschiedenen Hunden, die wir auf dem Weg gesehen hatten, Belgische Schäferhunde, Bassets und Yorkshireterrier, und ich bat sie bei jedem einzelnen um eine genaue Einschätzung des Charakters und der Lebenserwartung, und Nadja wurde immer ungeduldiger, und dann begann sie zu stöhnen, und dann hätte ich sie gerne etwas zu unseren Eltern gefragt, aber Nadja sah plötzlich nach links und rechts und begann, zu laufen, sie ließ mich einfach stehen und schaute sich kein einziges Mal mehr um, und ich lief ihr nach und bat sie, stehen zu bleiben, aber Nadja rannte einfach weiter, und ich bemühte mich, Schritt zu halten, und stolperte dabei, und so konnte Nadja den Abstand zwischen uns noch weiter vergrößern, und dann lief sie auch noch bei Rot über die Riesenfeldstraße, sie war flink wie einer der nordafrikanischen Geckos, die wir aus den Tierdokus von RTL kannten, und ich blieb zurück, und es begann zu regnen, und innerlich bat ich die Ampel, auf Grün zu schalten und die Autos, anzuhalten, um noch irgendwie eine Chance zu haben, Nadja einzuholen, aber in diesem Moment begann es zu regnen, und ich wurde ganz nass in meinem Jeanskleid, und während ich durch die Pfützen, die sich plötzlich auf der Straße gebildet hatten, watete, vergaß ich meine Fragen, denn eine davon beschäftigte mich schon seit mehreren Tagen, und ich wollte von Nadja gerne wissen, ob es wahr war, was ich im Fernsehen gesehen hatte, Barbara Eligmann hatte nämlich am Mittwochabend letzte Woche mit ernstem, perfekt geschminktem Gesicht und einer Mimik, die es, wenn unser Vater uns zwang, den Ton auszuschalten, unmöglich machte, zu unterscheiden, ob sie einen Massensuizid oder eine Hochzeit in Hollywood ankündigte, einen Bericht gebracht, dem zufolge es eine wilde Katze in Puerto Rico gab, von der man nicht wusste, ob sie eher beige oder eher schwarz war, weil nur eine einzige schwarz-weiße Aufnahme aus einer privaten Überwachungskamera vorlag, die mindestens fünf- oder sechsmal im Laufe des Berichts gezeigt wurde und die belegte, dass jene große Katze durch einen Vorgarten gegangen war. Barbara Eligmann ergänzte aber noch, dass die Katze nachts in Häuser eindringe, um Kinder zu fressen, und minutenlang wurden in der Sendung aufgeregte Puerto-Ricaner befragt, die berichteten, wo sie die Katze überall gesehen hatten und wen sie schon alles gefressen hatte, und ein Puerto-Ricaner berichtete, dass die Katze seinen Schäferhund getötet habe, doch da schob sich schon eine ältere Frau ins Bild und sagte, Antonio, das ist doch gar nichts, sie hat meine Enkelin und meinen Enkel gefressen, sie hat beide im Maul weggeschleppt, und wir sind dem Miststück noch nachgelaufen, aber es ist durch das Fenster abgehauen, und jetzt weiß kein Mensch, wo die beiden sind, und Antonio sah die Frau entgeistert an und sagte, also, zwei Kinder, wie soll das denn gehen?, und dann zankten Antonio und die Frau noch ein bisschen, wem von beiden nun die Aufmerksamkeit des Kamerateams zukommen sollte, und über die wirklichen oder herbeifantasierten Grausamkeiten der Wildkatze war unsere ganze vierte Klasse in Erregung geraten, und keiner konnte uns sagen, ob so eine Katze vielleicht auch nach Moosach oder Feldmoching kommen würde, aber das war noch nicht einmal alles, diese Frage wäre gewissermaßen erst der Einstieg gewesen; denn außer dieser hatte ich noch viele andere Fragen an Nadja, die ja schon alles wusste, schließlich war sie schon 14, ich wollte zum Beispiel auch noch gerne wissen, ob es wahr war, dass wir so viel Geld verschlangen (sagte unser Vater) und unserem Vater die wenigen lockigen Haare vom Kopf fraßen (sagte unsere Mutter), ich hatte aber auch herausfinden wollen, wieso unser Vater so zornig war und unsere Mutter so gemein, und ich wollte auch wissen, ob unsere Mutter an ihren Zigaretten sterben würde und so, wie unser Vater es sich (und uns) manchmal ausmalte, enden würde, nämlich eines nicht allzu fernen Tages mit einer schwarzen Lunge, gelben Nägeln, grauer Haut, und dann würde sie, sagte unser Vater, eventuell mit so einem Gerät am Kehlkopf mit ganz seltsamer Stimme sprechen und wahrscheinlich vor ihrem fünfzigsten Lebensjahr schon beerdigt werden, und diese Beschreibung hatte ich dann erst zum Anlass genommen, meiner Mutter die Zigaretten zu verstecken, worüber sie sich fürchterlich aufregte, und dann war ich dazu übergangen, ein Punktesystem zu entwickeln, und eine Zigarette entsprach einem Punkt, und eine nicht fertig gerauchte einem halben, und so maß ich, wie viele Zigaretten meine Mutter rauchte, und wenn es weniger als zehn am Tag waren, malte ich mir ein Herz in mein Hausaufgabenheft.

Überhaupt hatten unsere Eltern mir in der letzten Zeit viele seltsame Ideen eingeimpft, und ich wusste gar nicht, was ich davon halten sollte, besonders von den Gedanken meiner Mutter. Sie stand beispielsweise irgendwann unvermittelt vom Esstisch auf und begann gestikulierend zu referieren, dass die Menschen zu einem endlosen erschöpfenden Zustand des permanenten Unglücks verdammt seien, von dem sie höchstens die Hälfte begriffen, manche aber noch weniger. Und in fast allen Fällen seien die Männer daran schuld, denn diese, so sagte sie, schleppten die Frauen in ihre hässlichen Wohnungen, schwängerten sie, zogen sich blöde Krawatten an, dann gingen sie ins Büro (oder ins Labor) und warteten, bis man fett und hässlich wurde, und dann begannen sie, sagte unsere Mutter, an einem herumzunörgeln (und den weiblichen Lehrlingen aus der Verwaltungsetage lange ernst nachzusehen). Wisst ihr, fragte sie uns, wie schön die Welt ohne Männer wäre? Nadja gähnte und war im Begriff, aufzustehen, aber unsere Mutter legte plötzlich ihre Hand auf die Hand meiner Schwester. Und dann fragte sie Nadja, wie sie sich so eine Welt vorstellen würde, und Nadja rollte nur mit den Augen, und unsere Mutter brach plötzlich in Lachen aus und sagte, wir würden den ganzen Tag nur Sahnetorte fressen und alle Frauen wären faul und dick und zufrieden!, und ich stellte mir sofort so eine schöne, träge Welt vor und lachte auch, aber Nadja sah uns nur kopfschüttelnd an, sie sagte irgendeine Beleidigung, und dann entzog sie ihre hübsche kleine Hand Mutters Griff und ging in ihr Zimmer.

Und unsere Mutter hatte all diese blöden Gedanken, weil sie im Gegensatz zu unserem Vater nämlich schon einmal fast ein besseres Leben erwischt hatte, aber dieses bessere Leben war ihr dann im letzten Moment entglitten, und egal, wie oft meine Mutter und ihre Freundinnen sich im Café Florian über einen der klebrigen Marmortische beugten und Kette rauchten und kleine Mineralwasser nachbestellten, um sich gegenseitig zu versichern, dass alles so gekommen war, wie es kommen musste, und dass es das perfekte Leben nicht gab und, wie meine Mutter meinte, man seine Neurosen einfach umarmen müsse, wussten wir alle, dass sie insgeheim alle ihre Entscheidungen bereute, und das sah man auch daran, dass sie in der Küche nur zurechtkam, weil sie sich dort unter selbst auferlegtem Zwang aufhielt und beim Kochen meistens las, und außerdem kochte sie weniger, als dass sie Dinge in Schüsseln warf und sie auf den Tisch stellte. Und obwohl sie über die Jahre gelernt hatte, den Aufwand im Haushalt drastisch zu reduzieren, und praktisch nichts anderes mehr tat, als gekochte Kartoffeln mit auseinandergerissenen Salatstücken zu vermischen und irgendeine fertige Sauce darüberzuschütten, machte jede Art von Hausarbeit sie wütend. Sie wurde erst wieder sanft, wenn wir zu ihr kamen und plapperten und ihr ein bisschen halfen, in den Schüsseln zu rühren und Gemüse klein zu schneiden, und dann knetete und rührte sie wie besessen, legte das Küchentuch zur Seite und sang das Lied vom Bettelstudenten:

> Ich-ich hab sie ja nur
> Auf die Schulter geküsst.
> Schauderhaft bin ich blamiert,
> Alle Welt heut davon spricht,
> Mir ist manches schon passiert,
> Aber so etwas noch nicht!

Unser Vater rief, wenn er zu Hause war, aus dem Wohnzimmer, dass sie sofort aufhören solle mit diesem grässlichen Lied und diesem dummen Studenten, aber meine Mutter ließ sich nicht beirren und sang weiter, während sie den Teig auswalzte. Euer Vater hat einfach keinen Sinn für Schönheit!, rief sie lachend, daraufhin schloss sie die Tür, und dann erzählte sie uns jedes Mal die Geschichte, nämlich, wie sie den Bettelstudenten, ihrer Meinung nach die allerhübscheste Operette von Richard Strauß, einmal im Opernhaus von Verona gesehen hatte, da war sie noch ganz jung, denn auf der Überfahrt von Venedig nach Akko, von wo sie zum Kibbuz weiterreisen sollte, für die sie zwei

Monate in den Semesterferien Eiskaffee und Sachertorte im Café Münchner Freiheit hatte servieren müssen, hatte sie einen jungen Juden aus Turin kennengelernt. Er sei aber, ergänze sie, gar nicht unbedingt ein Bettelstudent gewesen, sondern eher ein richtig reicher. Das heißt außerdem, sagte unser Mutter, eigentlich war seine Familie aus Ungarn, er hatte einen italienischen Vornamen, nämlich Vittorio, wie der König, und einen ungarischen Nachnamen, nämlich Abrahamovics, und beide Namen buchstabierte sie für uns mehrmals und schließlich schrieb sie sie einmal, nachdem wir einen Kugelschreiber geholt hatten, sogar auf einem Stück Küchenpapier für uns auf. Dieser Vittorio war ein wunderschöner Junge, sagte meine Mutter, und so etwas von nett; und aus allerbestem Haus! Und dann hatte Vittorio sie und ihre Schwester eingeladen, nach ihrer Rückkehr in Turin vorbeizukommen, und dort, jetzt passt auf, sagte sie, hat er in einem richtigen Palast gewohnt, und wir hatten ein Zimmer mit einem eigenen Bad und einem Diener, den wir aber weggeschickt haben, weil wir kein Italienisch konnten und es uns auch peinlich war, uns bedienen zu lassen, wir waren ja nur zwei dumme Gänse aus Landshut. Vittorios Mama, sagte meine Mutter, war wie in den Filmen, die früher in der Weihnachtszeit liefen: eine magere, kleine Frau mit ganz strengem Gesicht, das lange schwarze Haar zum Dutt gesteckt und an den alten weißen Händen Diamanten. Die Mutter, sagte sie, sah uns nie an und überhaupt haben wir nur ein Mal ihr Gesicht gesehen, nämlich, als wir uns vorgestellt hatten, in hektischen, halb verschluckten Worten, mit ungeschickten Gesten, die die Mutter mit einem dünnen Lächeln beantwortete. Sie selbst stellte sich nicht vor. Meistens saß sie in ihrem Zimmer, einem Raum mit Kassettendecke und mehreren Kaminen, in dem sie zwei oder drei Schreibtische hatte aufstellen lassen. Die Tür stand in den zwei oder drei Tagen, die wir im Haus waren, meist offen und wir konnten ihren Hinterkopf sehen, denn sie saß immer auf dem Diwan, der Richtung Fenster ausgerichtet war. Alle im Haus waren daran gewöhnt, dass sie sie nur von hinten auf dem Diwan sitzend sahen und aus der Bewegung ihrer bösen alten Hand schließen mussten, was zu tun war. Es habe eine Bewegung gegeben, die bedeutete, dass der Tisch zu decken war, eine, die andeutete, dass der Fahrer den Wagen holen müsse, und eine andere, eine Art nachlässiges Drehen des Handgelenks, die bedeutete, dass man die Mutter in Ruhe lassen sollte. Am Abend hat Vittorio uns in die Oper und dann in ein Restaurant eingeladen. Früher, sagte unsere Mutter, gab es bei uns keine guten Restaurants, nur Wirtschaften, in denen es nur die abscheulichsten Fleisch- und Mehlspeisen gab, Kalbsköpfe, Kalbszungen, Kalbshirne, erzählte unsere Mutter. Und nun waren wir in diesem herrlichen Lokal, es war mit Kerzen beleuchtet und überall standen Pokale mit Blumen und Flieder, und die Kellner hatten die schönsten Anzüge an und erklärten uns lächelnd das Menü, aber wir verstanden kein Wort und sahen Hilfe suchend zu Vittorio, der gut Deutsch konnte, weil er eine Doktorarbeit zu Wittgenstein schrieb. Kurzum, sagte meine Mutter, dieser Vittorio hat uns einfach alles bestellt: alle Vorspeisen und alle Hauptspeisen, und nachher kamen noch mindestens acht oder neun Desserts. Ihr könnt euch das nicht vorstellen, der Tisch hat sich buchstäblich gebogen unter den ganzen Silberplatten und den Terrinen und den Schüsseln mit duftendem, öligem Gemüse. So saßen wir die halbe Nacht und aßen und tranken, und zwischendurch sangen wir immer das Lied vom Bettelstudenten, der eine gefangen hat, erzählte unsere Mutter, und als meine Schwester und ich am nächsten Tag in den Zug stiegen, rieben wir uns die Augen und dachten, alles wäre ein Traum gewesen, und Vittorio hat bald darauf geheiratet, und wir haben nie wieder von ihm gehört. Ihr müsst wissen, sagte unsere Mutter, die meisten Männer sind absolute Muttersöhnchen und wollen von euch dirigiert werden, und dann stach sie kleine Kreise aus dem Mürbeteig aus. Sie öffnete wieder die Türe und begann mit ganz lauter, hoher Stimme noch einmal das Lied von dem Bettelstudenten, einfach, um unseren Vater zu ärgern, und als aus dem Wohnzimmer vier oder fünf schlimme Wörter auf ganz verschiedenen Sprachen zu uns in die Küche sausten, drückten wir drei die Hände auf unsere Münder, um nicht laut zu lachen, und ich erinnere mich an all das, aber das war nicht, wie wir wirklich waren.

Noch fünf Stationen bis Schäftlarn, inzwischen habe ich es in die S-Bahn geschafft und reibe mit Daumen und Zeigefinger über das warme 5-Mark-Stück in meiner Hosentasche, das ich aus der Wohnung meines Vaters mitgebracht habe; ein verfetteter Adler, eine Fünf, in deren geprägter Ecke der Daumennagel sich verirrt, das träge, traurige Hüpfen, wenn man die Handfläche auf und ab bewegt, und ich fühle mich wieder wie ein Kind, und das liegt vor allem daran, dass mir die Münze sofort ein schlechtes Gewissen macht, denn unsere Mutter bewahrte ihre 5-Mark-Münzen, die sie sich heimlich vom Haushaltsgeld abzwackte, in einer 70er-Jahre-Tasse ganz hinten im Küchenschrank auf, um sich davon heimlich Zigaretten zu kaufen; wir lernten also früh, dass man damit immer nur falsche Dinge tun konnte: Zigaretten kaufen oder Ferngespräche führen.

Es war ein paar Wochen nach unserer Rückkehr aus Israel, als Nadja mich fragte, ob ich oft an Zsazsa dächte und auch manchmal traurig sei, weil sie so einsam war und auch so verrückt. Ich sagte ja, und sie sagte: Komm. Nadja hatte in den Sommerferien 1995 die ganze Hosentasche voll mit 5-Mark-Stücken, von deren Herkunft ich damals noch nichts ahnte. Sie warf ein paar der riesigen Münzen ein, nahm den Hörer ab und wählte eine Nummer. Die leicht ausgehöhlten, warmen Tasten schmiegten sich an ihre Fingerkuppen. Ich schloss die Türe und kauerte mich in die Ecke, und dann fragte ich sie, was sie da vorhabe. Nadja wartete, dass jemand abhob, und weil meine Füße sie störten, trat sie mich.

Es klingelte nur zwei- oder dreimal, und obwohl die Leitung über das halbe Mittelmeer, die Alpen und natürlich durch ganz Moosach verlief, meldete Zsazsa sich mit einem hebräischen Hellouuu?, und Nadja zögerte keine Sekunde, räusperte sich kurz und erklärte mit verstellter Stimme, dass sie es sei, der Willy, und ich erschrak entsetzlich und sprang auf und versuchte, Nadja den Hörer aus der Hand zu reißen, aber Nadja drückte mich einfach zurück auf den Boden und bedeutete mir zu schweigen, und dann hielt sie den Hörer in die Luft, so dass ich hören konnte, dass Zsazsas Stimme ganz aufgeregt und hoch klang, und sie rief: Willy!, sind Sie es wirklich! Natürlich wusste ich genau, um welchen Willy es hier ging, und Willy war ein deutscher Freund gewesen von Zsazsa, von dem sie in den letzten Jahren öfter erzählt hatte und der wohl ihre einzige keusche Romanze gewesen war, bevor sie Tibor traf. Sie hatte uns erzählt, dass sie sich mit ihm zwei- oder dreimal auf ein Stück Torte in einem Eiscafé getroffen habe, woraufhin wir versucht hatten, uns Zsazsa jung und in einem sauberen, zu engen Kostüm vorzustellen, das Haar noch schwarz und lang, ihr Tischherr mit Hut auf dem Kopf und einem hilflosen Sträußchen Blumen in der Hand. Gab es damals überhaupt schon Eiscreme? Und Blumen? Oder saßen die beiden im Café, rührten in ihren Wassergläsern und sahen den letzten Dinosauriern beim Aussterben zu? Wie lange war das her!

Und dann begann Nadja ein erstaunliches Gespräch mit Zsazsa, sie redeten über das Theater ihrer siebenbürgischen Kleinstadt, und Zsazsa gab sogar mit ihrem Fernsehmoderatoren-Sohn und ihren Enkeltöchtern, also uns, an, und uns beide lobte sie in den höchsten Tönen, nur, dass sie im Altersheim in Holon saß, vergaß sie zu erwähnen, und Nadja sagte meistens nur: Ja oder: Schön, und ganz am Ende sagte sie zu Zsazsa, dass sie nun wirklich bald vorbeikommen würde, dass Willy sie besuchen wolle, wie früher, mit einem Strauß Nelken, und Zsazsa gluckste vor Entzücken, und ich schlug mir die Hand vor den Mund, dann lachte Zsazsa, weil es in Israel ja gar keine Nelken gab, da müsse Willy wohl mit buntem Mohn vorbeikommen, wie früher, und dann brach die Leitung ab, weil Nadja keine Münzen mehr hatte und wir zum Abendessen mussten, und auf dem Nachhauseweg stellte ich mir unsere arme Großmutter Zsazsa vor, wie sie sich schwer auf die hässliche Couch neben ihrem Telefon fallen ließ, überall schwitzte, sich freute und sich dafür schämte, und ich konnte wieder die ganze Nacht nicht schlafen, weil ich nicht wusste, ob Nadja etwas sehr Böses oder etwas sehr Liebes getan hatte.

Das 5-Mark-Stück in meiner Hand wird immer schwerer, und ich denke den ganzen Weg von der S-Bahn bis zu Nathalies Haus darüber nach, wie es wohl in die Schublade meines Vaters geraten ist und wie es dort so lange vor Nadja verschont wurde (die sich davon natürlich Zigaretten gekauft hätte), wahrscheinlich kam gerade mein Vater herein, als Nadja es gerade aus dem Küchenschrank klauen wollte.

Ich werde Nadja auch nach Geld für die Beerdigung fragen müssen, und wahrscheinlich wird sie nur antworten, dass ich David bitten soll, sie hat sich selbst nie um Geld oder Sparbücher geschert, zu profan, zu langweilig, zu bürgerlich, und ich denke ja genauso, wenigstens in dieser Sache sind wir uns einig; mein Vater wäre sicher sehr enttäuscht, wenn er wüsste, was für Pleitegeier seine beiden Töchter sind, denn er hat schließlich ganze Nächte gewacht, weil er sich Sorgen machte, um sein Geld und um uns. Er lief stundenlang auf dem klebrigen, schlecht verlegten Laminatboden im Wohnzimmer umher, wenn ich schlechte Noten nach Hause brachte, wenn es eine

Mieterhöhung um zwanzig Mark gegeben hatte oder wenn unsere Mutter in Webpelz und Stöckelschuhen zu einem ihrer seltsamen Streifzüge aufgebrochen war, und am nächsten Morgen war er noch dünner und auch hässlicher und Nadja und ich sprachen beim Frühstück ganz leise und kicherten so, dass alle Töne unter den Tisch fielen, und unser Vater zitterte trotzdem, als er seine Tasse zum Mund führte, und dann sagte er, dass er niedrigen Blutdruck habe, wie alle Juden.

Meine Mutter hat uns früh zu erklären versucht, dass die eigentliche Antriebskraft im Leben unseres Vaters die Angst sei, eine Angst, die ihn von den behaarten Zehen bis zu seiner Schädeldecke ausfülle. Sie sagte, wenn er uns anschrie, weil wir alles kaputtmachten, zum Beispiel seinen Wecker, den Nadja und ich an Christi Himmelfahrt 1993 auseinandergenommen hatten, um uns die Zeiger genauer anzusehen; dann sei das, weil die Angst ihn dazu zwang, schließlich waren wir gerade dabei gewesen, das Geheimnis der unerbittlich verrinnenden Zeit zu begreifen, ein Geheimnis, vor dem er uns ewig hätte behüten wollen, außerdem war der Wecker erst zehn Jahre alt, tadellos und hatte in der deprimierenden Elektroabteilung von Karstadt (die mein Vater gar nicht deprimierend fand) zwanzig Mark gekostet. Wegen der Angst konnte mein Vater auch Türen zuschlagen, uns stundenlang ignorieren und uns mit kochenden Teeraugen ansehen, an denen wir uns wie an einer Herdplatte verbrannten.

Meine Mutter hatte auch gesagt, wenn man meinem Vater irgendwo in der Nähe der Galle mit einer Nadel in den Körper stechen würde, dann würde die Angst einfach heraustropfen, vielleicht müsste man ein wenig nachhelfen und drücken. Die Angst sei schwarz wie seine Augen, glänzend und dick, und aus dem Loch bei der Galle würde sie dann über seinen hohlen weißen Bauch rinnen. Wir, sie, Nadja und ich, müssten dann Handtücher holen, um die Angst vom Boden aufzuwischen. Über der Badewanne würden wir lachend die Handtücher auswringen, und dann würden wir zurückkehren zu unserem Vater, der endlich glücklich wäre, uns umarmen und mit seinem schweren Akzent, der uns plötzlich liebenswürdig vorkommen würde, die nettesten Dinge der Welt sagen würde. Es war die Angst, die meinen Vater vergiftete und sogar vor der Zeit umbringen werde, sagte meine Mutter, und ich stellte mir vor, wie irgendjemand, vielleicht Zsazsa oder auch mein Großvater Tibor, ihm jeden Morgen mit einer Spritze die Angst in seinen Oberarm injizierte. Und warum auch nicht? Die Welt wankte, der Boden war nicht eben, man musste sich an den Wänden festhalten. Jeden Moment musste man befürchten, dass schon am nächsten Tag alles anders sein würde, nachts musste man mit offenen Augen auf einem gepackten Rollkoffer als Kissen schlafen, in der Bibliothek und im Café und im Theater musste man so sitzen, dass man immer den Ausgang im Blick hatte, nicht nur um zu sehen, wer herein- und wer herauskam, sondern auch, um notfalls aufspringen und weglaufen zu können.

Im Juni 1950, an einem rumänischen Sommermorgen um fünf Uhr, wurde mein Großvater Tibor, nachdem er stundenlang in einem dunklen Flur auf einem harten Stuhl hatte warten lassen, in ein fensterloses Büro geführt. Wie üblich wusste er nicht, weshalb er vorgeladen worden war, doch auch hier ließ man ihn warten, und er bekam erst Durst, dann Hunger, dann Kopfschmerzen, und schließlich musste er auf die Toilette. Zuerst rief er mit ganz leiser, zögerlicher Stimme Este cineva? in den Raum, ist hier jemand, aber niemand antwortete, und dann rief er lauter und noch lauter, und plötzlich wurde die Tür aufgerissen und eine junge Sekretärin beschimpfte ihn, und schloss wieder die Tür, und dann streckte Tibor schließlich die Beine aus und nickte ein, und als er kurze Zeit später erwachte, verstand er eine Weile nicht, wie er den friedlichen Sommertag, an dem er erwacht war, mit diesem unheilvollen Raum in Einklang bringen sollte, doch da hörte er auch schon Männerstimmen auf dem Flur, und jemand klopfte an der Tür, und Tibor wunderte sich noch Jahre später über dieses Klopfen, denn wieso sollte vor einem Verhör jemand an der Tür klopfen, war das ein Witz?

Die beiden Männer, die den Raum betraten, hatten zunächst ihre ledernen Jacken ausgezogen und sie über einen Stuhl gehängt, und von der Stuhllehne aus verbreitete sich ein dunkler, schwerer, nicht unangenehmer Geruch im ganzen Zimmer, und die Männer betrachteten ein paar Augenblicke eine Karteikarte mit Tibor Jeruschers Daten und den Vergehen, die ihm zur Last gelegt wurden, und dann wurden ihm von den beiden Beamten abwechselnd ein paar Fragen gestellt, nach der Frau, von der sie wissen wollten, ob sie sich auch nach der Hochzeit wie eine gute Hausfrau benähme, und Tibor lächelte nur hilflos und sagte, ja, danke, meine Herren, sie geriert sich sehr gut, und sie wollten etwas über die Gerichte, die Zsazsa Jeruscher kochte, wissen, und da wusste Tibor keine rechte Antwort, denn Zsazsa war keine gute Hausfrau, und er hatte es gleich nach der Hochzeit aufgegeben, etwas anderes als Brot und Suppe von ihr zu erwarten, und dann fragten sie nach den Kindern, und ohne auf eine Antwort zu warten, wurde Tibor ins Gesicht geschlagen, dann in den Magen, dann wieder ins Gesicht, und dann auch noch an eine andere Stelle. Zwischendurch klopfte wieder jemand, und dann hielt der Beamte kurz inne, wechselte ein paar Worte mit der Person, die an die Schwelle trat und einen kurzen, schwirrenden Blick auf Tibor warf, und schließlich kam sogar ein kurzes Gespräch über Themen, die unendlich weit weg schienen, zustande. Mein Großvater lag schon seit ein paar Minuten auf dem Boden, er bekam schlecht Luft, weil ein oder zwei seiner Rippen gesplittert waren, seine Nase war auch gebrochen, und er war sich nicht sicher, ob nicht eines seiner Augen ausgetreten war. Er tastete vorsichtig sein Gesicht ab und überlegte, ob die Flüssigkeit auf seinen Fingern der mit Blut vermischte Glaskörper war oder nur Blut, während der Typ von der Securitate sich seinem Kollegen zugewandt hatte. Nein, sagte er, was ist das für ein Dünger? Keine Ahnung, antwortete der Besucher, das hat mir Muzu aus Cristian mitgebracht, aber ich streue das Zeug jetzt mal auf die Ripsen, vielleicht werden sie ja doch noch was, die mickrigen Scheißdinger. Haha, ob das noch hilft, sagte der Erste, deine Ernte wird wieder richtig scheiße, mal sehen, wie lange du den Gören noch den Rachen vollstopfen kannst, und dann sagte er noch lachend, sieh mal zu, dass deine Alte nicht so hässlich und dürr wird wie dieser Typ hier, und als er sah, dass mein Großvater sich wieder regte, übrigens nicht aus Protest, denn er hatte gar nicht hingehört, kam der Beamte wieder hinter dem Schreibtisch hervor und trat meinem Großvater ganz beiläufig mit dem Stiefel in den Bauch. Der andere warf beim Hinausgehen einen Blick auf meinen Großvater, nicht mitleidig, aber auch nicht triumphierend, so wie man manchmal auf gequälte Tiere schaut, so als wollte er sagen: Du arme Sau, aber so ist das manchmal, nimm es nicht zu schwer, dann verließ er das Büro wieder.

Mein Großvater wurde bald darauf nach Hause geschickt und dort verbrachte er, wie gesagt, ein paar Wochen oder Monate damit, sich auf die verschiedenen Stühle und Bänke des Hauses zu setzen, die Beine zu überschlagen und sanft zu lächeln, wenn Zsazsa ihn mit zunehmender Ungeduld ansprach, bevor sie seine Wunden desinfizierte. Und dann geschah all das noch einmal und dann noch ein weiteres Mal, und das war das letzte Mal, denn Tibor hatte irgendwo eine Ausreisegenehmigung gekauft, und die Beamten sahen keinen großen Sinn mehr darin, sich körperlich zu überanstrengen. Bei Tibor und Zsazsa Jeruscher klingelten zwei Männer, um sich die Wohnung anzusehen, die sie dem rumänischen Staat unentgeltlich hinterlassen würden, und bald darauf bestiegen sie schon einen Zug nach Triest.

15

Als ich durch Schäftlarn laufe, an all den Häusern mit den vorgesetzten Balkonen, den Sparkassenfilialen und den Drogeriemärkten entlang, begegne ich nur ein paar Schulkindern, die vom Nachmittagsunterricht kommen und sich wie junge Hunde voneinander entfernen und wieder einholen. Ich muss daran denken, wie wir aufgewachsen sind, in einer freudlosen Gegend, in der alle Straßen nach Erfindern benannt wurden, für die wir uns kein bisschen interessierten, nur unser Vater natürlich, für den der menschliche Pionier- und Erfindergeist das Wertvollste war, was uns (möglicherweise) der Allwissende gegeben hat, und wenn er bei unseren Autofahrten anhob, uns etwas über Rudolf Diesel oder Pasteur zu erzählen, gähnten wir und baten unsere Mutter um Bonbons. Unser Vater parkte das Auto auf einem Parkplatz am Ende der Straße. Wir wohnten in einem der halbhohen 60er-Jahre-Gebäude und nahmen nie die Treppen, sondern stiegen in einen engen, sauberen Aufzug ein, und niemand in unserem Haus hatte Pflanzen auf dem Balkon.

Auf dem Heimweg blieben wir immer an der gleichen Stelle stehen, Nadja, ich, aber auch unsere Eltern. Schräg gegenüber von unserem Wohnungseingang gab es ein Geschäft für Zoobedarf, das wir alle vier liebten: Im Schaufenster stand ein großes Aquarium mit Diskusfischen. Die Fische sahen aus wie die CDs, die Nadja manchmal bei Karstadt oder bei dem netten langhaarigen Mann von World of Music stahl und mir vorspielte, und sie standen ganz still im Wasser. Sie leuchteten rosa und blau und waren unfassbar schön. Ich war neidisch auf ihre kalten, leeren Augen und wollte auch so in die Welt blicken. Die stehen nur blöd herum, sagte Nadja, und unsere Mutter stimmte zu und kicherte ein wenig, dann sagte sie, dass die Fische vierzig Mark das Stück kosteten und man sich genauso gut Kreise aus Alufolie basteln könnte. Unser Vater wurde ein wenig ärgerlich, denn er liebte Tiere ja und er sagte, unserer Mutter und Nadja würden wie immer nur Gemeinheiten einfallen, wenn es um echte Wunder gehe. Welche Wunder er denn genau meinte, fragte meine Mutter, denn ein Wunder sei es ja nicht gerade, dass sich die Fische seit Millionen von Jahren überhaupt nicht weiterentwickelt hätten, nicht spazieren und nicht einmal über Wasser atmen könnten. Mein Vater entgegnete, dass meine Mutter blind sei und vor lauter Haarefärben und In-den-Spiegel-Gucken sich für gar nichts mehr interessiere, was wüssten wir schon von den Fischen, vielleicht sei ihnen ja eine viel herausragendere Existenz gegeben, die wir gar nicht begreifen könnten (er sagte wirklich herausragendere, obwohl er sonst nie solche Worte benutzte), den ganzen Tag im Wasser zu stehen, ohne sich zu bewegen, sei vielleicht alles andere als dumm, und da lachte unsere Mutter wieder ihr böses Lachen, so dumm war sie nämlich gar nicht, sie hatte ja wie gesagt studiert und wisperte irgendwelche Gemeinheiten, und so balgten die zwei sich noch eine Weile, während Nadja und ich die Fische anstarrten und ihre Unbeweglichkeit uns unheimlich wurde, bis wir schließlich an die Scheiben klopften, wofür unser Vater uns heftig an den Kapuzen zog.

So war es in unserer Kindheit, denke ich, ewig streitende Eltern, die böse Nadja, mein Lispeln und die Diskusfische, von denen ich nie recht wusste, ob sie vor Entsetzen über uns verstummt waren oder ob sie es einfach bevorzugten, ruhig zu bleiben, während wir alle langsam durchdrehten.

Ich klopfe an die Tür, die mich sofort wahnsinnig deprimiert, denn sie ist anthrazitfarben und hat so komische kleine matte Fenster und eine lange längs gelegte Edelstahlstange als Griff, und ich fühle, dass ich diese Schwelle nur ungern überschreiten werde, und deswegen sage ich leise zu mir selbst, es ist gut, es ist gut, denn ich bin ja aus dem Alter heraus, in dem man wegen einer fabrikneuen Haustür schwermütig wird. Nadja öffnet und sieht mich an, als würde sie mich nicht erkennen. Ich aber erkenne sie sofort. Dann zieht sie mich am Handgelenk in das Haus, das ihrer Freundin gehört, die es wiederum von irgendwem geerbt hat. Links vom Eingang ist eine enge Küche mit hölzerner Sitzecke, eine steile Wendeltreppe nach oben (Nadja zeigt mir nicht, was oben ist, aber natürlich sind dort oben die Schlafzimmer, und ich bin mir sicher, dass es ein größeres mit einem Doppelbett aus Buchenholz und bauschiger Daunenbettwäsche gibt und ein kleines Kinderzimmer, in dem wie bei unserem Vater ein Wäscheständer und ein Karton stehen).

Schon sitzen wir in der Küche mit unseren Kaffeetassen und versuchen, uns keine Fragen zu stellen, denn es kommt mir ein bisschen unhöflich vor, Nadja nach einer so langen Zeit gleich auf das schreckliche Haus anzusprechen, und ich muss mir selbst eingestehen, dass ich zwar begreife, dass ich in einem Raum mit meiner Schwester bin; dass sie mir fremd geworden wäre, kann ich allerdings schlecht behaupten, denn das ist sie mir ja auf gewisse Weise immer schon gewesen, es ist ein Gefühl, das mir sehr vertraut ist, denn Nadja hat früher mindestens alle zwei Wochen eine neue Version von sich erfunden, und ich konnte mich nie darauf verlassen, dass am Morgen die gleiche Person aufstehen würde, die am Vorabend zu Bett gegangen war, und manchmal ist Nadja mit blonden Haaren zu Bett gegangen und dann mit roten erwacht oder mit roten Haaren schlafen gegangen und dann mit blonden am Frühstückstisch gesessen, wo alle sie entsetzt angestarrt haben, nur unsere Mutter war immer begeistert von jeder Wandlung, während ich einfach nur Angst hatte, denn die Nadja, an die ich mich gerade gewöhnt hatte, war schon wieder einer anderen gewichen. Und weil ich mich also fühle, als würde ich einer Fremden gegenübersitzen, stelle ich ihr eine andere Frage, die ebenso belanglos wie naheliegend ist, nämlich wann sie unseren Vater denn zum letzten Mal gesehen habe, und Nadja überlegt kurz und schaut nachdenklich in ihre Tasse, als könnte sie ihr eine Antwort einflüstern, und dann sagt sie, dass es wirklich schon eine Weile her ist, seit sie unseren Vater gesehen habe, vielleicht im Oktober oder im Dezember, aber wenn sie es sich genau überlege, könnte es auch schon früher im letzten Jahr gewesen sein, genau erinnere sie sich nicht, jedenfalls sei sie zu ihm nach Hause gekommen mit ein paar Einkäufen und einem selbst gebackenen Birnenkuchen (den natürlich Nathalie gemacht hat), und dann habe Nadja sich an den alten Küchentisch gesetzt und versucht, mit unserem Vater zu reden, denn Nadja hatte mit ihm noch, wie sie sagte, eine Rechnung offen, und sie war seit ca. 2012 beleidigt, und zwar seit dem Verschwinden unserer Mutter, denn damals hatte ich Achims Nachricht gleich an Nadja weitergeleitet, und Nadja hatte unseren Vater angerufen, der nur lange geschwiegen hatte, und dann hatte er doch geredet und gesagt, dass es lächerlich sei, sich um jemanden wie unsere Mutter Sorgen zu machen, dass sie nur einer ihrer Launen nachging und dass sie schließlich ja einen Goj dabeihabe, der ihr sicher durch den thailändischen Dschungel (oder die thailändischen Nachtlokale) folge, und dass er überhaupt nicht begreife, wieso Nadja ihn mitten in der Nacht (es war 9 Uhr abends) anrief, um ihm mit ihren Idiotien den Verstand zu verwirren. Nadja sagte, sie sei gleich am nächsten Tag vorbeigekommen, und danach habe sie jahrelang mit unserem Vater darüber sprechen und gleichzeitig das Gespräch auch vergessen wollen, und diese Mischung aus Beleidigtsein und Vergessenwollen habe dann dazu geführt, dass Nadja unseren Vater noch mehr gemieden habe als sowieso schon. Unser Vater hatte aber nur, als Nadja ihn bei ihrem letzten Besuch vor einigen Monaten daran erinnerte, die Arme verschränkt und geschwiegen und ab und zu einen Schluck schwarzen Tee genommen, und dann war Nadja irgendwann aufgestanden, weil der Besuch ja sowieso zu nichts führte, und der Kuchen, der noch in einer Plastiktüte verpackt war, blieb einfach in der Küche liegen. Keine Ahnung, ob er ihn je ausgepackt hat, sagt Nadja, und ich muss an die Plastiktüte denken, in die diese Nathalie den Kuchen gesteckt hat, wahrscheinlich war das, ihrem Haus nach zu urteilen, eine Tüte von einem der unmöglichen Bekleidungsgeschäfte aus der Innenstadt, vielleicht von C&A, vielleicht hatte Nathalie aber auch eine Tüte von Butlers aufgehoben, wo man hässliche Dekorationsgegenstände kaufte, und sofort denke ich jetzt an eine meiner letzten Begegnungen mit meinem Vater, nicht die allerletzte, aber eine, die nur ein halbes oder Dreivierteljahr vor seinem Tod stattfand, und damals habe ich ihn aus dem Harlachinger Klinikum abgeholt, er hat wieder in eine Plastiktüte, die ich aus meiner Handtasche gezogen habe, Blut gespuckt und vielleicht kam mir das sogar wie ein kleiner Sieg vor, denn ich hatte daran gedacht, eine Tüte mitzubringen (die dummen, resigniert lächelnden Ärzte hatten nicht daran gedacht).

Als ich zu Nadja aufblicke, lächelt sie und sagt, dass sie in letzter Zeit ständig an das komische operierte Gesicht unserer Mutter denken müsse, je länger sie tot ist, desto mehr drängt sich das gemachte Gesicht in ihre Erinnerung, und obwohl ich das eigentlich gar nicht möchte, muss auch ich lachen, weil es mir genauso ging, wenn ich in letzter Zeit ihre Selfies aus Thailand angeschaut habe.

Ein paar Jahre vor ihrem Tod hatte sie begonnen, ihr Gesicht zu »modellieren«, und zuerst waren die

Veränderungen noch einigermaßen dezent, und Nadja bemerkte überhaupt nichts, zum Beispiel, als wir einmal im Café Rischart saßen und in unseren Karottenkuchen herumstocherten und Nadja sich pausenlos über den Kaffee beschwerte und dann über unsere Mutter, die uns ständig in irgendwelche dämlichen Cafés schleppte, in denen sie selbst gar nichts essen konnte, weil sie jetzt ja Veganerin war, und während ich Nadja widersprach und sagte, dass unsere Mutter uns höchstens alle Vierteljahre irgendwohin schleppte, begann unsere Mutter gerade damit, uns auseinanderzusetzen, warum sie ausgerechnet die Orte ihrer Jugend für diese Treffen wählte, und da fiel es mir plötzlich auf, und ich sagte, sssht, und dann begann meine Mutter, alles abzustreiten, aber schließlich musste sie es doch zugeben, und dann erzählte sie uns von dem glatzköpfigen Schönheitschirurgen in der Maximilianstraße und seiner hässlichen Praxis, und dieser Arzt hätte auf sie eingeredet, sodass sie jetzt sogar mit dem Rauchen aufgehört habe, und schließlich hatten wir sie so weichgekocht, dass sie uns die Sache mit Achim und dem Yogastudio erzählte, und dann sagte sie, dass Achim sie auf ein Retreat am Gardasee eingeladen hätte mit einer deutsch-ungarischen Starlehrerin, und ihre Augen begannen zu leuchten, aber das sah sogar ein bisschen unheimlich aus, denn meine Mutter hatte gar keine Falten mehr und ich dachte irritiert, ich lerne jetzt das verliebte und faltenfreie Teenager-Ich meiner Mutter kennen, dabei war sie schon Mitte fünfzig, und schließlich begann sie, Nadja und mir ein bisschen auf die Nerven zu gehen, denn sie lachte andauernd laut und nervös, und Nadja schaute nur noch auf ihr Handy, was ein Zeichen dafür war, dass ihr diese ganze Veranstaltung viel zu dumm geworden war, und so kam es, dass unsere Mutter ein sogenannter Beautyjunkie wurde (sagte Nadja), und ihre Lippen sahen beim nächsten Treffen aus wie eine geflochtene Challa, ihre Stirn war glatt wie Leinwand. Ehrlich gesagt sah sie trotzdem ein wenig wie Alice Schwarzer aus (sagte Nadja). Nur um ihre Haare hat sie sich nicht gekümmert, die waren immer noch schlecht gefärbt und trocken. Ich wünschte, ich hätte begriffen, um wen sie damals buhlte, wirklich um diesen Achim, vielleicht aber nur um ihr Leben?

Plötzlich fällt mir das 5-Mark-Stück ein, ich ziehe es aus meiner Hosentasche und lege es wortlos vor Nadja. Gott, sagt Nadja, das ist lange her, arme Zsazsa, und dann sagt sie, was ist eigentlich aus dem Telefonieren geworden, unsere ganze Kindheit wurde immer nur telefoniert, und Nadja hat natürlich recht, die Geschichte der Jeruschers ist eine Geschichte des Telefonierens, und ich sage, aber in einem freundlichen Ton, Nadja, ich glaube, du hast die Generationenfolge unterbrochen, von dir existiert nicht einmal mehr eine Nummer, aber Nadja unterbricht mich schon und fragt: Erinnerst du dich noch an die Anrufe, die wir nach Aries Tod bekamen?, und natürlich erinnere ich mich, wie könnte ich das vergessen, es war vollkommen grotesk.

Schon ein paar Stunden nachdem mein Vater von der Polizei zurückgekehrt war, riefen vier oder fünf Mädchen an, alle weinend, alle hysterisch, keine Ahnung, woher sie unsere ewig lange Nummer hatten, die sie mit zitternden Fingern gewählt haben mussten. Unser Vater konnte sie nicht trösten, das heißt, er versuchte es nicht einmal, er wusste ja, was er konnte und was nicht. Er konnte schimpfen und chemische Untersuchungen anstellen und sich lautlos in der Wohnung bewegen. Zu den Mädchen sagte er, darin erinnerte Nadja mich jetzt, dass es wahr sei, und zum dritten oder vierten Mädchen sagte er, dass sie nun die Dritte oder Vierte sei und ob die Mädchen aus Tel Aviv oder Herzliya sich nicht einfach untereinander absprechen könnten? Es war grausam, aber mein Vater begriff nicht, wieso.

Die Dritte oder Vierte, kreischt Nadja, das hat er gesagt!, und wir lachen so wie früher, aber plötzlich höre ich auf zu lachen, denn es kommt mir nicht angemessen vor, in einem so hässlichen Haus zwei Tage nach dem Tod unseres Vaters so ausgelassen zu sein, und ich sehe, der Wasserhahn sieht mich ganz argwöhnisch an, er richtet sich auf und die Mischbatterien werden zu in die Hüfte gestemmten Fäusten, und die kalten beigen, auf irritierende Weise nicht ganz ebenen Küchenfliesen lassen unser Lachen abprallen, bis es auch ganz kalt wird, aber das bringt mich noch mehr zum Lachen.

Als wir nicht mehr lachen können, steht Nadja auf und macht uns Toasts. Ich weiß nicht, ich finde es nicht fair, eine so schöne Frau in einer so abscheulichen Küche zu sehen. Zuerst will ich nichts dazu sagen, deshalb frage ich Nadja, an was für einem Bild sie gerade malt, und sie schüttelt, ohne sich zu mir zu drehen, den Kopf, und ich sage streng im Tonfall von Eltern, aha, und was treibt das Fräulein den lieben langen Tag, und Nadja sagt, das

Fräulein treibt gar nichts, es kümmere sich ein wenig um den Haushalt, und abgesehen davon sei das Fräulein, da es zumindest temporär von der peinlichen Lage, monatlich Miete zu bezahlen, befreit ist, damit beschäftigt, sich wie ein Kind herumzutreiben und Dinge zu beobachten, die einem sonst gar nicht auffallen, und ich frage sie, welche Dinge, und sie sagt, sie setze sich manchmal auf den (ebenfalls hölzernen, im Landhausstil an das hässliche 60er-Jahre-Haus angeklebten) Balkon, und dort schaue sie dann in die Luft oder beobachte Insekten, und da seien Weberknechte, die beim Sterben die Beine kreuzen wie Ballerinas, irgendwas mit den Muskeln, und Nadja erzählt von den kleinen Dramen und den lächerlichen Katastrophen, von winzigen Motten, die in den glitzernden Spinnennetzen verzweifeln, und Ameisen, die tote Fliegen wegschleppen. Ich helfe ihnen gerne, sagt Nadja, eine Bewegung meines Fingers spart den Ameisen einen halben Tag Arbeit, und plötzlich fühle ich mich Nadja wieder sehr verbunden, denn ich wusste nicht, dass sie die gleichen idiotischen Gedanken hat wie ich, und man muss sagen, dass es nicht viele Leute gibt, die sich um Insekten mehr Gedanken als notwendig machen, und das ist sicher eine Sache, die wir von unserem Vater übernommen haben, und dann erzähle ich ihr, dass unser Vater auch Insekten mochte, aber sie erinnert sich nicht.

Ich habe wirklich nicht viel zu tun, sagt Nadja, zum Glück, ich habe mich genug abgerackert in diesem Leben, während sie Salatblätter wäscht. Nadja, sage ich anstelle einer Antwort plötzlich, hey, dieses Haus ist wirklich das hässlichste, das ich seit Langem gesehen habe, und Nadja dreht sich zu mir um, die Ärmel hochgekrempelt, wie früher, als sie noch ihre seltsamen Acryl-Großformate gemalt hat, und in der Hand hält sie das Buttermesser, und ich denke kurz, gut, dass ich sie kenne, man würde sie sonst wirklich für eine Psychopathin halten, Nadja in ihrem langen Kattunhemd und mit den glänzenden blonden hochgesteckten Haaren in diesem scheußlichen Metzgeridyll, sie sieht aus wie eine Frau, die in der Lage ist, alles zu tun, und sie kichert und sagt, hässlicher als unseres? Ich nicke, und ich sage: Hässlicher als unseres!

Erinnerst du dich noch an das Geschäft mit den Diskusfischen, fragt sie unvermittelt, und dann sitzen wir noch eine Weile in der hässlichen Küche, trinken Vanilletee und dann zeigt Nadja mir den Rest des Hauses, und alles sieht ganz genauso aus, wie ich es mir vorgestellt habe, und ich beginne, diese Nathalie zu hassen.

16

Ich öffne die Augen und schaue auf eine niedrige fürchterliche Holzdecke, die mir im Halbdunkel auf den Kopf zu fallen droht, und ich höre irgendwo einen Sekundenzeiger, aber ich sehe keine Uhr, und erst, als ich Nadjas blonde Locken neben mir erkenne, erinnere ich mich, dass ich die letzte S-Bahn verpasst habe und jetzt auf Nathalies Seite liege, denn Nathalie ist Professorin für Theorie der Medien und auf einem Workshop in Kassel oder Karlsruhe, und während wir Schwestern ausschlafen, hält sie wahrscheinlich schon in einem dieser grauen stretchigen Damenkostüme, die nur noch von unmodischen Lesben getragen werden, einen Vortrag über den Strukturwandel in den digitalen Medien, aber ganz genau wusste Nadja auch nicht Bescheid. Ich betrachte ihr Gesicht, denn jetzt habe ich mich an das wenige Licht gewöhnt, es muss noch sehr früh am Morgen sein, und sogar im Schlaf sieht sie kapriziös aus, den rechten Arm neben dem Kopf ausgestreckt, als würde sie sich jeden Moment wie eine Schauspielerin in einem 50er-Jahre-Film räkeln, alles an ihr ist noch jung und schön, ihre Wimpern sehen aus wie Federn, Nadja hat Wangenknochen wie Linda Evangelista, und ihre Lippen sind rot und hübsch und ein bisschen unwillig, so als hätte sie keine Lust, das zu tun, was man von ihr verlangte, kurz, Nadja sieht aus wie ein verwöhntes Gör, das es gewöhnt ist, ohne schlechtes Gewissen lange zu schlafen und vielleicht sogar ohne schlechtes Gewissen lange zu leben, und natürlich beneide ich sie sofort wieder um ihre Sorglosigkeit, die gar keine Sorglosigkeit ist, sondern früher wahrscheinlich eine Rebellion war, die sich abgenutzt hat und dann zu einer Gleichgültigkeit wurde. Ich weiß nicht, wie lange ich so liege, vielleicht schlafe ich auch wieder ein, denn plötzlich ist der Raum ganz hell.

Nadja schlägt die Augen auf, weil ich sie zu lange anstarre, und ihr Blick ist tief und ruhig, und ich ärgere mich sofort über sie, ohne zu wissen, wieso, es ist, als wäre ich wütend über sie aufgewacht und würde erst im Laufe des Vormittages begreifen, dass sie mir im Traum einen Streich gespielt hat, aber ich habe nichts geträumt, da bin ich mir ganz sicher.

Oh Scheiße, schon elf, sagt Nadja und reibt sich die Augen, und dann sagt sie erst einmal lange nichts, und weil ich ihre Schwester bin, denke ich auch erst einmal, oh Scheiße, schließlich liege ich in einem scheußlichen holzvertäfelten Zimmer, und erst jetzt, im strahlenden Spätsommerlicht, sehe ich, dass die Welt vor dem Fenster auch nicht unbedingt besser aussieht, denn wir blicken auf das Nachbargrundstück, wo es einen Bretterzaun und viel zu grünen Rasen und ein Trampolin gibt und neugierige blonde Kinder und Meerschweinchen und einen Grill und ein Blumenbeet mit Gerbera, und ich lasse mich wieder nach hinten fallen und ziehe die Daunendecke über meinen Kopf. Der Blick aus dem Fenster deprimiert mich zu Tode, sage ich, mehr zu mir selbst. Aber Nadja scheint gar nicht zu hören. Musst du nicht in die Arbeit, fragt sie gähnend, und ich werde noch ärgerlicher, wieso weiß Nadja nichts, und dann sage ich einfach nein, und sie fragt, wie nein, es ist Dienstag, ich verbessere sie und sage, es ist Mittwoch, und sie antwortet, dass das schon sein könne, aber das Wichtige an ihrem Argument war schließlich nicht die korrekte Bezeichnung des spezifischen Wochentages, sondern dass es sich insgesamt um einen sogenannten Werktag handle, und ich antworte einsilbig, dass ich gar nicht im eigentlichen Wortsinne werktätig sei, und sie lacht kurz ein heiseres, unlustiges Lachen, vielleicht sogar ein bisschen anerkennend, und ich muss ihr erzählen, dass ich meine Zeit an der Uni in einem Gruppenbüro vertrödele, ohne wirklich zu arbeiten, und es mir sogar gelingt, während meiner Arbeitszeit nach Schäftlarn zu fahren, und Nadja sagt, fast wie Mama, das ist ja interessant, und dann sagt sie, das sei vielleicht eines dieser intergenerationellen Traumata, von denen jetzt die ganze Welt spricht, beispielsweise wenn einen jemand in der U-Bahn blöd anschaut oder wenn man in der Uni eine schlechte Note auf sein Referat bekommt, und ich sage, Nadja, das ist aber sehr gemein und bei mir war es ganz anders, die Mittel für diese Stelle sind fast erschöpft, mein Vertrag endet in ein paar Wochen, und Nadja sagt, dass sie an diese dummen Sachen sowieso nicht glaube, dass dieses ganze Gerede von Traumata und Resilienz ihr auf die Nerven gehe, schließlich seien die Probleme unserer Gesellschaft doch zu offensichtlich, als dass man dem Individuum die Schuld geben müsse, oder schlimmer noch, das Individuum dazu erziehe, seine Probleme selbst zu lösen und dabei immer wieder zu scheitern, und vor »Individuum« macht Nadja eine kurze Pause, weil sie mir den Rücken zuwendet, um sich ein T-Shirt überzuziehen, und ich lache und sage, jetzt klingst du aber wie Mama in ihren schlimmsten Revoluzzerzeiten, also in den Zeiten, in denen sie wusste, dass ihr keiner mehr zuhören würde, und sie sich für ein paar Jahre in einem Zustand befand, in dem sie noch nicht endgültig begriffen hatte, dass sie sich mit diesem Leben nun würde abfinden müssen, und sich folglich immer mehr fühlte wie ein wildes Tier, das man in einen Käfig gesperrt hatte und das noch eine vage Erinnerung an das Leben in Freiheit hatte, kurz bevor es beginnt, völlig abzustumpfen, im Kreis umherzuschleichen und sich alle zwei Tage gierig auf eine halbe tote Ziege zu stürzen, die eine gleichgültige Pflegerin durch das halb geöffnete Tor über den Betonboden schleift, und in diesen Zeiten fiel unserer Mutter also nichts Besseres mehr ein, als uns mit schwindender Kraft und Überzeugung am Esstisch über die Lage der postfaschistischen Gesellschaft oder die Isolation des Individuums im Neoliberalismus oder die Unmöglichkeit von Liebe im Spätkapitalismus zu dozieren, und das waren die Zeiten, in denen unser Vater gar nichts kapierte oder kapieren wollte, Nadja aus dem Zimmer ging, um auf ihrem Discman Nirvana zu hören oder Turgenjew zu lesen oder einen der hübschen Jungen aus der Klasse über ihr anzurufen; und ich blieb sitzen und hörte nicht zu, weil ich meine Zeit damit verbrachte, gebannt dem Finger meiner Mutter zu folgen, der wie ein entzündetes

Sternchen durch den Raum glitt, während sie bürgerliche Gesellschaft! oder Automatismus! sagte.

Nadja hat aber nicht den Furor unserer Mutter, Nadja ist auch nicht mehr übermütig, sie ist höchstens ein bisschen herablassend wie früher, ihre Bewegungen sind nicht mehr hektisch, und ich habe auch keine Angst mehr, dass sie davonläuft. Sie spricht ruhig und wirft mir manchmal einen Blick zu, und ihre Augen sind ruhig und sanft, nur wer sie kennt, sieht an ihren Lippen, wie sie uns täuscht.

Ich fühle mich wie ein gezähmtes Füchslein, das von Nadja am Straßenrand gefunden und nach Hause geschleppt wurde und das sein Glück noch nicht ganz fassen kann. Nimmst du noch Quetiapin, frage ich sie, aber Nadja antwortet nicht. Wahrscheinlich hat sie mich nicht gehört, denn sie steht vor ihrem Kleiderschank aus Buche massiv und zieht eine Hose heraus, und als ein ganzer Stapel gebügelter Blusen herunterfällt, flucht Nadja kein bisschen, sie streicht die Blusen glatt und legt sie einzeln geduldig wieder in das Fach zurück. Ich weiß nicht wieso, aber diese Geduld macht mich noch nervöser. Wahrscheinlich nimmt sie nicht seit fünfzehn Jahren das gleiche Antipsychotikum, das wäre absurd. Vielleicht hat diese Nathalie mit ihrem hässlichen Haus Nadja wirklich geheilt. Vielleicht ist ihr mit den grünen Fliesen und dem beigen Waschbecken das gelungen, was mir nie gelungen ist. Wieso wollte Nadja in ihrem Leben lieber diese spießige Lesbe als mich, die immer versöhnliche, immer nach Harmonie strebende, stets gelehrige kleine Schwester?

Während Nadja den Kaffee aufsetzt, sehe ich mich weiter um. Auf dem Esstisch steht allerlei Zeug herum, ein staubiger Kerzenständer aus Messing, ein Hund aus Hartwachs, Kugelschreiber von regionalen Handwerksbetrieben, eine Diddl-Tasse, eine offene Packung Erdnüsse. Ich sehe mir einen Stapel hässlicher Postkarten an, hallo liebe Nathalie, ich bin zu faul und zu müde, mir die Texte durchzulesen, ich erkenne nur einzelne Worte: Strand, Katzen, Cocktails, Pompeji. Zwischen den Postkarten entdecke ich einen Zettel, der an Nadja gerichtet ist, auf die Rückseite einer Rechnung von Saturn geschrieben. Meine Schöne, meine Unvergleichliche steht da, in einer pragmatischen Handschrift, keine Schnörkel, keine ausgefallenen Buchstaben, kein Schwenker zu viel, und die Karte ist voll Lob für Nadja, die Nathalie offensichtlich bei etwas geholfen hat, aber wobei genau, kann ich auf die Schnelle nicht entdecken, und bevor Nadja sich zu mir umdreht und mich fragt, wie ich meinen Kaffee trinke, und ich sie frage, wieso sie das nicht weiß, und sie sich schulterzuckend wieder der Küche zuwendet, lasse ich den Zettel schnell in meiner Hosentasche verschwinden, ich weiß nicht genau, wieso, vielleicht brauche ich einen Beweis, und ich versuche, mir nichts anmerken zu lassen.

Ich sehe wieder zu Nadja, die Wasser in den Kaffeefilter gießt, und da dreht sie sich um und sagt grinsend, so viel Zeit haben wir lange nicht mehr gemeinsam verbracht, oder? Das rot-weiß karierte Spültuch liegt über ihrem Unterarm, und die Narbe geht in das Muster über, und ich sage: Ja, es ist ganz schön lange her.

Vor fünfzehn Jahren haben Nadja und ich das letzte Mal einen Tag zu zweit verbracht. Sie hatte mich aus der Klinik angerufen und mir flüsternd alles erklärt, aber gleichzeitig hatte sie mir natürlich überhaupt nichts erklärt, und dann hatte sie mich gebeten, unseren Eltern nichts zu sagen und einfach schnell zu kommen, und da hatte ich schon geahnt, dass irgendetwas richtig schiefgegangen sein muss, denn wann flehte jemand wie Nadja schon? Ich war damals 20, aber wie eine Schülerin packte ich sofort eine Tasche mit ein paar Klamotten, einem Discman, Shampoo und ein paar Büchern und lief zur U-Bahn, ich lief die Treppe herunter und danach die Rolltreppe und ich konnte mich gerade noch, als die Türen sich schlossen, in die U-Bahn zwängen, und der Fahrer ermahnte mich, weil er noch einmal alle Türen öffnen musste, damit auch der Rucksack hineinkam, und die Leute sahen mich tadelnd an und stöhnten, und ich mied den Blickkontakt und sah stattdessen aus dem Fenster, wo es überhaupt nichts zu sehen gibt, aber was macht das schon, man sieht schließlich nie etwas anderes als sich selbst, wenn man aus dem Fenster sieht, man sieht schöne Flüsse und Seen, wenn man in Frieden lebt, und man sieht hässliche, klaustrophobische Häuschen an der Bundesstraße, wenn man sich fürchtet, und in der U-Bahn sieht man nur den Tunnel und die Rillen in der Betonverkleidung. In Neuperlach lief ich in gleicher Geschwindigkeit die Treppe hoch. Beim Hochlaufen fiel mir dann ein, dass es überhaupt keinen Grund gab, mich so zu hetzen, Nadja war ja in Sicherheit, sie lag in einem Zimmer, in einem Bett, unter einer Decke, und sie würde sich ganz im Gegenteil wahrscheinlich sogar erschrecken, wenn ich außer Atem und verschwitzt in ihr Zimmer platzen würde, also beherrschte ich mich, und ich ging mit langen, langsamen Schritten über das Trottoir, und die Sonne verzerrte meinen Schatten.

In der Klinik lief ich minutenlang über Linoleumflure, bis ich das richtige Zimmer fand, dann drückte ich die Klinke langsam herunter, fast so, als würde ich mich heimlich in den Türrahmen quetschen, um unseren Eltern beim Fernsehen zuzusehen. Wie unsere Eltern bemerkte Nadja nicht, wie ich eintrat. Sie lag wirklich im Bett, wo auch sonst, sie hatte das Kopfteil hochgestellt und sah auf dem kleinen Krankenhausmonitor fern. Sie sah zufrieden aus. Nadja trug eine dieser kurzen Adidas-Sporthosen und ihr langes blondes Haar war über das halbe Bett ausgebreitet, es sah aus, als würde es den weißen abgenutzten Baumwollstoff der Laken langsam anschüren. Aus dem Fenster sah ich die Julisonne: Sie war eine rote entzündete Scheibe, die langsam in die Hochhäuser der Umgebung stürzte. Ich kannte die Gegend übrigens gar nicht schlecht, denn früher bin ich hier öfter im Einkaufszentrum gewesen, wir waren erst endlos mit dem Bus, dann mit der U3 gefahren und schließlich in die U5 umgestiegen, bei Woolworth habe ich mit Nadja Wimperntusche geklaut. In Nadjas Zimmer gab es fast nichts, kein weiteres Bett, nur einen Stuhl und einen Infusionsständer. Neben Nadja auf einem Kunststofftisch standen eine große Flasche Cola light und ein Kunststoffteller mit dem Frühstück, graues Brot, Käse, Butter, eine blasse Tomatenscheibe, Nadja hatte nichts gegessen, und niemand hatte sich die Mühe gemacht, das Essen wieder mitzunehmen. Ich kam näher. Die Moderatorin im Fernseher sagte: Sabrina hat 20 Kilo abgenommen, das entspricht ganzen 80 Packungen Butter! Applaus für Sabrina!

Nadja winkelte ihre schönen braunen Beine und griff mit der Hand, die nicht eingebunden war, nach der Cola. Neben ihr lag die Fernbedienung. Ich bin da, flüsterte ich, und sie drehte den Kopf und lächelte, dann richtete sie sich auf und zwinkerte mir kurz zu, und schon wickelte sie den Verband von ihrem Handgelenk ab, und ich war kurz davor, ohnmächtig zu werden, aber sie lachte nur und sagte, das sei nichts, gar nichts, der Arzt hätte das auch gesagt, in ein paar Wochen würde man überhaupt nichts mehr davon sehen (was nicht stimmen sollte). Ich bin sogar zu blöd, um mich umzubringen, lachte sie, und dann wurde sie ernst und sagte, setz dich, Schwester, wieso stehst du hier so rum, und dann fand sie fast in ihren gewöhnlichen Befehlston, als sie sagte, jetzt mach nicht so ein Gesicht, allen geht es gut. Ich ließ mich auf den Stuhl fallen. Geht es dir sicher gut, fragte ich, aber Bärbel Schäfers Talkshowgäste ließen uns nicht in Ruhe, und während sie den Gewichtsverlust von Sabrina kommentierten, ging mir alles plötzlich unheimlich auf die Nerven, dieses schreckliche Krankenzimmer, die angeritzte Pulsader, die Hochhäuser, die sich zu uns beugten, um uns auszulachen – und natürlich besonders Nadja, Nadja, die über allem stand, nur Ärger machte und sich dann aus der Entfernung alles in Ruhe ansah, ohne eine Miene zu verziehen; Nadja, die jetzt seelenruhig fernsah, als wäre heute Vormittag nichts geschehen, Nadja, die einmal kurz gedacht hatte, dass sie mich brauchte, und der, während ich zu ihr lief, tausend Gründe eingefallen sein mussten, warum sie allein am besten zurechtkam.

Nadja, mach doch mal die Glotze leise, sagte ich plötzlich ärgerlich, seit wann schaust du *Bärbel Schäfer*? Nadja sah mich verwundert an. Was machst du hier überhaupt?, fragte ich. Ich bin übrigens im Krankenhaus, antwortete sie herausfordernd. Du bist im Krankenhaus, das sehe ich, aber was soll das? Gestern kommst du nach Hause, beschließt, dass du genug von uns allen hast, und dann nimmst du so ein hässliches Keramikmesser und schneidest dir die Pulsadern auf? Willst du mir das vielleicht mal erklären?

Meine Schwester rutschte auf ihrer Liege herum, als hätte man sie auf Sandkörnern gebettet. Sie machte ein ärgerliches Gesicht, sie seufzte ein paarmal – und sie erklärte mir gar nichts. Nadja sah mich stumm an und schüttelte dann den Kopf. Es gab nichts zu sprechen. Sie bewegte sich immer noch nicht, und plötzlich fühlte ich mich sehr schuldig, ich dachte an die große kleine Nadja, die für mich den Aufzug gerufen, die mir fast immer alles erklärt und die stets alles gewusst hatte, die schlauer und dümmer als alle anderen Menschen war, die je gelebt hatten und je leben werden. Ich stand auf und bedeutete ihr, zur Seite zu rutschen, dann legte ich mich neben sie in das Krankenhausbett. Nadja schaltete den Fernseher wieder ein.

Wir sahen den ganzen Nachmittag fern und am Abend machten wir weiter. Draußen wurde es langsam dunkel, die Vögel sangen ihre traurigen Lieder, und mir kam es vor, als würde in diesem großen Haus, das aus hunderten Stockwerken und tausenden Fluren bestand, jemand sterben. Nadja starb aber nicht. Sie hielt in der verbundenen Hand die Fernbedienung, wir waren bei *Gute Zeiten, schlechte Zeiten* angekommen und freuten uns, dass wir manche der Figuren noch erkannten, dann griffen wir nach dem Mischbrot und dem Käse, den eine Schwester uns gebracht hatte, und steckten uns Chips aus dem Automaten in den Mund, und dann schlich ich mich noch einmal nach draußen, um an der Tankstelle Weißwein und Eis zu holen, und als die Nachtschwester kam, versteckte ich mich unter Nadjas Decke, und wir beide stellten uns schlafend, bis sie die Tür wieder schloss, und bis zwei oder drei Uhr morgens guckten wir idiotische Fernsehsendungen, und als Nadja irgendwann dabei eingeschlafen war, kippte ich den restlichen Wein in den Ausguss und lief zu Fuß nach Hause durch die merkwürdig heiße, windige Nacht, und ich dachte an gar nichts mehr.

Am übernächsten Tag holte ich Nadja ab. Ich war übrigens nicht schlechter Stimmung, ich war sogar geradezu glänzend gelaunt, denn ich war, wie es kleine Geschwister immer sind und immer bleiben, davon überzeugt, dass nun alles wieder gut werden würde. Meine Schwester hatte ihr Gelenk noch bandagiert, und ich trug ihre Sporttasche und wunderte mich darüber, dass sie so schwer war, bis Nadja mir zeigte wieso, denn natürlich hatte sie im Krankenhaus Desinfektionsmittel, Handschuhe und Bodylotion geklaut. Wir gingen, ohne viel zu sprechen, zur Haltestelle. Es war plötzlich kalt und unfreundlich geworden und unsere Gesichter drückten gegen den Wind; aber wir waren dankbar dafür, weil wir so einen Grund hatten, nicht zu reden.

In der Trambahn beobachtete ich drei oder vier hübsche Jungen, die offensichtlich aus einem der reichen Vororte stammten. Sie waren anders angezogen als wir früher, vor allem viel teurer, sie hatten, obwohl es nur ein kalter Tag im Spätsommer war, diese Pelzkapuzen um die breiten Schultern, die sie gleichzeitig sehr männlich, aber auch wie Mädchen wirken ließen. Sie hatten feuchte, sehr rote Lippen, große weiße Hände und schmutzige Nägel, und daran konnte man erkennen, dass sie zu viel Kraft hatten; das sah man auch daran, wie sie sich festhielten an den Stangen, wenn die Straßenbahn zum Halten kam oder bremste: Es sah aus, als würden sie die Stangen halten, nicht, als wäre die Stange in den Boden und in die Decke geschraubt, sie hatten so viel Energie. Ich sah, dass Nadja ihre Sonnenbrille abgenommen hatte und auch die Jungen beobachtete. Wie gesagt, wir wussten an diesem Tag nicht recht, worüber wir sprechen sollten, aber ich hatte plötzlich den Drang, ihr eine Frage zu stellen, ich fragte: Nadja, wärst du auch gerne noch einmal so jung? Sie sagte ernst: Mein Gott, auf keinen Fall. Nadja war 24. Weißt du, sagte Nadja dann, das Problem ist, dass niemand je irgendwas kapiert und dass das ganze Gerede sowieso sinnlos ist.

Komm, wir gehen ein bisschen raus, sagt Nadja. Sie hat recht, denn es ist ein wunderschöner Tag, draußen scheint eine sanfte, gutmütige Sonne, der es sogar gelingt, das fürchterliche Haus etwas schöner aussehen zu lassen, ungefähr so wie eine Ferienwohnung an der Ostsee oder im Bayerischen Wald. Ich weiß nicht, wieso mich das dunkle Orange der Polstermöbel immer so deprimieren muss, aber wenn die Sonne darauf scheint, kann ich mir einreden, dass es wirklich irgendetwas mit der Toskana zu tun haben könnte. Nadja spült unsere Tassen mit einem gelben Schwamm, trocknet sie ab und stellt sie in den Küchenschrank, und ich kann nicht anders, als mich über sie zu wundern, ich glaube, ich habe sie noch nie bei der Verrichtung von so einer Arbeit gesehen.

Nadja trocknet sich die Hände ab und zieht einen Burberry-Trench über, und zusammen gehen wir über die Felder, und ich bin erstaunt, dass alles, was mir gestern unerträglich vorkam, heute fast zärtlich erscheint; die Nachbarhäuser glänzen in der Morgensonne, die Vögel flattern um uns herum, als wären wir zwei Disneyprinzessinnen, die sie auf dem Weg zu einem wunderschönen Fest begleiten, Lichtflecken springen herum wie junge Hunde, die uns zum Spielen auffordern. Wir begegnen niemandem, keinem Auto, keinem Menschen, Nadja und ich, und ich fühle mich auf einmal, als wäre ich aus einem langen Traum erwacht, als hätte ich gerade die Augen aufgeschlagen und würde nun mit der allergrößten Sicherheit wissen, dass sich alles fügen würde. Mir kommt es vor, als wäre jemand zu mir ans Bett gekommen, hätte gelächelt und die Vorhänge geöffnet und mir geholfen, mich aufzurichten. Wir laufen ziellos an den Ortsrand, Richtung Wald.

Jetzt sind wir also richtige Waisenkinder, sagt Nadja, und ich antworte ihr nicht, denn was soll man darauf schon sagen, vor allem an einem solchen Morgen, und deswegen sage ich dann zwei Minuten später eine der Banalitäten, die Nadja hasst, ich sage also, dass das ja irgendwie auch der Lauf der Dinge sei, wir seien ja schon erwachsen, und Nadja sieht mich ein bisschen spöttisch an, und dann sagt sie, vielen Dank, das ist ja eine tiefe Einsicht, da wäre ich im Leben nicht drauf gekommen, und ich bleibe verärgert stehen, denn ich habe es ja nur gut gemeint, und plötzlich zieht Nadja mich am Handgelenk, denn wir stehen mitten auf der Straße in diesem heiteren bunten Wald, und ein elektrischer SUV kommt lautlos angerauscht, er pirscht sich an uns heran wie ein Wolf, als würde er uns arme Schwestern reißen wollen, und Nadja zerrt mich, natürlich völlig übertrieben, so gewaltsam von der Straße, dass wir Hand in Hand oder Hand über Handgelenk in einen Nadelhaufen fallen, während das Auto lachend und hupend davonfährt. Den Hurensohn zeige ich an, ruft Nadja, außer sich, und ich muss ein bisschen schmunzeln und sage, wir sind nicht ganz unschuldig, wir waren ja mitten auf der Straße unterwegs, und Nadja lässt mein Handgelenk, steht auf und klopft sich Nadeln und Moos von ihrem Trench, und dann sagt sie, dass das wieder typisch sei, immer sei ich auf der Seite der anderen, selbst wenn sie mir schaden würden, nur der Harmonie willen, und sie ergänzt, weil ich schweige, dass sie nicht wisse, woher eine solche Mentalität käme, wenn nicht aus dem Ghetto, denn mit dem gleichen elenden Stoizismus hätten die Vorfahren unseres Vaters in Trembovla schließlich einfallende Kosakenherden, brandschatzende Christen und die Weiße Armee ertragen, ohne sich zu beschweren, und unser Großvater die Männer von der Securitate, die ihm die Eier halb abgerissen haben, und unser Vater unsere Mutter usw., und irgendwann sage ich leise, dass ich es nur vernünftig finde, mit meiner Energie zu haushalten, um nicht über Dinge, die man nicht ändern kann, wahnsinnig zu werden, und das bringt Nadja wirklich in Rage, denn sie ist gar nicht der Meinung, wahnsinnig zu werden, und jetzt geschieht das Merkwürdige. Während wir streiten und eine Lichtung entlanglaufen, verschwinden die Vögel um uns, und die Lichtflecken flackern jetzt wie Alarmanlagen bedrohlich, anstatt fröhlich zu tanzen, und die gemeinen Fichten oder Tannen scheinen sich über uns zu beugen und uns mit ihren dürren Fingern zu tratzen. Ich sage Nadja, dass es überhaupt keinen Grund gibt, mich zu beleidigen, schließlich zeigen ihr ewiges Abhauen, ihre völlige Empathielosigkeit und ihr Desinteresse an meinem Leben mir zur Genüge, wie sehr sie mich verachte, und es tue mir leid, dass ich ihr keine gute Schwester sein konnte, und Nadja wiederum wird laut, das hat sie von unserer Mutter, und sie ruft, dass ich jetzt natürlich das Opfer sei, dabei habe ich überhaupt keine Ahnung, welche Qual es sei, in einer solchen Familie aufzuwachsen, wenn man so wie sie sei und nicht so wie ich, nämlich anpassungsfähig und harmoniesüchtig und dem Schicksal elendig ergeben, und das sei schließlich das einzige Fazit, das sie ziehen müsse, nämlich, dass es unmöglich sei, einander auch nur ein kleines bisschen zu verstehen, und ich werde wieder wütend, und rufe, Nadja, niemand versteht dich so gut wie ich, und außerdem war es auch für mich entsetzlich, und wenn ich dich nicht verstehe, liegt das daran, dass nichts an dir zusammenpasst und du alles verdrehst und manipulierst, denn plötzlich erinnere ich mich an diesen schlimmen Tag mit Arie am Strand, und meine Wut überträgt sich sofort auf Nadja, und sie schreit, dass es für mich vielleicht entsetzlich war, für sie aber unerträglich, und ich schreie zurück, dass wir in keinem Wettbewerb stehen, aus dem als Sieger hervorgeht, wer mehr unter unseren Eltern gelitten hat, und Nadja antwortet, sie habe nicht nur unter den Eltern gelitten, sondern auch unter mir, und ich sage, das sagt die Richtige, denn du bist doch einfach immer abgehauen, und Nadja sagt, sie sei abgehauen, weil sie, und jetzt gerät sie ins Stocken und sie wird ein bisschen pathetisch, und plötzlich erinnert sie mich an die nervigen mittelalten Kammerspiele-Schauspielerinnen, die beleidigt gucken und in sehr klarem Hochdeutsch sprechen, plötzlich sagt sie, sie habe eben ein Zuhause gesucht und dieses Zuhause habe sie erst sehr spät gefunden, aber besser spät als nie, und dann fügt sie noch hinzu, dass es außerdem legitim sei, mehr vom Leben zu verlangen, als es zu bieten habe, idiotisch sei das zwar, aber trotzdem legitim, und keiner könne einen zwingen, als Laborant zu arbeiten oder Hausfrau zu werden oder in Moosach zu leben, und ich muss auf einmal lachen, denn dieser Satz ist ja wirklich blöd, wie aus einer Daily Soap oder einer Achtsamkeits-App, und außerdem sage ich ihr noch, dass auch keiner sie dazu gezwungen habe, mich immer alleinzulassen, und Nadja wird plötzlich richtig wild, sie tritt gegen einen Baum, einmal, dann noch einmal, und ich laufe zu ihr und versuche, sie wegzuziehen, aber Nadja ist in ihrem Furor viel stärker als ich, und sie klammert sich an den Baumstamm, und es gelingt mir kein bisschen, sie zu beruhigen, im Gegenteil, sie wird noch wilder, und erst, als ich aufschreie, kommt sie plötzlich zur Besinnung, und da halte ich mit beiden

Händen meinen Kiefer fest, weil ich fürchte, dass er sich sonst lösen und auf den Waldboden fallen könnte, und Nadja sieht mich nur ernst an, und da falle ich schon zum zweiten Mal innerhalb von einer halben Stunde hin: Ich stolpere über eine Wurzel.

17

Du bist also an dem Tag, an dem wir sozusagen unsere Wurzeln verloren haben, über eine Wurzel gefallen, das ist doch hochinteressant, sagt sie, das ist quasi freudianisch, hast du darüber nicht nachgedacht heute Nacht? Ich antworte nicht, denn ich bin ja nur über die Wurzel gefallen, weil sie in meinem Weg war.

Ich liege auf meiner Couch und nehme den Sojapudding, den sie mir reicht, esse, während sie wie ein Storch in meiner Wohnung herumstakst und wahllos Gegenstände mustert, die Rückseiten untersucht, sie nachdenklich in den Händen wiegt und schließlich wieder vorsichtig und leicht bedauernd auf ihren Platz zurückstellt, so als ob ich Bücher, kleine Vasen, Kerzenständer und Stifte absichtlich an die falsche Stelle gelegt hätte. Ich esse noch einen zweiten Sojapudding, obwohl der erste schon schrecklich war, aber Nadja hat mir nur unnütze Einkäufe mitgebracht, Dinge, die teuer sind und nicht schmecken, oder Dinge, die man lange zubereiten muss, aber ich kann ja gar nicht aufstehen. Ich muss auch gleich wieder weiter, sagt sie, Nathalie müsste jeden Moment in München ankommen, und ich wollte für heute Abend noch etwas kochen, vielleicht eine Lasagne, was meinst du? Ich esse beleidigt weiter und schweige.

Dann ist sie bei einem hässlichen Porzellanschälchen angekommen, in dem ein bisschen staubiger Schmuck liegt, den sie mit den Fingerspitzen hochhebt und gegen das Licht hält. Vielleicht sollten wir das einschmelzen und dir einen Goldzahn daraus machen lassen, sagt Nadja, als sie bei einem Davidstern-Anhänger angekommen ist. Ich erkenne den Anhänger aus der Ferne nicht, und Nadja bringt ihn zu mir zur Couch. Ich kann mich gar nicht an ihn erinnern. Du hast recht, sagte ich, ich trage nie Schmuck, du kannst ihn mitnehmen, aber Nadja schüttelt den Kopf und untersucht nacheinander eine Perlenkette, die ich auch auf der Straße gefunden habe, ein paar Armbänder vom Strand, Ohrringe von Davids Mutter (die ich mit großer Geste zu Weihnachten 2011 oder 2012 bekommen habe und für die ich mich minutenlang bedanken musste, obwohl ich gar keine Löcher habe).

David war echt ein Hurensohn, sagt Nadja und legt die Ohrringe angewidert zurück. Aber nicht nur, sage ich, und sie sagt genau wie unser Vater: Sssht!, doch, war er, ganz ausschließlich, das hat man sofort gesehen, und dann zählt sie auf, was ihr an David alles missfallen hat, und zuerst beginnt sie damit, dass sie sich genau daran erinnern könne, wie er statt Thema und Problem immer Thematik und Problematik gesagt hätte, genau wie der geschwätzige, selbstzufriedene Geisteswissenschaftler (der er ja war, sagt Nadja), und dann schimpft sie über die beigen Chinopants und die gebügelten hellblauen Hemden, den korrekten Vollbart und vor allem den erbärmlichen Versuch, sich mit seinen Sneakern bei den jungen Studenten anzubiedern, und Nadja kommt zu keinem Ende mehr, und unwillig sieht sie auf ihre Uhr und wird ein kleines bisschen nervös, aber sofort beruhigt sie sich wieder, plötzlich fallen ihr all die Dinge ein, die sie an David gehasst hat, obwohl sie ihn nur zwei- oder dreimal gesehen hatte. David konnte keine Zigaretten drehen, aber wusste dafür, wie man Besteck richtig hält, und dann fällt uns ein, wie mein Vater das erste Mal auf David reagiert hatte, nämlich entsetzt, und David hatte einen ganzen Abend lang versucht, unserem Vater sein Forschungsgebiet zu erklären, aber unser Vater hatte nur die Beine überkreuzt und suchend im Raum umhergeblickt und kein bisschen zugehört, und danach hatte er sich über die deutschen Männer beklagt; und wir beide sind noch immer in meinem Wohnzimmer, und Nadja heult schon vor Lachen, die Tränen rinnen aus ihren blauen Augen, und plötzlich muss ich mitmachen, und Nadja sagt wieder, bitte hör auf, Nathalie denkt, es ist sonst was passiert, ich muss jetzt wirklich los!, Nathalie hat es in der Lendenwirbelsäule, die kann ihre Tasche kaum tragen, und sie nimmt ihren Trenchcoat vom Sessel, und ich sage, nein, ganz kurz, bleib noch fünf Minuten, denn ich muss mich mit meiner Schwester verbünden, gegen David und gegen den ganzen Rest der Welt, und Nadja legt den Trench seufzend wieder ab, und ich füttere ihren Hass und vertreibe ihre Eile, indem ich ihr Dinge über David sage, die sie nicht wusste, und dann mache ich nach, wie David, wenn wir uns stritten, mit Kopfstimme sprach und beleidigt die Schulter hochzog und langsam die Lider senken ließ, um mir einen Vortrag zu halten, und wir können uns wortwörtlich nicht mehr halten vor Lachen, wir rutschen beide auf den Berber, für mich ist das ein wenig schmerzhaft, und vielleicht werde ich deswegen, wie es aber oft nach großer Heiterkeit geschieht, ganz ernst, und ich frage Nadja, ob sie mich nicht auch ein bisschen verstehen kann, und erst begreift sie nicht, was ich meine, und ich versuche es ihr zu erklären. Na ja, Rosa, sagt Nadja, das ist ja alles wirklich schön und romantisch, aber weißt du, was ich dir sage? Danach muss ich aber wirklich gehen! Wahre Liebe gibt es nur unter Schwestern, und ich antworte ernst, das stimmt, aber jetzt warte, du musst mir noch helfen, ins Bad zu kommen, und Nadja sagt, na gut, komm, steh auf, wir versuchen mal, ein paar Schritte zu gehen, gib mir deine Hand, ja natürlich tut das wahnsinnig weh, schau mal, wie geschwollen das alles ist, eigentlich sollte dein Knöchel aussehen wir meiner, guck mal, und jetzt mir hinterher, ins Bad schaffst du es alleine, wir kochen uns danach ein Omelette, eins, zwei, drei, das kriegen wir schon hin.

Viele Jahre später, meine Eltern zerren längst ihre beiden Töchter durch das Olympia-Einkaufszentrum, erstellen zwei Gelehrte von einer kleinen Provinzuniversität in Rumänien, beide aus christlichen Familien, Professor Ionot Duca und seine ehemalige Doktorandin Dr. Roxana Ciulin, ein dreibändiges Kompendium. Davor haben sie monatelang, jahrelang, die Archive durchforstet und Regierungsbeschlüsse, Korrespondenzen, Gesprächsnotizen, Memoranden, Protokolle und Briefe gesammelt. All das tragen sie zusammen, zerbrechen sich ganze Nächte den Kopf darüber, wie man eine so böse Geschichte möglichst lückenlos rekonstruieren kann. Sie haben schließlich, nachdem sie wirklich nur das allerbedeutendste Material aufgenommen und auch dieses stark und schmerzhaft gekürzt haben, 1300 Manuskriptseiten vorliegen. Kein Verlag nimmt den Text an. Schließlich wenden die beiden sich an eine EU-Initiative, mit deren Hilfe sie einhundertachtzig Exemplare des Manuskripts, verteilt auf zwei Bände, drucken lassen, die dann an Museen, weiterführende Schulen und vereinzelt an Tourismuszentren versendet werden. Dieser Erfolg bringt Duca und Ciulin auf die Idee, endlich einen dritten Band zu gestalten. Der Aufwand ist dieses Mal noch wesentlich größer, Duca wird während der Arbeit pensioniert: Die beiden erstellen eine Liste aller im Land während der Shoa umgekommenen Jüdinnen und Juden. Diesmal müssen sie dafür in sieben Länder reisen. Am Ende haben sie sechs Jahre an diesem Band gearbeitet, sie waren in achtundsechzig Archiven, haben Tausende Briefe gelesen und Hunderte Überlebende gesprochen. Als Appendix zur Namensliste erscheint eine – gänzlich unvollständige, das versteht sich von selbst – Aufzählung der Gegenstände aus jüdischem Besitz, die während einer einzigen Deportationsaktion im Juli 1943 aus der Kleinstadt M. entwendet, konfisziert, einbehalten, verkauft, gestohlen wurden oder anderweitig unrechtmäßig den Besitzer gewechselt haben, darunter eine goldene Brosche mit eingravierten Initialen SL, Goldohrringe mit blauen, rosettenförmig angeordneten Steinen (ein Paar), ein iPhone 6s und 12 000 Dollar in bar.

Für diesen Band finden die beiden nie eine Finanzierung, Dr. Ciulin veröffentlich den Text online, aber nur wenige Dutzend Interessenten haben ihn bisher heruntergeladen. Duca ist mittlerweile an Parkinson erkrankt, er verbringt die Tage vor dem Fernseher, isst Blätterteiggebäck und wartet darauf, dass er stirbt. Dr. Ciulin heiratet einen ihrer Kollegen, sie ist schon 39, und weil beide sich ein Kind wünschen, besucht sie eine Fruchtbarkeitsklinik in Bukarest.

Die Autorin dankt der Landeshauptstadt München für das Literaturstipendium 2023, dem Freistaat Bayern für das Arbeitsstipendium für Schriftstellerinnen und Schriftsteller 2022, der Jan Michalski Foundation und dem Literature and Translation House, Sofia, für die Unterstützung bei der Entstehung dieses Buches.

MIX
Papier | Fördert gute Waldnutzung
FSC® C083411

4. Auflage 2024

Lektorat Jan Valk
Covergestaltung Marion Blomeyer/Lowlypaper
Coverabbildung Phase, 2020, Öl auf Leinwand, © Nickie Zimov
Gesetzt aus der Dante
Satz Buch-Werkstatt GmbH, Bad Aibling
Druck und Bindung CPI books GmbH, Leck

ISBN 978-3-462-00297-3

Dana von Suffrin erzählt, was es für zwei Töchter bedeutet, wenn ein starrköpfiger jüdischer Patriarch mit siebenbürgischen Wurzeln zum Pflegefall wird: eine Geschichte vom unbedingten Familienzusammenhalt, über die Lebendigkeit des Vergangenen und über den unendlich schweren Abschied von einem Menschen, den man sein ganzes Leben lang eigentlich loswerden wollte.

»Selten begegnet man in Romanen liebenswerteren, gemeineren, tragischeren und lustigeren Figuren als dem Helden in Dana von Suffrins brillantem Debüt.« *Stern*